Chrysanthemen im Spiegel

Herausgegeben,
aus dem Chinesischen übertragen
und nachgedichtet von
Ernst Schwarz

Chrysanthemen im Spiegel

Klassische chinesische Dichtungen

Rütten & Loening · Berlin

Mit 61 Illustrationen

2. Auflage 1988

Gesamtgestaltung Johanna Mönch
Lichtsatz Karl-Marx-Werk, Graphischer Großbetrieb, Pößneck V15/30
Repro, Druck und Binden Grafischer Großbetrieb Sachsendruck Plauen
Printed in the German Democratic Republic
Lizenznummer 415/41/88
Bestellnummer 617 811 1
02580

ISBN 3-352-00011-5

Einleitung

Verglichen mit der Gesamtmasse der uns erhalten gebliebenen „klassischen" chinesischen Dichtung, nimmt sich unsere Anthologie sicher nicht viel größer als eine Ameise neben einem Dinosaurier aus. Allein der Dichter Lu You hat nicht weniger als etwa zehntausend Gedichte hinterlassen – eine allerdings auch in China seltene Leistung. Aus der Zeit der Tang-Dynastie (618–907) haben fast fünfzigtausend Gedichte die Jahrhunderte überlebt, und die Werke späterer chinesischer Dichter lassen sich überhaupt kaum noch statistisch erfassen. Dazu kommt eine große Anzahl oft ungewöhnlich schöner Gedichte, verstreut in Büchern verschiedenster Art und auf Grund verschiedenster Motive als Mauerblümchen der Literatur behandelt – im Dunkel verblassend und heute selbst für den Kenner schwer aufzufinden.

„Klassisch" und „romantisch", konstatierte Heine, sind als „Benennungen ... nur unsichere Rubriken"; mit „klassisch" meinte er die Poesie der Griechen und Römer, mit „romantisch" die des Mittelalters. Der Begriff „klassisch", angewandt auf die chinesische Literatur, ist eine noch viel unsicherere Rubrik. Denn im sinologischen Hausgebrauch steht er nicht im Gegensatz zu „romantisch" oder irgendeiner anderen literarischen Strömung, sondern ist eher philologischer Natur. Mit anderen Worten: alles, was man nicht in der Umgangssprache schrieb, also alles, was im „alten" Stil, in der Literatensprache, verfaßt wurde, nannte man „klassisch". Die „neue", bewußt und betont umgangssprachliche Literatur ist kaum viel älter als ein halbes Jahrhundert. Hingegen wurden die „Lieder" und viele andere Gedichte aus alten Zeiten zwar offenbar von Literatenhand niedergeschrieben; dem Stil nach aber sind sie ausgesprochene Volksdichtungen – oder zumindest volkstümliche Dichtungen – und viel eher „romantisch" als „klassisch". Zur Zeit ihrer Entstehung waren sie auch für den der Schrift Unkundigen, wenn gesungen oder rezitiert, durchaus verständlich. „Klassisch" war die Sprache dieser Dichtungen damals nicht; sie *wurde* es – etwa in dem Sinn, wie es das althochdeutsche „Wessobrunner Gebet" im Verhältnis zu der heutigen deutschen Sprache geworden ist. Nur fiel es niemandem im germanischen Sprachraum ein, Althochdeutsch als Dichtersprache über die Jahrhunderte hinweg lebendig zu erhalten. Dazu war der Traum von einem „Imperium Romanum" geistlicher und weltlicher Natur noch viel zu vital: die Idealsprache war das Lateinische. Die umgangssprachliche deutsche Dichtung entwickelte sich auf einer anderen Ebene – aus dem Bußpredigertum eines Noker von Zwiefalten oder Heinrich von Melk, der „hovelichen" Dichtung eines Heinrich von Veldeke oder Walther von der Vogelweide, dem „Meier Helmbrecht" eines Wernher des Gartenaere und vor allem aus den Klängen vieler „Wunderhörner", gesammelter und verschollener. Und die Buchstabenschrift der europäischen Sprachen paßte ihr lautliches Gewand ja auch viel leichter der sich wandelnden Gestalt der Sprache an als das chinesische Schriftzeichen, das in der Erstarrung seiner Bildlichkeit sich selbst von schreienden Lautdiskrepanzen kaum jemals erschüttern ließ. So blieben die alten Schriftzeichen im allgemeinen optisch auch dann noch recht gut verständlich, wenn man sie ganz anders aussprach als ein paar Jahrhunderte oder sogar Jahrtausende früher, das heißt, wenn sie akustisch längst unverständlich geworden waren. Natürlich schließt das inhaltliche Erweiterung oder Verengung, Bereicherung oder

Verarmung der Zeichen im Laufe der Jahrhunderte nicht aus.

Außer dem philologischen könnte man freilich – wenn auch mit Vorbehalten – für „klassisch" ein anderes Kriterium anführen: die relative Kontinuität in den Grundanschauungen des chinesischen Weltbildes und folglich auch in der Grundstimmung, vielfach auch in der Grundthematik der chinesischen Dichtkunst über nahezu drei Jahrtausende. Doch wer immer auch behaupten wollte, daß China in dieser – nennen wir sie – klassischen Periode keine Fortschritte gemacht, sich nicht zu höheren Stufen entwickelt hätte, würde damit nur seine völlige Unkenntnis der großen, zum Teil für die Kulturgeschichte der Menschheit sehr bedeutsamen Errungenschaften Chinas beweisen. Papier und Buchdruck sowie der Gebrauch des Kompasses zum Beispiel waren den Chinesen viel früher bekannt als anderen Völkern.

Trotzdem erhielt sich in China ein gewisses Grundgerüst weltanschaulichen, sozialen, ethischen und auch ästhetischen Charakters, das alle Veränderungen und Fortschritte bis an die Schwelle der jüngsten Zeit überdauerte. Der Boden und die Tragpfeiler, die diesem weltanschaulichen Grundgerüst Kontinuität verliehen, waren die Agrikultur unter den besonderen Bedingungen der Bewässerung – Wasserbauten von gewaltigen Dimensionen, die eine zentrale Macht verlangten, einen „Sohn des Himmels" als Wahrer und Wahrzeichen erstehen ließen, ein der Erwerbung und Verteidigung der allnährenden Erde – der Partnerin des „Himmels" und seines „Sohnes" – dienendes soziales System: eine Art Feudalismus, der mit mehr oder minder starken Pendelschlägen zwischen Partikularismus und Zentralismus, zwischen Lehenswesen und Beamtentum schwankte. Offenbar ging der Entwicklungsweg Chinas von der Stammesgemeinschaft über die militärische Demokratie und ein partikularistisches Lehenswesen zu den höheren Formen des zentralistischen Beamtenstaats. Aber wir werden noch in der folgenden Überschau der chinesischen Geschichte und Dichtung sehen, daß immer wieder partikularistische und zentralistische Tendenzen einander ablösten, ergänzten und vorantrieben.

Der markanteste Einschnitt in der Geschichte und geistigen Entwicklung Chinas ist die Entstehung eines politisch und kulturell geeinten und relativ stabilen Reiches und Reichsideals in der zweiten Hälfte des 1. Jahrtausends v. u. Z., eines „Imperium Sinicum", dessen Idealsprache das klassische Chinesisch war und blieb – eine sich von der Umgangssprache loslösende und erstarrende Literaten- und Amtssprache. Das Amt des „Sohns des Himmels" in einem zentralistischen Beamtenstaat mußte nach oben, dem „Himmel" zu, die Form des Rituals annehmen und nach unten, über die hierarchische Stufenleiter hinab, dem Edikt, dem Frondienstdekret, der Urkunde, dem Gerichtsurteil den Stempel des Himmlischen, des Uralten, des Ewigen, des trotz aller Wechsel Beständigen, Unerschütterlichen aufdrükken. Wie auch immer ein Gottesgnadentum beschaffen sein mag, seine Wurzeln liegen in der Doppelfunktion des Stammeshäuptlings und Stammespriesters beziehungsweise deren Vereinigung in einer Person.

Der chinesische „Sohn des Himmels" schöpfte seine Ansprüche aus diesem tief in die Vergangenheit hinabreichenden Wurzelgeflecht menschlicher Bewußtseinsschichtung. Seine Macht schwankte mit den Pendelschlägen der historischen Entwicklung. Aber in Zeiten der partikularistischen Aufspaltung, der Bauernkriege, der Lockerung der Macht des „Sohns des Himmels" und der beamteten Literatenkaste, zeigte oft die Umgangssprache wieder ihre Reize und hub in einer Welt des formalistischen Starrkrampfs mit natürlicher Grazie zu singen und tanzen an, bis selbst die senilsten Gelehrten ein Jucken in den Beinen verspürten. Bald übernahmen sie dann auch – herablassend zuerst natürlich – die neuen

Melodien und Formen der volkstümlichen Dichtung, wurden wesentlich jünger unter dem Einfluß der ewig jugendlichen Volkskunst, schufen manches Schöne, viel Mittelmäßiges, aber noch viel mehr einschläfernd Stereotypes, bis schließlich das neue Genre unter literarischen Schnörkeln und der bleiernen Schwere der Gelehrsamkeit langsam verblich. Nur wahre Zauberkünstler der Poesie vermochten manchmal vorübergehend den wächsernen Wangen einen Hauch lieblicher Frische wiederzugeben. Wahrscheinlich besaß weder die philologische noch die weltanschauliche „Klassik“ auf die Dauer genügend Vitalität, ohne den bäuerlich-plebejischen Rippenstoß der „Romantik“ – des Rebellischen, des „Dionysischen“ oder „Ewig Weiblichen“ – mehr als eine unmenschlich ernste, langweilige, greisenhafte Würde zu bewahren.

Die klassische chinesische Weltanschauung geht von einer Norm aus, die sich auf eine teils historisch reale, teils irreale oder fiktive Vergangenheit stützt – eine übrigens durchaus nicht nur auf China beschränkte Bewußtseinsstütze. Aus Stammesriten, Mythen und volkstümlichen Überlieferungen wurde eine oft bis ins Detail genaue Urgeschichte geschaffen, sodann das politische, rituelle und ethische System der Dschou-Zeit (11.–3. Jahrhundert v. u. Z.) idealisiert und dieser Gesamtkomplex, als vom „Himmel“, den Weisen der Vergangenheit und vom „Meister“ (Konfuzius) gutgeheißen, kanonisiert und zur Norm für alle menschlichen Verhaltensweisen erhoben. Diese Norm erhielt in den letzten zwei Jahrhunderten v. u. Z. politische Wirksamkeit und Gesetzeskraft. Daß in der Norm „modernisierte“ Überreste des alten Stammesrituals und Einflüsse bäuerlichen oder philosophisch durchaus nicht orthodoxen Gedankenguts enthalten waren, gab ihr eine breite gedankliche und emotionale Basis.

Die Norm war so natürlich gewachsen, daß sie selbst

nur ein Teil der Natur zu sein schien. Sie leitete sich aus jenem Goldenen Zeitalter her, als Mensch und Natur noch eine untrennbare Einheit – die Einheit des Großen Stammes bildeten. Durch die Befolgung der Norm erwarb sich der Mensch rituell, sozial, ethisch und ästhetisch die Möglichkeit, zu jener Einheit zurückzukehren, sie zu wahren oder zumindest das, was noch von ihr verblieben war, nicht zu stören. Der „Sohn des Himmels" sorgte für den „geregelten Ablauf der Jahreszeiten", indem er ein kalendarisch festgelegtes Ritual in Gang hielt. Für das unbehinderte, „natürliche" kosmische Geschehen waren auch die Edelleute und Beamten als Delegierte des „Sohns des Himmels" mitverantwortlich. Im weitesten Sinn trug jeder eine gewisse Mitverantwortung, da auch der Geringste im Lande Teil einer kosmischen Ordnung war, die alles umfaßte und jedem Menschen und jedem Ding einen bestimmten Platz und eine bestimmte Funktion im Universum zuwies. Pietät und Gehorsam erlangten kosmische Bedeutung.

Die geistige Grundlage dieser Norm war der Gedanke, daß Natur und Mensch ein und demselben Gesetz unterworfen seien, daß durch eine „natürliche" – der Norm entsprechende – Verhaltensweise der Mensch die Natur (ursprünglich zweifellos magisch) günstig beeinflussen könne, daß ebenso wie im Ablauf der Jahreszeiten und im kosmischen Geschehen ein zyklischer Rhythmus auch die menschliche Gesellschaft beherrsche und darum eine Rückkehr aus einer sich verschlechternden Welt in das Goldene Zeitalter irgendeinmal wieder eintreten müsse: Denn Natur und Geschichte wurden als eins empfunden. Für beide gab es ein Maß, dessen Kenntnis des Weisen höchstes Gut, dessen Unkenntnis oder Nichtbeachtung für alle, für den gesamten Kosmos, wenn auch nur vorübergehend, gefährlich werden könnte.

In diesem zyklischen Weltbild ist Einordnung nach dem Maß in die Norm die Lebensaufgabe jedes einzelnen; und Einordnen in die Gesellschaft entspricht nach dem Ideal von der Rückkehr in den Großen Stamm einer Einordnung in die Natur. Das erklärt, warum der Mensch im chinesischen Landschaftsbild so klein erscheint. Denn seine Größe liegt eben in seinem Vermögen, sich einzuordnen. Das erklärt vielleicht auch, warum die chinesische Dichtung zwar oft traurig, aber nur sehr selten tragisch ist – tragisch in dem Sinn, daß der Charakter den Typ zu durchbrechen sucht und daran zerbricht. Abenteuerlust und individuell ausgerichteter Tatendrang sind seltene Erscheinungen in der chinesischen Dichtkunst. Und selbst dort, wo der einzelne vom Schicksal zerschmettert wird, siegt offen oder verborgen der Typ über den Charakter, die Moral über individuelles Wollen: jedenfalls siegt ethisch und ästhetisch fast immer die Norm – das „Klassische" über das „Romantische".

In einem zyklischen Weltbild ist die Tragödie insofern unmöglich, als auch die größte Katastrophe die Elemente der Regeneration, der Rückkehr im zyklischen Ablauf in sich zu bergen scheint. Ein „trauriges" Schicksal ist also von moralischem Wert, wenn es die Fäden, die nur verkrümmt, nicht zerrissen werden, in ein neues – ein ewig uraltes Gewebe wieder einzufügen verspricht.

Jedem, der sich mit der Literatur Chinas beschäftigt, drängt sich alsbald die Frage auf: Warum hat ein Volk mit einer so alten, so reichen und so vielgestaltigen Literatur kein Epos geschaffen – nichts, das dem „Mahābhārata", der „Ilias" oder dem „Nibelungenlied" vergleichbar wäre? Ansätze zu einer Art Heldenepos gab es sicher in alten Zeiten in jener Form des Kultgesangs, der den Kulturheroen, den Urahn oder den siegreichen Stammesführer verherrlichte, um jenem „Mana" – der magischen Macht, die dem ungewöhnlichen Menschen innewohnt – dauernde Wirksamkeit zu verleihen. Der „Gesang von den illustren Ahnen des Königshauses der

Dschou" und andere „Lieder" erinnern an die Erblieder der alten Germanen, die das gleichsam vererbbare Mana in den Ahnen oder den Taten des Stammesadels feierten und aus welchem sich später die sogenannten Neulieder, Epen oder epische Stoffe entwickelten. Ähnliche Entwicklungsprozesse können wir auch bei anderen Völkern verfolgen. Der Übergang vom Kultlied des Stammesheroen oder Erblied in das Epos erfordert als wesentliche Voraussetzung den Einbruch des Charakters in den Typ, die Tragödie des ungewöhnlichen Menschen, des gegen die Norm willens oder schicksalhaft verstoßenden Helden – eines Prometheus, eines Ödipus oder eines Hagen von Tronje.

Schon aus den ältesten Sprachdenkmälern Chinas wie dem „Buch der Lieder" und dem „Buch der Wandlungen", die zum Teil wahrscheinlich um das Jahr 1000 v. u. Z. zu datieren sind, können wir jene mehr oder minder entwickelte Norm im Weltbild der seßhaften, akkerbautreibenden, sich aus gentilgesellschaftlichen Verhältnissen politisch, sozial und kulturell zusammenschließenden Völker Chinas erkennen. Grundlage der Norm war und blieb ein zyklisches Weltbild, und seine Dynamik war und blieb der Wechsel der Jahreszeiten, des Säens und Erntens; das Wechselspiel des Yin- (weiblichen) und Yang- (männlichen) Prinzips – dieser zu kosmischen Dimensionen erhobenen Sexualkräfte; Geburt, Wachstum, Tod; die Sorge um Fruchtbarkeit, die Angst vor Dürre oder Überschwemmung. Der höchste Ausdruck der Einheit aller dieser Gegensätze, das Dau, leitete sich wahrscheinlich von totemistischen Vorstellungen eines uralten Stammesrituals ab. Aber selbst die wohldurchdachten philosophischen Systeme späterer Zeiten konnten sich nie von jenem teils magisch, teils mystisch, teils primitiv materialistisch aufgefaßten Dau frei machen, ebensowenig wie von dem Begriff Tschi – dem Lebenshauch oder der Lebenskraft, die der Mensch mit allen Dingen des Universums teilt und die den Großen Stamm als ursprünglich wohl animistisch gedachtes Fluidum zusammenhält und mit Energie versorgt.

Der Einbruch der Persönlichkeit in ein solches Universum würde verheerende Folgen haben. Er würde den kosmischen Ablauf stören. Für eine Tragödie des Individuums, die zur Tragödie der Gemeinschaft, ja der ganzen Natur werden könnte, war kein Platz in einer an dem reibungslosen Ablauf von innerhalb der Norm wirkenden Kräften interessierten Gesellschaft. Eine solche Tragödie mußte vermieden werden, besser gesagt, sie konnte gar nicht entstehen, solange die Norm noch normierend wirkte. Die Abweichung, das Störende oder Gestörte, zwingt den in zyklischen Vorstellungen denkenden Dichter viel eher zum empörten Einspruch, zu einem didaktischen Richtigstellen, zu einer balladesken Darstellung des Vergehens gegen die Norm mit der deutlich erkennbaren Absicht, nicht dem Charakter zum Durchbruch gegen den Typ, sondern dem Typ – der Norm – zum Sieg über den Charakter zu verhelfen. Daß dabei die Norm oft als ein in der Vergangenheit, im Goldenen Zcitalter liegendes Ideal gesehen oder gesucht wurde, zeigt nicht immer rückwärtsgerichtete Tendenzen an, sondern kann ebensogut auch eine sich anbahnende Änderung innerhalb der Norm, einen geistigen oder sozialen Fortschritt andeuten. Denn wie in Europa im Mittelalter Neues, ja sogar Revolutionäres sich meist unter dem Deckmantel der Wiederherstellung der „wahren", ursprünglichen Kirche verbarg, so war auch in China die Rückkehr zur idealen, zur alten Norm oft von Gedanken des Protests gegen die Verzerrung der Norm – also dem Wunsch nach einer Reformierung, nach einer Umordnung des Bestehenden getragen.

Das Weltbild des klassischen chinesischen Dichters ist demnach a priori mehr oder minder einheitlich – nach einer Norm geformt oder orientiert. Schwankungen zwischen Dauismus, Konfuzianismus, Buddhismus (der in

China in einem verhältnismäßig schnellen Assimilierungsprozeß sehr viele chinesische Züge annahm) und anderen geistigen Strömungen im Bewußtsein der einzelnen Dichter bleiben im allgemeinen doch einem sozialen und kosmischen Gesamtbild untergeordnet, das selbst den großen Charakteren unter den chinesischen Dichtern das Ausbrechen aus dem Typus oder Typischen nahezu unmöglich macht. In der künstlerischen Erfassung der Umwelt und des Ichs handelt es sich also in der klassischen Dichtkunst Chinas hauptsächlich darum, einen spezifischen Ausschnitt des Lebens aus einer bestimmten Gemüts- und Stimmungslage in einer bestimmten historischen und sozialen Situation zu geben, nicht aber darum, ein altes Weltbild von Grund auf zu zerstören oder ein neues Weltbild aufzubauen. Das wird um so verständlicher, wenn wir bedenken, daß die klassischen Dichter Chinas zum größten Teil aus einer bestimmten Klasse kamen – dem beamteten Literatentum, dessen Anfänge in die Dschou-Zeit zurückreichen und das seit der Han-Zeit in einem offiziellen Prüfungssystem nach einheitlichen Gesichtspunkten erzogen wurde. Die gleiche Schulung, wenn auch nicht Schule, machten die Kaiser und Prinzen unter den chinesischen Dichtern durch und, da „die Gedanken der herrschenden Klasse in jeder Epoche die herrschenden Gedanken" (Karl Marx) sind, in gewissem Grade auch die Dichter und Barden des Volks.

In unserer Anthologie sind mit Ausnahme der „Lieder" und einiger Volkslieder aus der Han- bis Tang-Zeit fast alle Dichtungen Werke beamteter Literaten. Daß ein klassischer Literat ganz ohne Amt durchs Leben ging, kam selten vor; daß er sein Amt aufgab, mit mehr oder minder großer Wehmut, mit Ekel oder Entrüstung, finden wir häufiger. Die Sänger aus dem Volk hatten natürlich keinen Zugang zur Beamtenkarriere – ebenso auch nicht die Dichterinnen; aber allein die Fähigkeit dieser Damen, selbst zu schreiben, ist schon ein Zeichen dafür, daß sie „höheren", also Beamten- oder Gutsbesitzerkreisen angehörten.

Selbst eine nur grob umrissene soziologische Analyse der Autorschaft in der chinesischen Dichtung deutet zwangsläufig bereits eine Reihe interessanter Gesetzmäßigkeiten der Entwicklung Chinas an.

Wer die Verfasser der Gedichte im „Buch der Lieder" sind, wissen wir nicht. Wahrscheinlich stammten sie aus verschiedenen Schichten der Bevölkerung: freie oder hörige Bauern und Handwerker, die dörfliche Jugend, Soldaten, die sich auch aus der Bauernschaft rekrutierten, kleine Beamte im Dienst des Königs oder der Fürsten und schließlich Höflinge, Edelleute und Musikmeister.

Gegen Ende des 1. Jahrtausends v. u. Z. brach im Norden Chinas die Lehensordnung der Dschou-Zeit mit ihren engen Loyalitätsverhältnissen endgültig zusammen. An die Stelle des niederen Erbadels, der inzwischen verarmt war und sich zum Teil in eine besondere Schicht fahrender Literaten, Philosophen, militärischer und politischer Berater oder Ritualexperten verwandelt hatte, trat eine neue, nichtadelige Gutsherrenklasse verschiedenen sozialen Ursprungs. Im Süden, vor allem in dem großen Staat Tschu, in dem die Tschü Yüan zugeschriebenen Werke entstanden, hielten sich die älteren sozialen, zum Teil noch gentilgesellschaftlichen Verhältnisse länger. Daraus erklärt sich der poetische „romantische" Rückblick der in Tschu heimischen frühen Dauisten in eine Welt, in der noch „Adam grub und Eva spann".

Die freien Bauern der frühen Dschou-Zeit waren größtenteils Leibeigene geworden. Sklaven verrichteten meist nur Dienste im Hause; wirtschaftlich spielten sie keine bedeutende Rolle. Seit der Han-Zeit können wir eine Tendenz beobachten, die sich mit einer gewissen Regelmäßigkeit auch in späteren Dynastien nachweisen läßt: Neuaufteilung des Ackerlands, Steuer- und Frondiensterleichterungen und andere Begünstigungen für die Bauernschaft zu Beginn der Herrschaft einer neuen Dynastie; dann allmähliche Konzentration des Landbesitzes in der Hand von adeligen oder nichtadeligen Gutsherren – darunter natürlich auch beamtete Literaten –, also Latifundienbildung; und zu Ende der Periode Bauernaufstände oder ein allgemeiner wirtschaftlicher und politischer Niedergang, der den Nomaden und Reitervölkern des Nordens und Ostens Einfälle, ja gelegentlich die Herrschaft über Teilgebiete des Reichs oder sogar über das ganze Reich ermöglichte. Die verhältnismäßig hohe Anzahl freier Bauern zu Anfang der Herrschaft einer neuen Dynastie verringerte sich in ebendemselben Maß, in dem sich die Steuern, Kriegs- und Frondienstleistungen allmählich erhöhten. Obgleich die Aufstände der Bauern – Pächter, Leibeigene und der Rest der freien Bauernschaft – gegen Ende der Dynastie, wenn die wirtschaftliche Basis durch die Latifundienbildung und gesteigerte Ausbeutung ins Wanken geraten war, nicht zu jener politisch-ökonomischen Rückkehr, jenem von den Bauern erträumten Ideal des Großen Stammes, zur Wiedererrichtung primitiver egalitärer Kommunen führen konnten, so zwangen sie doch wenigstens den neuen „Sohn des Himmels", der sich nicht selten auf dem Rücken der Aufständischen zur Macht emporschwang, zu einer konzilianteren Agrarpolitik. Der Schock wirkte auch in der Literaten- und Gutsherrenklasse eine Zeitlang weiter und belebte nicht nur die Wirtschaft, sondern auch die Kultur.

Zum Unterschied vom „Buch der Lieder", dessen Schöpfungen ursprünglich, vor ihrer Sammlung, die Gefühle und Gedanken breiter Schichten der Bevölkerung unmittelbar widerspiegelten, war die klassische Dichtkunst Chinas seit Tschü Yüan – das Volkslied ausgenommen – in ihren uns erhaltenen Werken ein Privilegium der Privilegierten. Vieles blieb uns leider nicht erhalten, die Lieder aufständischer Bauern zum Beispiel, die für den Chronisten oder Sammler aus der herrschenden Klasse ein zu heißes Eisen waren.

Durch die Poesie errang der Literat – und ein Literat mußte zunächst schriftkundig sein, was man ohne Geld und Muße kaum werden konnte – Zugang zu den Mächtigen seiner Zeit und schließlich zum Hof oder sogar zum Kaiser. Fiel er in Ungnade oder erlitt er Schiffbruch im Leben, so konnte er sich durch die Dichtkunst Trost und oft auch Tröster verschaffen – Gönner oder Gleichgesinnte.

Das eigentliche Spannungsfeld aber, dessen Verschiebungen tiefere und inhaltlich reichere Werke erzeugten, war der Abstand von der Norm, in dem sich der Dichter, seine unmittelbare Umgebung oder die ganze Epoche befand. Der selbstgefällige Höfling oder Günstling empfand historische und soziale Spannungen weniger stark. Dazu gehörte auch Abstand von den Interessen der eigenen Person. Je weiter sich die Welt von jener idealen Norm, die der Literat aus seiner Lektüre und der lebenden Überlieferung kannte, entfernte, desto stärker konnte auch, wenn er genügend soziale Erfahrung und wahres Talent besaß, seine Reaktion sein. Die Reaktion der Bauern, der Soldaten, der Fronknechte, von deren Leiden die Dichter sangen, kennen wir meist nur durch das „klassische", das Literatengedicht. Aber ohne jene verklungenen Lieder wären die immer noch klingenden Verse der klassischen Dichter sicher um vieles weniger klangvoll geblieben.

Das „Buch der Lieder", das große anonyme Werk einer Vielzahl von Generationen aus einer Vielzahl von Landstrichen des chinesischen Kulturbereichs der frühen Dschou-Zeit, erwarb infolge der formalistischen Verbildung späterer Zeiten Macht und Würde eines literarischen Schlachtrufs. Li Tai-bo und viele andere berühmte Dichter verkündeten mit Stolz oder Zorn, daß sie die „Lieder" wieder zum Leben erwecken wollten. Damit meinten sie freilich nicht, daß sie im Stil jener längst überholten viersilbigen „Lieder“ der Dschou-Zeit schreiben, sondern daß sie im Geist jener „Lieder“ – allerdings in einem idealisierten Geist – neue Werke schaffen würden. Diese Sehnsucht nach den „Liedern“ barg in sich auch eine Art Rückkehr – eine Rückkehr zu einer menschlichen Gemeinschaft und Gemeinsamkeit, wie man sie in die „Lieder“ hineinträumte, zum Teil auch in ihnen wirklich fand; eine Rückkehr zur Einfachheit und Unverdorbenheit, zur Aufrichtigkeit, Ehrlichkeit und Unmittelbarkeit. Und damit war ein Protest verbunden gegen die Zensur despotischer Dynastien, ein Protest gegen Heuchelei, Formalismus und Dogmatismus, gegen den Sieg der Gelehrsamkeit über die Kunst, des Künstlichen und des Erkünstelten über den Künstler.

Typisch für die klassische chinesische Dichtung ist auch der Widerspruch zwischen der Gelehrsamkeit, dem Bücher- und Aktenstaub einerseits und dem künstlerischen Empfinden andererseits; zwischen höfisch-literarischem Ehrgeiz und bäuerlich-schlichter Ehrlichkeit; zwischen ornamentaler Verschleierung und unmittelbarer Einfachheit; zwischen Moralisieren oder Anstand, Ritual, Etikette und Moral oder Anständigkeit.

In einem konsequent durchdachten und emotional mit der Persönlichkeit eng verwobenen zyklischen Weltbild fehlt auch der „horror vacui“, jenes Grauen vor dem „Leeren“, das in der Dichtkunst anderer Völker, selbst schon im babylonischen „Gilgamesch-Epos“, ein unauffüllbares Loch in das Universum und in die Seele des Dichters riß. In der chinesischen Philosophie und Dichtkunst ist der Begriff „Leere“ eine positive Qualität, etwas Erstrebenswertes; denn in diesem Begriff ruht der Gedanke der Entpersönlichung in der Gemeinschaft, der Rückkehr zur Ursprünglichkeit, zur Natur, zum Großen Stamm. Hier ist keine göttliche Gnade notwendig, kein Einschreiten einer transzendenten Projektion des Selbsts – der Selbstsucht; im Gegenteil, sich über die Geschichte und über die Natur ins Übernatürliche hinauszuheben würde den wahren Tod bedeuten: denn dann wäre eine Rückkehr in den zyklischen Lauf der Einheit von Natur und Geschichte unmöglich gemacht. Das erklärt wahrscheinlich die große Liebe des chinesischen Geistes sowohl für die Geschichte wie auch für die Natur – und gleichzeitig die Nonchalance, ja Fröhlichkeit, mit der man bei Lebzeiten seinen eigenen, längst bereitgestellten Sarg betrachtete. Die Übungen der Kartäusermönche waren den Chinesen fremd. Sie hatten wenig Angst vor dem Verströmen des Selbsts, weil ihm ein Wiedereinströmen folgen mußte; große Angst jedoch hatten sie vor dem Verlust der Norm.

In dem traditionell einem Schüler des Konfuzius zugeschriebenen ältesten Kommentar zum „Buch der Lieder“ finden wir in der sogenannten „Großen Einleitung“ folgenden Satz: „Nichts vermag besser als die Poesie, Unrichtiges zu berichtigen, Himmel und Erde zu bewegen und die Geister zu beeinflussen …“ Den gleichen Gedanken begegnen wir immer wieder in der Literatur und Literaturkritik Chinas. Wenn wir die Reihenfolge umdrehen und „die Geister … beeinflussen“ an den Anfang stellen, so würde das dem tatsächlichen Entwicklungsgang der Poesie eher entsprechen. Die magische Beeinflussung der Umwelt im Arbeitsprozeß zugunsten des Stammes und die subjektive Steigerung der Kräfte der Stammesmitglieder im Ritual – meist als eine Art Kommunion mit den Geistern der Ahnen oder dem Stammestotem empfunden – waren die Ureltern aller Künste, so auch der Dichtkunst. Das kritische oder didaktische Element gesellte sich ihr viel später zu.

Und doch behielt das Wort als Schriftzeichen in China sehr lange jenen Nimbus des Magischen, der Zaubermacht; in gewissem Sinn gab ihm erst die Entstehung einer nicht mehr klassischen, einer umgangssprachlichen Literatur den Todesstoß. Denn das chinesische Schriftzeichen schloß gleichsam etwas vom Wesen der Dinge – etwas, das an eine Idee im Sinne Platos gemahnt – in sich ein. Seine Bildhaftigkeit und seine relative Unverrückbarkeit in der klassischen Diktion, die allen lautlichen und umgangssprachlichen Veränderungen standhielten, gaben dem chinesischen Schriftzeichen neben seinem Wortsinn einen darüber hinausreichenden Ewigkeitswert, der die Vergangenheit in die Gegenwart mit einbezog und die Kontinuität der Norm für alle Zeiten zu garantieren schien.

Zugleich müssen wir uns vor Augen halten, daß die chinesische Literatur nur einer verschwindend kleinen Anzahl von Schriftgelehrten zugänglich war, daß die überwiegende Mehrheit der Bevölkerung Chinas bis in die Gegenwart ein klassisches Gedicht nicht viel besser verstehen konnte als die europäischen Bauern im Mittelalter die lateinische Poesie der Priester. Nur sehr wenige Dichter – wie zum Beispiel Bai Dschü-i und die Verfasser von Liedern im Tschü-Stil der Yüan- und Ming-Zeit – versuchten in einer Sprache zu schreiben, die, wenn man ihre Werke deklamierte oder sang, auch dem Nichtliteraten verständlich war.

Die Schrift war ein Privilegium, die Wahrer des Schrifttums waren eine privilegierte Klasse und taten ihrerseits alles, um den Nimbus des Magischen, der dem geschriebenen Wort eine über das Dokument hinausreichende Macht verlieh, zu stärken. Die Tradition kam ihnen zu Hilfe: Weise der Urzeit sollen die Schrift der Natur – dem Großen Stamm – nachgebildet oder direkt von ihr empfangen haben.

Übertreibung und Selbstüberschätzung sind häufig Merkmale des Poeten. Aber die Dichter Chinas und ihre Kritiker scheinen oft tatsächlich daran zu glauben, daß die Poesie „Himmel und Erde bewegen“ kann. Das allerdings erklärt sich nicht so sehr aus den magischen Vorstellungen, die sich mit der chinesischen Schrift und klassischen Dichtkunst verbanden, als vielmehr aus der realen Macht der beamteten Literaten – der Selbsteinschätzung einer Klasse, deren höchster Exponent ein „Sohn des Himmels“ war.

Typisch für die chinesische Dichtung ist die historische Anspielung, das Zitieren – oft unter Auslassung wesentlicher Bestandteile des Zitats, der schablonenhafte Ausdruck, die Wiederholung gewisser Motive, die häufige Wiederkehr der gleichen Themen und schließlich die Legalität des Plagiats. Sie hatte sich nie ganz von der Natur getrennt, die Natur nie ganz von der Geschichte. Die historische Anspielung oder der schablonenhafte Ausdruck konnte in der Hand des Dichters – wenn er ein wirklicher Künstler war – mit einem Zauberwort eine ganze Kette von Assoziationen im Geist des Lesers oder Zuhörers heraufbeschwören (vgl. zum Beispiel das „Poem vom Eulenbesuch“ und die dazu gehörende Anmerkung). Aber die historische Anspielung konnte auch Selbstzweck werden – ein Mittel, um die eigene Gelehrsamkeit zu demonstrieren oder Mangel an Talent mit der Macht des Gedächtnisses zu kaschieren. So kam es, daß Patriarchen unter den Gründern von Dichterschulen wie Huang Ting-dschjän Losungen aufstellten, die sehr an den Satz des Griechen Kallimachos (3. Jahrhundert v. u. Z.) erinnern: „Ich singe nichts, das nicht belegt ist.“ Und der Verfasser einer berühmten Schrift über die Geheimnisse der Tzi-Dichtung, Schen Bo-schi (13. Jahrhundert), empfiehlt ernstlich, nur ja nichts direkt auszudrücken, also nicht einfach „Pfirsich“ zu schreiben, sondern „Roter Regen“ oder „Herr Liu“ (weil ein gewisser Liu Tschen zur Han-Zeit bei einer Begegnung mit Feen auf dem Tjäntai-Berg „Pfirsiche“ gegessen haben soll); ebenso dürfe man keinesfalls „Tränen“ schreiben, sondern müsse dafür „Zweireihig fallende Jadestäbchen“ setzen.

Wenn wir Li Tai-bos „Trinklied“ mit Su Dung-pos „Herbstnacht“ vergleichen, so wird uns sofort auffallen, daß in beiden Gedichten der Mond und der Schatten von dem sich vereinsamt fühlenden Dichter als Gäste eingeladen werden. Offensichtlich ein Plagiat! Den Schatten hatte vor Li Tai-bo bereits ein anderer großer Dichter eingeladen: Tau Yüan-ming. Wenn solche gewaltige Dichterpersönlichkeiten wie Li Tai-bo und Su Dung-po keine Scheu empfanden, voneinander „abzuschreiben“, um wieviel weniger dann die Epigonen und Dichterlinge! Wie rechtfertigten die chinesischen Dichter diesen „Diebstahl an geistigem Eigentum“? Zitieren wir Su Dung-po selbst. In einem Gedicht über den Tang-Maler Wu Dau-zi sagt er voll Anerkennung: „Er brachte Neues innerhalb der Norm hervor ...“ Der Ming-Dichter Li Meng-yang (1472–1529) schrieb folgende noch deutlichere Sätze: „Die Menschen unserer Tage scheuen sich nicht, in der Kalligraphie möglichst große Ähnlichkeit mit dem Original der Vorlage zu erzielen ... warum dann sollte es in der Poesie und Prosa anders sein!“ Für Li Meng-yang waren die Werke der Alten nach und „von“ der Natur geschaffen; Nachahmung der Alten war also Nachahmung der Natur – und was konnte „natürlicher“ sein? Li Meng-yang verfolgte zwar zeitbezogene Absichten mit der Niederschrift solcher Gedanken, aber sie waren nicht neu; sie waren gewissermaßen immanent in einer Kultur, deren Norm in einer idealen Vergangenheit lag.

Ein geraffter Überblick über die Gedichtformen enthüllt weitere Eigenheiten der chinesischen Lyrik. Im „Buch der Lieder“ herrscht die viersilbige Zeile vor. Die „Lieder“ sind in Strophen mit oft nur geringen Variationen gegliedert und haben häufig einen Refrain. Die Gedichte im Tschu-Stil – wie Tschü Yüans „Lisau“ und Sung Yüs „Herbstlied“ – bestehen meist aus sechssilbigen Zeilen mit einer Interjektion (heute hsi, einstmals wahrscheinlich ah! ausgesprochen) am Ende der ersten Zeile jedes Zeilenpaars. Der Fu-Stil schwankt zwischen viersilbigen und sechssilbigen Zeilen. Das Alte Schi („Schi" heißt Gedicht oder Lied) hatte anfangs fünfsilbige Zeilen ohne bestimmte tonale Muster (die chinesischen Wörter sind einsilbig und unterscheiden sich voneinander oft nicht im Laut, sondern nur durch Verschiedenheit der Tonhöhe), später gab es auch siebensilbige Gedichte im Alten-Schi-Stil. Das Neue Schi unterscheidet sich vom Alten Schi vor allem durch Fixierung der tonalen Muster. Das Tzi zeigt ungleiche Zeilenlänge, ebenso wie später das Tschü. Näheres über diese Genres der chinesischen Dichtkunst wird noch im Zusammenhang mit ihrer zeitlichen Aufeinanderfolge in der geschichtlichen Entwicklung Chinas gesagt werden.

Im Jahr 513 schrieb Dschung Rung, der Verfasser eines der ersten und zugleich bedeutendsten literaturkritischen Werke Chinas, in der „Einschätzung der Poeten": „Das viersilbige Gedicht (im Stil des „Buchs der Lieder") ist zu eng im Ausdruck, darum geht es leicht in die Breite ..." In anderen Worten: Der Inhalt, die reichere gesellschaftliche Erfahrung, hatte die Form gesprengt. Gedichte im alten Stil neigten zur Langatmigkeit: Was nicht in eine Zeile ging, quoll in die nächste über. Zu Dschung Rungs Zeiten war die fünfsilbige Zeile modern, später erweiterte sie sich zur siebensilbigen und schließlich zu freieren Formen mit ungleichen Zeilenlängen.

Aber trotz der periodischen Erneuerung des poetischen Ausdrucks, die der berühmte Gelehrte Wang Guo-we (1877–1927) damit erklärte, daß jedes Genre, nachdem es viele Dichter benutzt hatten, „zur Schablone erstarrte, so daß auch große Talente schwer innerhalb der alten Form Neues hervorbringen konnten", lebten die alten poetischen Ausdrucksformen mit erstaunlicher Zähigkeit weiter. Bis in die Gegenwart wurden Gedichte im Stil der Tang- oder Sung-Zeit geschrieben; und das Tzi ist auch heute noch ein beliebtes Ausdrucksmittel für den „klassisch“ Gebildeten. Evolution und Kontinuität der Norm fanden auch im Reich der dichterischen Formen ihre Widerspiegelung.

In der „Einschätzung der Poeten“ definiert Dschung Rung drei bereits im Kommentar zum „Buch der Lieder“ erwähnte Termini technici der Dichtkunst: „Erhebung – Weiterwirken des Inhalts über den Text hinaus; Vergleich – Ausdruck des subjektiven Wollens anhand des objektiv Wahrgenommenen; Beschreibung – direkte Darstellung ...“ Um das Jahr 1200 verlangte Yän Yü in seiner Poetik, „Tsang Langs Gespräche über die Dichtkunst“, von einem guten Gedicht, daß es „wie das Spiegelbild des Mondes im Wasser, das Abbild der Gestalt im Spiegel“ sei; und daß der Gedanke (Inhalt) unerschöpflich weiterwirken soll, wenn sich auch die Worte erschöpft haben. Yän Yü schrieb unter dem Einfluß des Zen-Buddhismus, der seinerseits wieder eine Synthese von Buddhismus und Dauismus war. Schon im 3. Jahrhundert v. u. Z., also rund fünfzehnhundert Jahre vor Yän Yü und lange vor dem Eindringen des Buddhismus in China, riet der dauistische Philosoph Dschuangzi: „Horch nicht mit dem Ohr, höre vielmehr mit dem Herzen; höre auch nicht mit dem Herzen, höre mit dem ‚Tschi‘ [Atem, Pneuma, Lebenskraft]: das Tschi ist ein Leeres, das der Dinge harrt.“ Daß bei Dschuangzi noch magische Vorstellungen in sein philosophisches Konzept mit eingewoben wurden, ist nicht verwunderlich. Aber auch bei Dschung Rung und Yän Yü und noch viel späteren Dichtern und Literaturtheoretikern tauchen oft Gedanken auf, die unschwer ein magisches oder mystisches Element erkennen lassen (vgl. Su Dung-pos „An den Mönch Tsan Ljau“).

„Erhebung“ – ein Weiterwirken des Inhalts über den Text hinaus, ein Andeuten und den Leser Mitempfinden-, Nachempfinden- und Weiterempfinden-Lassen –

war schon früh und blieb das höchste Ideal der klassischen Dichtkunst Chinas – ein Ideal, das zwischen Didaktik, tiefem Empfinden und dem Dau oder Tschi schwankte.

Die erste nähere Bekanntschaft Europas mit China ging über den scheinbar zerbrechlichen Weg des Porzellans, dessen ausgewogene zierliche oder erhabene Formen Entzücken in der europäischen höfischen und bürgerlichen Gesellschaft des 18. Jahrhunderts hervorriefen. In einer Flut von Nachahmungen prägte sich Europa ein Bild von China, das einer in eine Pagodenwelt versetzten Rokoko-Gesellschaft glich; und beiden war eins ja auch gemeinsam: der Zopf. Die europäischen Aufklärer hatten indessen in der Gesellschaft und im Staatswesen Chinas – in seiner Norm – eine Art prästabilierte Harmonie entdeckt. Das Bild verschob sich sehr zuungunsten Chinas, nachdem man in Europa durch die Opiumkriege erfuhr, daß die Chinesen einem so bösen Laster wie dem Opiumrauchen frönten. Die kapitalistische Gesellschaft Europas fand kaum etwas Anstößiges daran, daß Europäer in China einen Opiummarkt für sich eroberten: schließlich war ja auch Opium eine Ware. Aber daß die Chinesen so etwas rauchten! Seit jener Zeit wurde bewußt ein gutes Quantum an Schaurigem, Grausamem, Bösem in das China-Bild des Europäers hineingetragen. Mit dem Niedergang und der Selbstentlarvung der bürgerlichen Kultur trat wieder ein Umschwung ein: Nun beneidete man den chinesischen Gelehrten, Dichter oder Mönch um seine innere Ruhe und lächelnde Freude an der Natur. So bauten nicht wenige europäische bürgerliche Intellektuelle ihren Elfenbeinturm in eine chinesische Pagode um.

Die meisten deutschsprachigen Anthologien chinesischer Lyrik blieben an der Chinoiserie haften. Man suchte im chinesischen Gedicht das Ornamentale, Bizarre, Kontemplative oder Mystische. Darum wurden sozialkritische Dichtungen auch gern weggelassen. Aus manchen Nachdichtungen wiederum hört man recht deutlich den unartikulierten Aufschrei der gequälten Bürgerseele des 20. Jahrhunderts heraus. Fast alle Anthologien der chinesischen Dichtkunst in europäischen Sprachen aber vermitteln den Eindruck, daß nach der Tang- oder Sung-Zeit kaum noch etwas Nennenswertes geschrieben wurde.

So muß sich heute eine repräsentative, wissenschaftlich begründete Anthologie der klassischen chinesischen Lyrik andere Aufgaben stellen.

Unsere Auswahl versucht, soweit das subjektiv möglich ist, das landläufige Bild der chinesischen Dichtung zu korrigieren, es auf eine breitere Basis zu stellen und neben dem ästhetisch Ansprechenden auch das Typische, das historisch, sozialkritisch und geistesgeschichtlich Interessante und Wichtige in einem nicht allzu umfangreichen Sammelband zu vereinigen. Aus diesem Grund wurde auch der Zeitraum bis zu einem sichtbaren Schlußpunkt der klassischen chinesischen Lyrik – bis etwa zum Ende der Kaiserzeit erweitert.

Da eine gewisse Kenntnis der Dichterpersönlichkeiten, ihrer Position in der Entwicklung der chinesischen Lyrik und der von ihnen vertretenen Schulen und geistigen Strömungen für das Verständnis des chinesischen Gedichts natürlich eine wichtige Rolle spielt, haben wir biographische Notizen in den Anhang der Anthologie aufgenommen.

Der englische Kritiker Christopher Caudwell sagt in seinem Buch „Illusion und Wirklichkeit“ (postum 1937), daß wir die „älteren Dichter ausschließlich nach ihrem affektiven Ton“ beurteilen; „ihre offenbaren Inhalte gehören lange schon zu unserer Gedankenwelt. Daher kommt die scheinbare Plattheit der alten Poesie, die aber doch eine bedeutsame Plattheit ist.“ Bei der chinesischen Dichtung mag die Fremdheit des Milieus – Assoziationen, die nicht zu unserem Gedankengut gehören – den Leser vergessen machen, daß er Werke älterer Dichter liest. Doch selbst auf die Gefahr hin, „platt“ zu erscheinen, haben wir bei den Nachdichtungen einen Stil gewählt, der nicht zu modernisieren versucht. Ein allzu enges Festhalten am Original ist, wie noch an einem Beispiel gezeigt wird, unmöglich, ohne den Leser zu schockieren oder ihm ein völlig falsches Bild vom ästhetischen Wert der chinesischen Dichtung zu geben. So sind die Nachdichtungen meist sehr frei – freier als beispielsweise Nachdichtungen aus der alten griechischen, englischen oder französischen Poesie.

Die Illustrationen wurden ebenfalls auf einer verhältnismäßig breiten Basis ausgewählt: vom groblinigen Steinabklatsch aus Han-Gräbern bis zur technischen Raffinesse der Bildrolle aus der späten Tsching-Zeit. Sie stehen in keinem direkten Verhältnis zu den ausgewählten Gedichten, sind aber auch nicht beziehungslos in die Anthologie gestellt. Was sie illustrieren sollen, ist das Kunstempfinden der Chinesen, das Dichtung, Malerei und Kalligraphie in *einem* ästhetischen Komplex umfaßt. Daher auch die kalligraphischen Proben. Vielleicht wird der Leser bei der Betrachtung der Illustrationen ein oder das andere Gedicht besser verstehen. Die Grundstimmung in der chinesischen Malerei und Dichtung gibt oft wirklich das Gefühl des Ineinanderfließens von Bild und Wort – sicher auch unserem Leser.

Versuchen wir nun, den Werdegang – die Entstehung und Entwicklung der chinesischen Dichtung – mit einer Überschau der chinesischen Geschichte zu verbinden.

In den ältesten schriftlichen Zeugnissen Chinas, den sogenannten Orakelschriften aus der zweiten Hälfte des 2. Jahrtausends v. u. Z., finden wir kaum mehr als kurze, im Amtsstil eines bereits etablierten Wahrsagerstandes gehaltene Fragen wie:

Wird der himmlische Ahn reichlich Regen für die Ernte senden?
Wird der himmlische Ahn nicht reichlich Regen für die Ernte senden?

In diesen Inschriften werden wir vergeblich nach Poesie suchen. Interessant für uns jedoch sind die Elemente des Parallelismus und der Antithese in einem so frühen Sprachzeugnis: sie blieben über die Jahrtausende bis in die Gegenwart Charakteristika der chinesischen Sprache – vor allem der gehobenen, der Dichtkunst.

Der Überlieferung nach soll das folgende Lied aus der Zeit des Urherrschers Yau – einer legendären Persönlichkeit angeblich aus dem 3. Jahrtausend v. u. Z. – stammen. Wir geben es hier absichtlich in einer dem Original möglichst nahen und daher kaum deutsch klingenden Übersetzung wieder:

Sonne herauskommen und tun.
Sonne hineingehen und ruhn.
Bohren Brunnen und trinken.
Pflügen Feld und essen.
Herrscherkraft für mich (uns) was haben?

Die Gedankenwelt dieses Lieds gehört in die Sphäre des Dauismus, der in der zweiten Hälfte des 1. Jahrtausends v. u. Z. eine philosophische Schule bildete. Auch sprachlich zeigt das Lied eine weitaus reifere Stufe als die der Orakelinschriften. Natürlich ist es um Jahrtausende jünger, als man früher meinte. Aber wir wollen es trotzdem seiner Einfachheit halber für ein paar weitere Erklärungen benutzen. Versuchen wir zunächst, die Rohübersetzung in ein einigermaßen verständliches Deutsch zu bringen:

Wenn die Sonne aufgeht, arbeiten wir.
Wenn die Sonne sinkt, so ruhen wir.
Wir bohren Brunnen, um daraus zu trinken.
Wir pflügen Felder, um uns zu ernähren.
Warum sollen wir uns um des Herrschers Macht scheren!

Der Grundgedanke dieses Lieds ist Rückkehr zu urgesellschaftlichen Zuständen, zu einer Gesellschaft, in der der Herrscher nur Häuptling, selbst noch produktiv tätig und im Besitz von Autorität, nicht aber Macht war. Doch all das finden wir als Leitmotiv in der gesamten dauistischen Literatur (vgl. Anhang: Das Buch „Lauzi"). Sehen wir uns an, was bei der Verdeutschung der Rohübersetzung geschah. Im chinesischen Original fehlt das Subjekt: es könnte „ich", kann aber auch „wir" sein. Ja es fehlt nicht nur das Subjekt, sondern auch der Numerus – Einzahl oder Mehrzahl? Und dazu noch das Tempus – Gegenwart, Vergangenheit oder Zukunft? Die ersten vier Zeilen der Rohübersetzung sind wieder parallelistisch oder antithetisch angeordnet. Wenn wir vorläufig aus diesem Gedicht auch einige für manche Eigenheiten der chinesischen Dichtung und die Schwierigkeiten der Übersetzung wichtige Erkenntnisse gewonnen haben, den Anfang der chinesischen Dichtkunst dürfen wir in einem verhältnismäßig so späten Lied wie diesem jedenfalls nicht suchen.

Im „Buch der Riten" ist uns eine Zauberformel des Winteropfers Dscha erhalten geblieben:

Erde kehr in dein Haus zurück!
Wasser kehr in die Gräben zurück!
Käfer, Gewürm erhebet euch nicht!
Gräser kehrt in die Marschen zurück!

Die Schöpferkraft der Arbeit im künstlerischen Gestaltungsprozeß ist auch in diesem – vielleicht erst nach langer mündlicher Überlieferung niedergeschriebenen – Zauberspruch deutlich zu erkennen: Bestellung des Akkerlands und Sorge um die nächste Ernte. Ebenso deutlich zu erkennen aber ist auch darin der magisch formelhafte Charakter, der den Anfängen aller Poesie eigen ist.

Unsere Anthologie beginnt mit dem „Buch der Wandlungen", einem Handbuch für Wahrsager, in dem sich außer den zwei von uns ihres relativen ästhetischen

Wertes wegen ausgewählten Bruchstücken vieles findet, das aus den verschütteten Quellen uralten magischen Brauchtums in diese viel späteren Aufzeichnungen eingesickert ist. Eine dunkle, mit unheimlichen Kräften ringende Welt tritt uns hier entgegen:

Donner kommt beängstigend, beängstigend.
Lachen erklingt schallend, schallend.
Donner schreckt hundert Li weit.
Doch Opferlöffel und Opferwein,
sie werden nicht verderben.

Kosmisches und menschliches Geschehen greifen ineinander über; und in diesem für das Weltbild des alten China so typischen Ineinandergreifen wird die Geschichte in die Natur einbezogen; und die Natur mit ihrer Vielfalt von Erscheinungen wird zu viel mehr als einem Schauplatz menschlichen Tuns: sie nimmt daran teil, ja sie bestimmt es. Die „Wandlungen" allerdings vollziehen sich nicht in einer linearen Kette von Metamorphosen, die Noch-nie-Dagewesenes schafft, sondern in einem zyklischen Universum. Vielleicht ist die Frage nicht unberechtigt, ob der bereits erwähnte Parallelismus und die Antithese – die Gegenüberstellung ähnlicher oder konträrer Begriffe in einem Zeilenpaar – nicht die sprachliche Widerspiegelung einer zyklischen Form des Denkens, eines zyklischen Weltbilds sind?

Am Anfang der traditionellen Geschichte Chinas stehen mythische Kaiser, die offensichtlich in die Urzeit zurückprojizierte Züge einer bereits entwickelten sozialen und ethischen Norm tragen. Auch die Existenz der traditionell als erste Dynastie angegebenen Hsja-Dynastie konnte archäologisch bisher nicht bewiesen werden. Hingegen haben Ausgrabungen in Honan Orakelinschriften zutage gefördert, die die Richtigkeit der traditionellen Angaben über die Herrscher der zweiten, der sogenannten Schang-Yin-Dynastie (etwa 17. bis 11. Jahrhundert v. u. Z.) bestätigten. Die Wiege der chinesischen

Kultur war jedenfalls das Huangho-Becken. Erst viel später verlagerte sich der Schwerpunkt südwärts in das Gebiet des Yangtse.

Im II. Jahrhundert v. u. Z. besiegte das von Nordosten vordringende Dschou-Volk die Schang-Yin-Dynastie mit ihrem Kult- und Kulturzentrum in der heutigen Provinz Honan. Die Eroberer, die kulturell offensichtlich auf einer tieferen Stufe standen, übernahmen von den Besiegten unter anderem auch die Orakelschrift. In den nächsten Jahrhunderten bildeten sich die ethischen und ritualistischen Normen eines partikularistischen Feudalsystems heraus, in dem der Dschou-König als „Sohn des Himmels" über die mächtigsten Ahnen in den überirdischen Regionen und damit zumindest anfangs auch über die größte irdische Macht verfügte. Die freien Bauern des Eroberervolks verfielen immer mehr in Abhängigkeit von den Fürsten, die ihrerseits wieder ihr Territorium gewaltsam erweiterten, bis sich aus den unsäglichen Wirren fürstlicher Machtkämpfe sieben größere Staaten herausbildeten; der Dschou-König war schon vor der Mitte des I. Jahrtausends v. u. Z. zu einer Marionette in der Hand mächtiger Fürsten herabgesunken. In dem Niedergang der partikularistischen Feudalverhältnisse, die vor allem für die Bauernschaft immer unerträglicher wurden, errang der Gedanke einer Neuordnung und Reichseinigung zwingende Gewalt.

Ein reger Wettstreit politisch-ökonomischer und philosophischer Theorien brachte eine Blüte geistigen Schöpfertums hervor, von der China in gewissem Sinn noch zwei Jahrtausende zehrte. Von den sogenannten Hundert Schulen jener Zeit beeinflußten jene der Konfuzianer, Dauisten und Legalisten (der Verfechter der Allmacht des Gesetzes) die Geisteswelt Chinas am tiefsten und am längsten. Zur Zeit der Hundert Schulen fand man kaum noch Gefallen an lyrischem Schaffen; man diskutierte und argumentierte, und dafür eignete sich die Prosa weit besser – eine Prosa notabene, die aus dem starren Stil der Chronisten und Archivare erst der Geschmeidigkeit neuer und oft kühner Gedankenflüge angepaßt werden mußte. Der Philosoph Menzius (Mengzi) klagte im 4. Jahrhundert v. u. Z.: „Mit dem Verlöschen der königlichen Herrschaft [der Dschou] verklangen auch die ‚Lieder' …" Mit den „Liedern" ist das „Buch der Lieder" gemeint, aus dem man zu Menzius' Zeiten in gebildeten Kreisen zwar noch gerne zitierte – nicht nur, um zu brillieren, sondern vor allem um auf diplomatischer oder höfischer Ebene mit einer feinen Anspielung zu schmeicheln, zu drohen oder dem Gegner das Argument zu nehmen; aber damit war man bereits weit von den geistigen und emotionalen Grundlagen des „Buchs der Lieder" abgekommen. Man schrieb ja auch keine „Lieder" mehr, man zitierte sie nur.

In unserer Anthologie haben wir den „Gesang von den illustren Ahnen des Königshauses der Dschou" an den Anfang der „Lieder" gestellt, da uns hier der Hauch eines mythischen Urgeschehens entgegenweht, das auf einer bestimmten Entwicklungsstufe des Menschen, von der Gewalt magischer Vorstellungen getragen, als glaubwürdig, als wahr empfunden wurde. Das „Buch der Lieder" enthält aber nur zu einem geringen Teil Ritualgesänge; wir finden darin die gesamte Skala der Gefühls- und Gedankenwelt einer sich aus dem Stammesleben herauslösenden Feudalgesellschaft bis zu deren allmählicher Verknöcherung und Desintegration. Wer die Autoren waren, wissen wir nicht; wahrscheinlich kamen sie aus verschiedenen gesellschaftlichen Schichten. Das „Lied der Holzfäller" konnte kaum ein Angehöriger der privilegierten Stände geschrieben haben. „Fluch den Weibern" hingegen scheint eher von einem entschiedenen Gegner aller Überreste des Matriarchats, von einem geschworenen Weiberfeind verfaßt worden zu sein, der sehr gut über die Konkubinen- und Eunuchenwirtschaft am verfallenden Dschou-Hof Bescheid wußte. Auch zeitlich gehören die „Lieder“ verschiedenen Jahrhunderten an – die ältesten vielleicht dem elften, die jüngsten etwa dem siebenten. Da das „Buch der Lieder“ angeblich von Konfuzius (Kungzi) persönlich redigiert wurde, zählte es mehr als zweitausend Jahre lang zur Pflichtlektüre jedes Gebildeten: Man mußte alle dreihundert „Lieder“ auswendig lernen. Kein Wunder, daß es direkt oder indirekt, sprachlich oder inhaltlich auf die gesamte spätere Dichtung Chinas Einfluß nahm.

Sieben größere Staaten kämpften zu Ende der Dschou-Zeit (5.–3. Jahrhundert v. u. Z.) um die Vormachtstellung. In dieser Periode der „Streitenden Reiche“ gelang es dem von der Schule der Legalisten geführten Staat Tschin im Nordwesten schließlich 221 v. u. Z., das Reich für kurze Zeit unter der Herrschaft des Ersten Kaisers zu einigen. Der Hauptwidersacher des Tschin-Staates war über ein Jahrhundert der Staat Tschu im Süden gewesen, ein Staat, in dem verschiedene, zum Teil noch kulturell sehr tiefstehende ethnische Gruppen nebeneinander lebten. Hier hatten sich zum Unterschied von dem sozial und politisch im Aufbruch begriffenen Norden Formen der älteren Stammesverfassung länger erhalten. Das erklärt das romantische Verlangen nach Rückkehr zu einem Goldenen Zeitalter, wie wir es im Kapitel 80 des Buches „Lauzi“ finden. Überhaupt hatte sich die Poesie vom prosaischen Norden in den Süden zurückgezogen: Das Buch „Lauzi“ und Tschü Yüan, der erste namentlich bekannte Dichter Chinas, stammten beide aus dem Staat Tschu. Hier blühte die philosophische Romantik der Dauisten und der dithyrambische Gesang des Schamanen, den wir in geläuterten Klängen in den Liedern Tschü Yüans und Sung Yüs finden.

Die Reichseinigung unter dem Ersten Kaiser von Tschin war nur von kurzer Dauer: schon nach fünfzehn Jahren brach die Herrschaft seines „ewigwährenden“

Hauses zusammen. Aber die Regierungsform, die die Tschin-Herrscher mit Hilfe ihrer legalistischen Berater geschaffen hatten – ein zentralistischer Beamtenstaat mit einem magisch wirkenden „Sohn des Himmels“ an der Spitze –, erwies sich als überaus zählebig. Die Literatur blieb auf das Edikt, den Gesetzestext und das in Stein verewigte Panegyrikon beschränkt. Außer Büchern über Ackerbau, Heilkunde und Wahrsagerei wurde alles Schrifttum verbrannt. Der Beamte wurde zum Lehrer, sein Lehrbuch war das Gesetz. Der byzantinische Kaiser Leo III. (regierte 717–741), der Isaurier, hatte sicher andere Gedanken im Kopf, als er die große Bibliothek von Byzanz niederbrennen ließ: nach dem Autodafé des antiken Geistes durfte nur mehr Religion in den byzantinischen Schulen unterrichtet werden. Hier schieden sich die Geister in der Entwicklung Chinas und des Abendlandes.

Während das ideologische Machtmittel der kirchlichen und weltlichen Herren Europas und der Trost ihrer Untertanen eine in Stein und Bild erblühende Religion – das Christentum – war, wurden in China unter der Han-Dynastie (206 v.u.Z.–220 u.Z.), die die Tschin-Dynastie ablöste, sehr bald die ritualistisch-ethischen Elemente des Konfuzianismus, vermischt mit legalistischen und dauistischen Gedanken, zur Staatsdoktrin erhoben. Der zentralistische Beamtenstaat erstrebte die Identität von Gesetz und Moral. Die absolute Autorität des Vaters gegenüber dem Sohn – das familiäre oder sippenbedingte Autoritätsverhältnis – wurde nach oben über die gesamte feudalistische Beamtenpyramide bis zu ihrer Spitze, dem in magischen Höhen verschwimmenden „Sohn des Himmels“, ausgedehnt. Ungehorsam dem Vater gegenüber kam also einem Staatsverbrechen gleich, da dies die Sicherheit der ganzen Pyramide in Frage stellen konnte. Die Gewaltherrschaft des Tschin-Staates erforderte keine literarische Verbrämung, wohl aber ein Gesetz, das in der Hypostase der Moral erschien. So sammelten die Han-Kaiser eifrig, was an Büchern dem Autodafé des Ersten Kaisers entgangen war oder sich im Gedächtnis der Gelehrten erhalten hatte. Neben den Schriften der Konfuzianer, zu denen nun auch das „Buch der Wandlungen“ und das „Buch der Lieder“ zählte, wurde mit einem Schlag die uns bereits durch das Buch „Lauzi“, insbesondere aber durch Tschü Yüan und Sung Yü bekannte südliche Dichtung des Tschu-Staats modern. Dazu trug auch der Umstand bei, daß die Zerschlagung des Tschin-Reichs von Tschu ausgegangen war und die Han-Kaiser selbst aus Tschu stammten.

Aus der Tschu-Dichtung nach Art der von Tschü Yüan geschriebenen Werke entwickelte sich während der Han-Zeit der sogenannte Fu-Stil – ein Mittelding zwischen deskriptiver Lyrik und didaktischem Essay, das in allzu großer Nähe des Kaisers und der Prinzen sehr bald in literarische Speichelleckerei ausartete. Man beschrieb mit einem erlesenen Vokabular und in reichlich übertriebener Weise Schönheit und Reichtum der Residenzstädte, Paläste und kaiserlichen Gärten. Der Fu-Stil erhielt sich mit wechselhaftem Schicksal und vielen Wandlungen – meist zum Schlechteren – bis zum Ende der Feudalzeit. Wir haben hier nur eine der frühen Fu-Dichtungen, Dschja Is „Poem vom Eulenbesuch“, aufgenommen, das noch nicht an jener für das höfische Fu typischen Hypertrophie ausgefallener Vokabeln, klassischer Anspielungen und literarischer Unaufrichtigkeit leidet. Durch die Anwendung dauistischer Vorstellungen auf das persönliche Schicksal des beamteten Literaten – der Trost einer Philosophie der „Wandlung“ und zyklischen Rückkehr – ist es auch von geistesgeschichtlichem Interesse.

Unter Kaiser Wu (140–87 v. u. Z.) erreichte die Han-Dynastie den Höhepunkt ihrer Macht. Die seit langem China bedrohenden Hunnen wurden zurückgeschlagen und ein Vorstoß nach Zentralasien unternommen. Der glanzvolle Hof eines so mächtigen Herrschers bedurfte einer entsprechend glanzvollen literarischen Fassade. So wurden Ritualgesänge für die magisch-kultischen Funktionen des „Sohns des Himmels“ bei zeitgenössischen literarischen Größen bestellt und im Auftrag des Kaisers in den Provinzen Volkslieder gesammelt und in einem neugegründeten Musikamt (angeblich soll eine ähnliche Institution auch das „Buch der Lieder“ der Dschou-Zeit kompiliert haben) für die Bedürfnisse der Hofhaltung orchestriert und einstudiert. Die unter dem Sammelnamen „Musikamt-Gedichte“ bekannten Liedtexte (die Melodien gerieten wie auch beim „Buch der Lieder“ allmählich in Vergessenheit) sind in unregelmäßigen oder in fünfsilbigen Zeilen geschrieben – zum Unterschied vom „Buch der Lieder“, dessen Grundform die viersilbige Zeile ist. Auch der Musikamt-Stil erhielt sich noch über viele Jahrhunderte und wurde von zahlreichen großen und kleinen Dichtern stilistisch und thematisch als Vorlage benutzt oder schöpferisch erweitert. Viele der „Musikamt-Gedichte“ tragen balladesken Charakter. Die Verfasser sind meist unbekannt. Erst mit der Übernahme dieses Stils in Literatenkreise verbinden sich uns bekannte Namen mit „Musikamt-Gedichten“, so der Wang Tsans mit dem Gedicht „Die Mutter“. Im weitesten Sinn kann man die gesamte volksliedhafte Dichtung der Periode von der Han- bis zur Sue-Dynastie und alle nach den alten Liedtiteln (die sich auf eine bestimmte Melodie oder eine bestimmte Thematik beziehen) der Musikamt-Sammlung verfaßten Gedichte von Literatenhand diesem Genre zurechnen.

Die Han-Dynastie brach gegen Ende des 2. Jahrhunderts u. Z. unter dem Druck rebellierender Bauernheere zusammen. Die fortschreitende Latifundienbildung der beamteten Gutsherrenklasse hatte die ihres Bodens beraubten Bauern zum Aufstand getrieben; zugleich machten sich partikularistische Tendenzen unter den lokalen Machthabern geltend, die den mühsam aufgebauten zentralistischen Beamtenstaat zu sprengen drohten. In den Machtkämpfen, die das Han-Reich zerrissen und mit einer allgemeinen Niederlage der Bauern endeten, bildeten sich die Drei Reiche heraus, von welchen das mächtigste der Staat We in Nordchina war. Sein Begründer, der Feldherr und Staatsmann Tsau Tsau, war ebenso wie seine beiden Söhne, Tsau Pi und Tsau Dschi, selbst Dichter. Der Dschjänan-Stil (benannt nach einer Regierungsperiode des letzten Han-Kaisers; vgl. Li Taibos „Abschiedslied, geschrieben im Pavillon des Dichters Hsje Tjau"), der eng mit den Namen der drei Tsau verbunden ist, blieb für alle späteren Dichtergenerationen der Inbegriff männlicher, vollblütiger, realistischer Lyrik.

Zu jener Zeit gewann auch das sogenannte Alte Schi mit seinem fünfsilbigen Zeilenbau ohne strenges tonales Muster und ohne festgesetzte Anzahl der Zeilen seine für die kommenden fünf bis sechs Jahrhunderte für das lyrische Schaffen der Literaten maßgebende Gestalt. Als unübertroffene Meisterwerke und Musterbeispiele des Alten-Schi-Stils gelten die „Neunzehn alten Gedichte", die wahrscheinlich von Literaten geschrieben wurden, aber stark volkstümlichen Charakter tragen. Auch Tsau Dschis überragendes Talent trug durch seine Vorliebe für das Alte Schi viel zu seiner Popularisierung und Konsolidierung unter den Literaten bei. Im Grunde genommen hatte sich der Alte-Schi-Stil im Volk, aus dem Volkslied entwickelt.

Fast alle Gedichte aus der Periode von etwa 200 bis 600 u. Z. in unserer Anthologie sind im Original im fünfsilbigen Alten-Schi-Stil geschrieben.

Im Jahre 265 setzte ein mächtiger Minister den We-Kaiser ab und gründete die sogenannte Westliche Dschin-Dynastie. Die anderen zwei der Drei Reiche wurden nacheinander unterworfen und China für kurze Zeit wieder geeinigt. Der erste Dschin-Kaiser, selbst ein Usurpator, witterte überall Verrat. Die beamteten

Literaten jener Zeit lebten dauernd in einem Angstzustand, vom Schreckgespenst allerhöchsten Mißtrauens verfolgt, und starben auch zum größten Teil unter der Hand des Henkers. In diesem Milieu entsprang Liu Lings „Loblied auf die Tugenden des Weins" einem zeitgemäßen Bedürfnis: Flucht in den Rausch und Hoffnung auf Nachsicht dem harmlosen Trunkenbold gegenüber.

Im Jahre 311 eroberten hunnische Stämme Loyang, die Hauptstadt der Westlichen Dschin. Ein Angehöriger des Kaiserhauses floh mit einem Teil der Hocharistokratie, der Beamten, Gutsherren und der nordchinesischen Bauernschaft südwärts über den Yangtse. Damit verschob sich das ökonomische und kulturelle Zentrum Chinas für fast drei Jahrhunderte vom Norden nach dem Süden. Nanking wurde Hauptstadt des zusammengeschmolzenen Reiches der sogenannten Östlichen Dschin-Dynastie, der nach 420 vier kurzlebige Südliche Dynastien (Sung, Tschi, Ljang, Tschen) folgten, bis 589 das Reich von der Sue-Dynastie wieder geeinigt wurde. Von Anfang des 4. bis Ende des 6. Jahrhunderts herrschten nur über die Gebiete südlich des Yangtse chinesische Dynastien; der Norden Chinas zerfiel in mehrere Teilreiche unter fremdstämmigen Herrschern, die in rascher Reihenfolge einander ablösten und nur in wenigen Fällen relativ stabile Staatsgebilde schaffen konnten.

In jenen Zeiten der politischen Zerrissenheit und Unsicherheit gewann der von Indien her über die alten Seidenstraßen einströmende Buddhismus immer mehr Einfluß in allen Schichten der Bevölkerung. Die Literaten fanden überdies Trost in den Werken der Dauisten mit ihrem Gedanken der Rückkehr und der Coincidentia oppositorum – des Zusammenfalls aller Gegensätze – in einem geheimnisvoll transzendenten und zugleich immanenten Dau. Die Lyrik nahm einen metaphysisch-spekulativen Ton an oder entfloh mit den Wunschvorstellungen der Dichter in die Regionen der Feen und Geister, der Alchimie, der Suche nach dem Elixier des Lebens. Wirklich ernst nahm der berühmteste Dichter jener Epoche, Tau Yüan-ming, die Rückkehr: er entsagte der Beamtenkarriere und lebte zurückgezogen auf dem Lande, wo er „Das große Glück“ fand. Wie es mit diesem Glück bestellt war, enthüllt sein „Selbstverfaßter Grabgesang“: der Dichter löst sein Leid in der Ewigkeit des zyklischen Geschehens auf.

Erlösung in der Natur mit ihren Schönheiten suchte auch Hsje Ling-yün, der neue Sphären des Naturempfindens der chinesischen Lyrik erschloß und überhaupt als Vater der chinesischen Landschaftslyrik gilt. Tatsächlich nahm er – und nach ihm Hsje Tjau – vieles vorweg, was später als für die Tang-Lyrik typisch betrachtet wurde.

Nach der Flucht der Dschin-Dynastie nach dem Süden bildete sich in dieser und in den folgenden Südlichen Dynastien eine snobistische Oberschicht von Edelleuten und Gutsherren heraus, die als „hohe Sippen“ nicht nur auf die Bauernschaft, sondern auch auf die beamteten Literaten und Gutsherren der „niederen Sippen“ mit provozierender Geringschätzung herabsahen. So litt China nicht nur an der Spaltung in nördliche und südliche Reiche, sondern selbst der chinesisch gebliebene Süden bot das Bild innerer Zerrissenheit. Begabte Literaten aus den niederen Sippen wurden in unerträglicher Weise von den hohen Sippen brüskiert. Tau Yüan-mings und vor allem Bau Dschaus Gedichte enthüllen teils durch scheinbare Gelassenheit und Resignation, teils mit unverblümter Vehemenz die Auswirkungen dieses sozialen Konflikts.

In der Enge der luxuriösen Hofhaltung der Südlichen Dynastien, von denen mehrere Kaiser dichterisch begabt oder zumindest interessiert waren, entwickelte sich eine sprachlich mit aller Finesse ausgestattete, aber inhaltlich und emotional arme Hoflyrik. Die Schwüle der

Haremsatmosphäre jener Kaiserhöfe wirkt in der Lyrik erstickend stereotyp und bestenfalls ornamental. Wir haben nur eines der Gedichte von kaiserlicher Hand jener Zeit, „Pavillons im Teich“, in unsere Anthologie aufgenommen, da es mehr als eine bloße Vignette aus dem Hofleben bietet und zugleich formal und inhaltlich zur Tang-Lyrik überleitet. In jener Zeit entstand das Kurzgedicht, das man „Dschüedschü“ (gebrochene oder verkürzte Zeilen) nennt – ein Vierzeiler mit fünf-, später auch siebensilbigen Zeilen – und dessen Vorläufer in den volkstümlichen, traditionell der Musikamt-Dichtung zugerechneten Liebesgedichtchen des Südens (vgl. „Frühlingswind“) und den mehr martialischen Gedichtchen des Nordens (vgl. „Mein neues Schwert“) während der Zeit der Reichsspaltung zu suchen sind.

Die Reichseinigung unter der Sue-Dynastie (581–618), die Jahrhunderten der politischen Spaltung und ökonomischen Zerrissenheit ein Ende bereitete, war von kurzer Dauer, aber nachhaltigen Folgen. Unter dieser Dynastie wurde mit gewaltigem Aufwand der berühmte Große Kanal gebaut, der mehr als nur symbolisch den Norden und Süden miteinander verband. Aber schon unter dem zweiten Kaiser der Dynastie überstiegen die Ausgaben für den Hof, für Kriegs- und Baukosten bei weitem die Leistungsfähigkeit der Bauern. Wieder brachen Wirren aus, die mit der Errichtung der glanzvollsten aller chinesischen Dynastien, der Tang-Dynastie (618–907), endeten.

Während der Sue- und Tang-Dynastie wurde das Prüfungssystem für die Beamtenlaufbahn, das schon von den Han-Kaisern mit der Gründung einer Art kaiserlichen Universität begonnen wurde, zu einer für die Literatur – besser gesagt: den Literaten – entscheidenden Institution. Es gab kaum noch einen Dichter, der nicht alles darangesetzt hätte, den hohen literarischen Grad des Dschinschi zu erlangen, der ihm Zugang zu den höchsten Staatsämtern eröffnete. In den Dichterbiographien aus den folgenden Jahrhunderten verblüfft den europäischen Leser die Beharrlichkeit, mit der dieses Qualifikations-Ereignis immer wieder betont wird.

Unter der Tang-Dynastie, die gleich zu Beginn ihrer Herrschaft durch ein „Landausgleichssystem" für die Bauernschaft günstigere Bodenbesitzverhältnisse schuf, erstarkte das Reich nicht nur ökonomisch, sondern dehnte sich auch politisch bis nach Zentralasien aus. Zwischen Indien und China regte der Buddhismus einen für beide Teile befruchtenden Gedankenaustausch an. Zoroastrische und manichäische Priester fanden eine Heimstatt in der Metropole des Reiches, Tschangan, wo Tausende von Ausländern mit den Chinesen friedlich nebeneinander lebten. Die Vermischung verschiedenstämmiger Völker in den nördlichen Gebieten während der Jahrhunderte der Spaltung in Nord und Süd hatte unter der machtvollen neuen Dynastie günstige Folgen: ein Gefühl der Toleranz und Aufnahmebereitschaft in Kunst, Kultur und Wissenschaft erweiterte den geistigen Horizont der Menschen jener Zeit. Seinen höchsten künstlerischen Ausdruck fand das neue Lebensgefühl in der Lyrik, die geradezu alle Lebenssphären überflutete. Nicht nur Literaten, Kaiser, Höflinge, sondern auch Mönche, Kaufleute, Hetären – kurzum jeden, der mehr oder minder der Schreibkunst mächtig war, drängte der Zeitgeist zum poetischen Ausdruck von Gedanken und Gefühl. Die 50000 aus der Tang-Zeit erhalten gebliebenen Gedichte sind sicher nur ein Bruchteil der damals verfaßten. In der Tang-Zeit wurde zudem noch das Schi-Gedicht und auch das Fu-Gedicht zu einem Pflichtgegenstand bei den kaiserlichen Prüfungen. Also konnte ganz offiziell nur ein „Dichter" höherer Beamter werden.

Das Alte Schi mit seinem fünfsilbigen Zeilenbau, seiner tonalen Freiheit und unbestimmten Länge war für die Periode von der Han- bis Tang-Zeit das beliebteste lyrische Ausdrucksmittel. Mit der Tang-Zeit kam das Neue Schi auf und erreichte seine Vollendung – eine Gedichtform, für die äußerst strenge Regeln aufgestellt wurden. Schon im 6. Jahrhundert hatte der Dichter und Literaturtheoretiker Schen Yüe unter dem Eindruck der Rezitationsschwierigkeiten bei aus dem Sanskrit übersetzten buddhistischen Sutras und Kultliedern dem tonalen System der chinesischen Dichtkunst besondere Aufmerksamkeit geschenkt. Man unterschied zwischen „flachen“ (langen) und „schrägen“ (kurzen)* Tönen der einsilbigen chinesischen Wörter, die für das Ohr des euphonisch geschulten Dichters nunmehr nur in bestimmten tonalen Mustern verwendet werden sollten. Wenn wir für „flachen“ Ton einen Strich „–“, für „schrägen“ Ton das Zeichen „˘“ und für den Endreim „R“ setzen würden, so erhielten wir zum Beispiel für ein siebensilbiges Neues Schi das folgende Schema (freilich gibt es noch etliche Varianten):

– – ˘ ˘ ˘ – – (R)
˘ ˘ – – ˘ ˘ – (R)
˘ ˘ – – – ˘ ˘

– – ˘ ˘ ˘ – – (R)
– – ˘ ˘ – – ˘

˘ ˘ – – ˘ ˘ – (R)
˘ ˘ – – – ˘ ˘

– – ˘ ˘ ˘ – – (R)

Das Neue Schi konnte aus fünf- oder siebensilbigen Zeilen bestehen, durfte aber nicht mehr als acht Zeilen lang sein. Der Endreim war beim siebensilbigen Neuen Schi auf der ersten, zweiten, vierten, sechsten und achten Zeile; beim fünfsilbigen fiel der Reim der ersten Zeile weg. Schon ein flüchtiger Blick auf das tonale Schema

* Diese unterschieden sich wieder in „aufsteigende“, „absteigende“ und „einmündende“ Töne – Termini, deren Erklärung nur für den der klassischen chinesischen Sprache Kundigen von Bedeutung wäre.

zeigt, daß auch hier im großen und ganzen das Charakteristikum des Parallelismus und der Antithese gewahrt wurde: auf „flache" Töne in der ersten Zeile eines Zeilenpaares folgen oft „schräge" in der nächsten und umgekehrt. Beim Neuen Schi mußte überdies in den beiden mittleren Zeilenpaaren auch die Anordnung der Wörter streng parallelistisch-antithetisch sein. In dem Gedicht Wang Wes „Herbst in meiner Hütte am Berge" würden die beiden mittleren Zeilenpaare wörtlich übersetzt folgendermaßen lauten:

hell Mond Fichte inmitten strahlen
klar Quell Stein darauf fließen
Bambus lärmen zurückkehren Wäschermädchen
Lotos bewegen hinuntergehn Fischerboot

Hier stehen sich also Begriffe wie „hell" und „klar", „strahlen" und „fließen" einander gegenüber. Eine wörtliche, wirklich getreue Übersetzung chinesischer Lyrik ist bei einer solchen Knappheit des Ausdrucks und einer solchen Anordnung der Wörter so gut wie unmöglich.

Neben dem Neuen Schi mit einer Länge von acht Zeilen gab es noch eine erweiterte Form, die von zehn Reimen bis auf hundert und mehr ausgedehnt werden konnte. Ansonsten galten die gleichen Regeln. Der bereits erwähnte Vierzeiler Dschüedschü, der von den Tang-Dichtern mit Vorliebe gebraucht wurde, um ein Stimmungsbild, eine Szene, ein kompliziertes, schwer zu beschreibendes Gefühlserlebnis in einer an die Technik der Malerei grenzenden Form festzuhalten, ist, formal betrachtet, ein halbes Neues Schi. Künstlerisch stellt der Gebrauch des – je nachdem, ob es in fünf- oder siebensilbigen Zeilen geschrieben ist – insgesamt nur aus zwanzig beziehungsweise achtundzwanzig Wörtern oder Zeichen bestehenden Dschüedschü ungeheure Anforderungen an das Abstraktions- und Konzentrationsvermögen des Dichters, wenn in dem Vierzeiler tatsächlich das beabsichtigte Bild oder Erlebnismoment wirkungsvoll mitgeteilt werden soll. Wie in allen Stilarten der chinesischen Dichtung kommt es gerade auch beim Dschüedschü darauf an, über das im Gedicht und vor allem in der letzten Zeile des Gedichts Gesagte hinaus- und weiterschwingende Gedanken und Gefühle im Leser anzuregen: einen „Nachgeschmack", der weiterwirken soll.

Als erste unter den Tang-Dichtern in unserer Anthologie finden wir Gestalten wie Wang Fan-dschi und Wang Dschi, die auf die noch wirren Verhältnisse ihrer Zeit und den Formalismus im Stile der höfischen Dichtung der Südlichen Dynastien, der zu Beginn der Tang-Dynastie noch eine Zeitlang weiterwucherte, mit „Rückkehr", also Abkehr, und einem Drang zur Selbstbehauptung der Persönlichkeit reagierten – bei Tau Yüan-ming und später bei Li Tai-bo mit der Liebe zum Wein verbunden. In Tschen Zi-angs anscheinendem Pessimismus zeigt sich bereits eine Vorahnung des Neuen. Zu seiner Zeit lag noch die Dichtkunst in den Fesseln der höfischen Dichtung der Südlichen Dynastien; erst nach seinem Tod begann die große Blütezeit der Tang-Dichtung.

Mit Li Tai-bo erreichte die chinesische Poesie die höchste Sphäre ihres romantischen Flugs – in Gedanken und Emotionen. Dieses dynamische Genie schuf einen über die Enge des Wortes erhabenen und doch zugleich ausgewogenen „klassischen" Ausdruck eigenwilligster Prägung. Seinem Zeitgenossen und Freund Du Fu fehlte der kühne, unbekümmerte Schwingenschlag des Romantikers. Ihn zwangen Armut und Entbehrung, der Jammer eines aus dem Glanz eines großen Zeitalters in den Staub stürzenden Reiches zu einer realistischen, oft fast unpersönlichen Darstellung seines eigenen Schicksals und des Zeitgeschehens. Nicht mit Unrecht wurde er der „poetische Historiograph" seines Zeitalters genannt. Eine besondere Stellung in der Literatur der mittleren Tang-Periode nehmen Bai Dschü-i und sein Freund Yüan Dschen ein, die in ähnlicher

Weise wie Han Yü gegen die zunehmende Tendenz zum Formalismus revoltierten und den Wert der Dichtung in ihrer sozialen Wirksamkeit sahen. Sie verhalfen auch der Ballade zu neuem Leben.

Wie die Han-Dynastie ging auch die Tang-Dynastie unter dem Druck von Bauernaufständen und Machtkämpfen am Hof und in den Provinzen zugrunde. Einen Wendepunkt im Schicksal der Dynastie, der den Niedergang vorausahnen ließ, war der Aufstand des Feldherrn der Grenzschutztruppen An Lu-schan, der 755 ausbrach und dessen Ursachen und Hintergründe in Bai Dschü-is „Lied von unsterblicher Liebe und Sehnsucht" in unmißverständlicher Weise dargelegt werden.

Mit der gewaltigen Produktion von Neuen Schi in der Tang-Zeit schien sich diese Stilart gleichsam erschöpft zu haben. Die Dichter der Spätzeit der Dynastie wie Li Schang-yin verloren sich im Dunkel sprachlicher Experimente oder in einem kaum noch verständlichen Symbolismus und Ästhetizismus. Die großen Dichter der Tang-Zeit hatten ja auch offenbar alle Schönheiten der Natur, der Landschaft, alle Freuden und Leiden des Menschen ihrer Zeit dichterisch erfaßt und im Neuen Schi, im Dschüedschü oder wie Bai Dschü-i und sein Dichterkreis im Neuen Musikamt-Stil – einer zeitgemäßen Umgestaltung der alten Musikamt-Formen und -Themen – künstlerisch verewigt. Die bewegten Zeiten gegen Ende der Tang-Dynastie mit ihren Bauernkriegen und partikularistischen Machtkämpfen boten wenig erfreulichen Stoff für die zartbesaiteten Seelen dichtender Beamter. Wieder begann die Flucht in den Rausch und ins Irreale. Die Lieder der aufständischen Bauern aber kennen wir leider nicht.

Auf die Tang-Zeit folgte die Periode der Fünf Dynastien (907–960) – ein halbes Jahrhundert der Errichtung und Vernichtung von mehr als einem Dutzend größerer und kleinerer Teilreiche. Verhältnismäßig unberührt von den dauernden Kriegswirren waren das Königreich Schu (in der heutigen Provinz Setschuan) und das Reich der Südlichen Tang (im Yangtse-Gebiet mit Nanking als Hauptstadt). Dort entfaltete sich ein neuer dichterischer Stil, dessen Anfänge bis in die Blütezeit der Tang-Dynastie (8. Jahrhundert) zurückreichen und der wahrscheinlich aus dem Versuch entstand, Texte für aus Zentralasien importierte Melodien nachzubilden.

Die Bereicherung an musikalischen Vorlagen erweckte das Interesse an einer entsprechenden Textgestaltung. So brach man die regelmäßige Form des Neuen Schi auseinander und schuf Texte mit Zeilen ungleicher Länge und tonalen Mustern, die zu den neuen Melodien paßten. Die neue lyrische Form nannte man Tschü-dsi-tzi oder einfach Tzi, was soviel wie (Lied-)Text heißt. Als ein typisches Beispiel des frühen Tzi haben wir Wen Ting-dschüns „Herbstregen" in die Anthologie aufgenommen.

Mit der Zeit entwickelte sich das Tzi von relativ kurzen Formen – die kürzesten bestehen aus nur vierzehn Schriftzeichen – zu immer längeren, die sich auf zweihundertvierzig Wörter oder Zeichen ausdehnten. Auch die tonalen Muster, die den Tzi als Titel dienten (der Tzi-Titel entspricht fast immer dem Namen einer Melodie, der oft in keinem Bezug zum Inhalt steht), schwollen schließlich zu über achthundert an. Charakteristisch für diese neue Form sind neben der großen Anzahl verschiedener tonaler Muster vor allem die unregelmäßige Zeilenlänge und der Umstand, daß das Tzi gesungen, nicht rezitiert wurde. Aber schon im 13. oder 14. Jahrhundert gingen – wie vorher bei den „Liedern" und Musikamt-Texten – die Melodien verloren, so daß für uns heute das Tzi eben nur mehr ein Gedicht ist – ein trotz seiner sprachlichen Tonalität dornröschenhaft erstarrtes Lied.

Die berühmten Tzi-Dichter der Periode der Fünf Dynastien waren entweder selbst Herrscher oder zählten zu den Vertrauten von Königen und Kaisern. Die Thematik ist dementsprechend auf die Zartheit, Geziertheit und Zärtlichkeiten des Lebens in kaiserlichen Gärten und Palästen oder einen wehmütigen Blick auf die Vergänglichkeit aller Freuden beschränkt. Eine völlig andersgeartete Thematik fand das Tzi erst in der nächsten Dynastie, der Sung-Dynastie (960–1279), die die Duodezkönigtümer hinwegfegte und wieder einen stark zentralisierten Beamtenstaat schuf. Die Tendenz, umgangssprachliche Ausdrücke in das Vokabular der Tzi-Dichtung aufzunehmen, war von Anfang an eines ihrer Charakteristika – seiner Sangbarkeit wegen, aber auch als Reaktion auf die allzu engen Beschränkungen des Neuen Schi. Liu Yung, der sich in den niederen Schichten der Bevölkerung heimisch fühlte, bereicherte das Tzi-Vokabular mit vielen kraftvollen Ausdrücken aus dem Volk. Zugleich erweiterte er das Tzi zu der längeren Man-Form, die durch den Ausbruch aus der noch formalen Enge auch neue geistige Horizonte für das Tzi eröffnete. Die Früchte dieser Entwicklung machte sich einer der größten Dichter Chinas, Su Dung-po, zunutze, der zum Schrecken seiner Zeitgenossen, die nur den „geschmeidig-eleganten“ Stil als für die Tzi-Lyrik geeignet betrachteten, einen „kraftvoll-erhabenen“ Ton anschlug und eine gewisse Synthese von Tzi- und Schi-Lyrik anstrebte. Mit ihm und später mit Hsin Tschi-dschi errang das Tzi Zugang zu jeder Thematik, die bisher Dichter begeistert oder beschäftigt hatte, und darüber hinaus noch ein Neuland, auf dem sich Heroen einer für die Gegenwart erträumten Vergangenheit tummelten. Auch Humor, Sarkasmus, bittere Ironie fanden mit Hsin Tschi-dschi Eingang in das Tzi. Ein gutes Beispiel für das ironisch-spitzige Tzi ist auch Dschu Dun-rus „Phantasie“. Im „geschmeidig-eleganten“ Stil brillierten neben der selbst von den erbittertsten Misogynen unter den chinesischen Literaturhistorikern vorbehaltlos anerkannten Dichterin Li Tsching-dschau die Dichter

Tschin Guan und Dschjang Kue, dessen Tzi über das verwüstete Yangdschou allerdings einen deutlichen Einschlag des „kraftvoll-erhabenen" Stils zeigt.

Sehr zu Unrecht hat die traditionelle chinesische Literaturkritik die Schi-Lyrik der Sung-Zeit als imitativ oder als allzu „argumentierend" in Bausch und Bogen abgetan. Wenn auch Gedichte wie Wang An-schis „Pflaumenblüten" oder „Am Strom" die Traditionen der Tang-Lyrik in ansprechender Weise fortsetzen, von einer Nachahmung ohne Nachempfinden zu sprechen wäre jedenfalls nicht gerechtfertigt. Wer aber würde Ou Yang-hsjus „Die Leute an der nördlichen Reichsgrenze ...", Wang An-schis „Eine Herbstlandschaft des Malers Hue Tschung ...", Su Dung-pos „Im Hsilin-Kloster auf dem Luschan ..." oder Lu Yous „Lied vom wildgewordenen Pinsel" Originalität oder zumindest geistige Selbständigkeit absprechen? Und wo finden wir unter den Tang-Gedichten „Ein grimmes Lied, ein bittres Lied" wie das des Yo Le-fa?

Das Zeitalter, in dem die Sung-Dichtung ihre Stärken und Schwächen entwickelte, war erfüllt von dramatischen Ereignissen. Aus der Aufsplitterung und den Wirren des Reiches zur Zeit der Fünf Dynastien zogen die ersten Sung-Kaiser vor allem die Lehre, die Macht zu zentralisieren. Am gefährlichsten für den Hof hatten sich seit dem Niedergang der Tang-Dynastie die partikularistischen Tendenzen der Grenzgeneräle erwiesen. Nun wurden Stärke und Selbständigkeit der Grenzwacht auf ein Minimum reduziert; die besten Truppen blieben in Reichweite des Hofes. Aber die Konsolidierung der kaiserlichen Macht und ein Aufblühen der Wirtschaft und Kultur im Inneren wurden durch bittere Opfer in der Außenpolitik bezahlt. Die Tanguten (Hsihsja), Khitan (Ljau) und Dschurdschen (Dschin) mußten mit „Geschenken" – in Wirklichkeit Tributzahlungen – von Hunderttausenden von Silberunzen und Seidenballen in einer friedlichen Stimmung gehalten werden. Die Steuerlasten erhöhten sich; die Bauern verarmten, und es dauerte nicht lange, so befanden sich über zwei Drittel des Ackerlandes in den Händen von Gutsherren, die es zu hohen Zinsen an landlos gewordene Bauern verpachteten. Während die Philosophen jener Zeit unter dem Einfluß des Zen-Buddhismus eine Umordnung in den kosmologischen Vorstellungen vornahmen, suchte ein großes Talent auf literarischem Gebiet – und nicht nur auf diesem –, Wang An-schi, eine Neuordnung auf der irdischen Ebene durchzusetzen. Aber seine kühnen Reformpläne – staatliche Preiskontrolle, Anleihen an verarmte Bauern, Reorganisierung der Armee, Besteuerung der Privilegierten und so weiter – scheiterten sehr bald an dem heftigen Widerstand der Großgrundbesitzer. Die sozialen Spannungen nahmen zu, und die Dschurdschen waren inzwischen so mächtig geworden, daß sie mehr als nur Tributzahlungen forderten: 1126 eroberten sie die Hauptstadt der Nördlichen Sung-Dynastie. Wie zu Ende der Westlichen Dschin-Dynastie floh auch jetzt ein Angehöriger des Kaiserhauses über den Yangtse nach Süden und errichtete ein Teilreich – die Südliche Sung-Dynastie (1127–1279) mit Hangdschou am Westsee als neue Hauptstadt.

Die zunächst noch ästhetisierenden oder formalistisch spielerischen, dann wehmutsvoll elegischen, anklagenden, persiflierenden oder philosophierenden Töne der Dichtung der Nördlichen Sung schlugen nach dem Verlust des Nordens an die Dschurdschen in Pessimismus, Verzweiflung, Empörung, militanten Patriotismus beziehungsweise höfische Schönmalerei oder in die ländliche Idylle, dörfliche Miniatur, die tiefe Stille der Meditation oder den hektischen Lärm des Bacchanals um. Während der Kaiser und seine Hofschranzen sich an den landschaftlichen und anderen Schönheiten Hangdschous ergötzten und sich gegenseitig mit Tzi-Gedichtchen beglückten, bemühten sich Männer wie Yüe Fe vergeblich, das immer noch sehr bedeutende materielle Potential und die Kampfstimmung des Volkes für die Befreiung des Nordens einzusetzen. Der Hof rief ihn beängstigt von einem siegreichen Vorstoß gegen Norden zurück, um sich das freudvolle Dasein im sonnigen Süden nur ja nicht durch die rauhen Töne des Krieges stören zu lassen. „Jäh schwillt in mir die Wut empor" war sein natürlicher Aufschrei; und wie er fühlten und dachten Lu You, Hsin Tschi-dschi, Fan Tscheng-da und viele andere bedeutende Dichter, deren menschliche Tragödie darin lag, daß sie immer wieder aus dem aktiven Leben in die Idylle abgedrängt wurden.

Die Südliche Sung-Dynastie fiel nach einem Bündnis, das der Kaiser nunmehr mit den Mongolen gegen die Dschurdschen geschlossen hatte, unter dem Ansturm dieser gefährlichen Verbündeten. Ein sehr anschauliches Bild aus den Jahren des Zusammenbruchs zeichnet Yo Le-fa in seinem bereits erwähnten „Grimmen Lied".

Kubilai-Khan, ein Enkel Dschingis-Khans, wurde „Sohn des Himmels" und verlegte die Hauptstadt des unter der mongolischen Yüan-Dynastie (1271–1368) wieder geeinten Reiches von Hangdschou nach Peking. Die ehemaligen Untertanen der Südlichen Sung-Kaiser wurden kollektiv unter die Mongolen, fremdstämmigen Völker und Nordchinesen auf die vierte und letzte Stufe der Bevölkerung degradiert. Dem beamteten Literatentum zog man die herkömmliche Leiter zur Karriere weg: Mehr als siebzig Jahre lang wurden keine Prüfungen abgehalten. Die konfuzianischen Literaten sanken auf eine soziale Stufe herab, die sie zwischen Freudenmädchen und Bettler stellte. Obzwar die mongolische Aristokratie, die an ein Reiter- und Nomadenleben gewöhnt war, der Agrikultur Chinas schwere Schäden zufügte (so wurde zum Beispiel fruchtbares Ackerland in Weideplätze umgewandelt), entfaltete sich in den Städten ein noch regeres Leben als in den glanzvollsten Zeiten der Tang- und Sung-Dynastie. Die Schranken zwischen

China und Europa waren im Mongolensturm vorübergehend niedergebrochen. Der Handel blühte, und die herrschenden Schichten förderten das Handwerk, um ihre Luxusbedürfnisse zu befriedigen. In dem Milieu der volkreichen Städte, die Marco Polo in seinen „Mirabilia Mundi“ mit so großer Bewunderung beschrieb, verstärkte sich das Verlangen nach einer nicht nur für den Gelehrten verständlichen – nach einer lebendigen, volkstümlichen Literatur und Kunst. Opern- oder operettenähnliche (vielleicht den Madrigal-Komödien der europäischen Renaissance vergleichbare) Aufführungen gab es bereits vor der Yüan-Dynastie, aber nun erhielt diese Form des künstlerischen Ausdrucks neue Lebenskraft – nicht zuletzt deshalb, weil unter den für das traditionelle Gelehrtentum weniger begeisterten mongolischen und anderen fremdstämmigen Privilegierten der Yüan-Dynastie der konfuzianische Gelehrtendünkel gegenüber dem volkstümlichen Kunstwollen zeitweilig wegfiel. Aus den Arien dieser Opern oder Operetten bildete sich eine mehr oder minder selbständige Kunstform – das Tschü (wörtlich: Lied) – heraus, das man als ein in Form und Thematik weiterentwickeltes Tzi bezeichnen könnte. Ein viel größerer Schatz an umgangssprachlichen Ausdrücken und an Füllwörtern (um den Text der Melodie anzugleichen), mehr Freiheit in der tonalen Struktur und eine der Breite der am Tschü zumindest anfangs interessierten Volksschichten entsprechende Bereicherung an Gestalten, Typen und Emotionen des städtischen Lebens ließen diese Kunstart wesentlich über die Grenzen des Tzi hinauswachsen. Aber trotz seiner Herkunft aus der Bewegtheit des Bühnenlebens blieb die Grundstimmung des Tschü doch zumeist eher lyrisch als dramatisch.

Wir haben in die Anthologie nur zwei Tschü aus der Yüan-Zeit aufgenommen, Werke der berühmten Librettisten Guan Han-tsching und Ma Dschi-yüan. Da das Tschü die Yüan-Dynastie nicht nur überlebte, sondern in der Ming-Zeit, sich thematisch auf alle Gebiete des Lebens ausdehnend, an Umfang, an Tiefe und auch an sozialkritischer Schärfe gewann, zogen wir es vor, hier mehr Tschü-Dichtungen von Ming-Autoren – Tschen Do, Feng We-min, Hsie Lun-dau, Feng Meng-lung – zu bringen.

Auch die mongolische Yüan-Dynastie brach unter der Wucht von Bauernerhebungen zusammen. Der Kampf zog sich jahrzehntelang hin. Einzelne Landesteile machten sich selbständig, bis schließlich Dschu Yüan-schang, der Sohn eines armen Pächters, der sich unter den Aufständischen zum Heerführer emporgearbeitet hatte, die Mongolen-Dynastie verjagte, die kleineren und größeren selbständigen Machtbereiche nacheinander vernichtete und selbst eine Dynastie, die Ming-Dynastie (1368–1644), gründete. Die Hauptstadt der neuen Dynastie war anfangs Nanking; 1421 wurde sie zur Festigung des Grenzschutzes nach Peking verlegt. Die Ming-Dynastie begann ihre Herrschaft ebenfalls mit Erleichterungen für die Bauern und erzielte vorübergehend einen allgemeinen wirtschaftlichen Aufschwung. Das Herrscherhaus selbst regierte despotisch. Alle Macht lag in der Hand des Kaisers. In dieser Atmosphäre blühte eine weichliche, kriecherische, lobhudelnde Schi-Dichtung ohne jeglichen künstlerischen Wert. Die sogenannten „früheren sieben Meister und späteren sieben Meister", Dichter des 15. und 16. Jahrhunderts von eher literaturgeschichtlichem als literarischem Interesse, setzten der formalistisch aufgeschwemmten Hof-Dichtung den Grundsatz entgegen, daß man in der Prosa die Schriften der Tschin- und Han-Zeit und in der Poesie die Blütezeit der Tang-Dichtung (8. Jahrhundert) nachahmen müsse. Was sie anstrebten, war eine Rückkehr zur Sachlichkeit, zu moralischen Werten und zu echtem Gefühl in der Dichtung – das Ergebnis: ein manieriert altertümelnder Formalismus.

Zu jener Zeit hatte die Ming-Dynastie bereits ernste

Sorgen: Hiobsbotschaften aus den Grenzgebieten, Raubüberfälle japanischer Piraten in den Hafenstädten und wachsende soziale Spannungen innerhalb des Reiches. Am Hof hatten die Eunuchen oft mehr Macht als sämtliche Minister zusammengenommen; es wird geschätzt, daß es in den letzten Jahrzehnten der Ming-Dynastie über 70000 Eunuchen gegeben habe. Ein Vergleich von Tau Kais „Die alte Hellebardenspitze" und Huang Tschun-yaus „Eines Lümmels Klagelied" gibt ein ungefähres Bild von den Erwartungen zu Anfang und der tatsächlichen Situation gegen Ende der Ming-Zeit. Die Tschü-Dichtungen der Ming-Zeit wie zum Beispiel Hsje Lun-daus „Die unbeantwortete Frage" sagen oft mehr aus als manches langatmige historische Werk. Der Wunsch nach einer Änderung der Verhältnisse führte unter den Literaten zu politischen Gruppierungen – wie der Dunglin-Partei (Ostwald-Partei) – und zu literarischen Reformversuchen – wie dem Gung-an-Kreis (vgl. Anhang: Yüan Hung-dau). Aber die Hauptleidtragenden waren wieder die Bauern, und sie begnügten sich nicht mit theoretischen Lösungen: mit ungestümer Macht marschierten sie gegen Peking vor und besetzten die Hauptstadt. Der letzte Ming-Kaiser erhängte sich am „Kohlenhügel" hinter seinem Palast.

Eben zu jenem kritischen Zeitpunkt waren die Mandschus – ein Zweig der Dschurdschen –, die seit Jahrzehnten China von Nordosten her bedrängten, bis in die Nähe Pekings vorgestoßen. Die Eroberung Pekings durch Bauernheere bewog den Oberbefehlshaber der Ming-Streitkräfte, den Widerstand gegen die Mandschus aufzugeben und mit deren Hilfe die Gutsherrenklasse vor dem drohenden Untergang zu bewahren. Das in allen seinen Gliedern korrumpierte und zersetzte Ming-Reich war zu schwach für einen wirksamen Gegenstoß. Der heldenhafte Widerstand einzelner Generäle gegen die Mandschus wurde mit Gewalt oder durch Verrat gebrochen. Ein neuer „Sohn des Himmels" zog in

Peking ein; wieder herrschte eine fremdstämmige Dynastie über China – die Mandschu- oder Tsching-Dynastie (1644–1911). Trotz ihrer ängstlich gehüteten privilegierten Stellung im Tsching-Reich erlagen die kulturell tiefer stehenden Mandschu-Aristokraten und „Bannerleute" – die Träger der militärischen Gewalt – sehr bald dem osmotischen Druck der chinesischen Kultur. Die bedeutendsten unter den Mandschu-Kaisern wie Kanghsi und Tschjänlung legten großen Wert darauf, von ihren chinesischen Untertanen als Gelehrte, als Dichter – natürlich im klassischen chinesischen Stil – und Kalligraphen bewundert zu werden. Um auch den geistigen Widerstand der chinesischen Gelehrtenwelt zu brechen, wurden einerseits sogenannte „Literaturprozesse" inszeniert und ein Index librorum prohibitorum eingeführt, die jede, auch die geringste mandschufeindliche Regung in Literatenkreisen im Keim ersticken sollten. Andererseits aber wurde den chinesischen Gelehrten die Möglichkeit geboten, sich auf dem Gebiet der Altertumskunde, Textforschung und Kompilation gewaltiger enzyklopädischer Werke in generös dotierten Positionen zu betätigen. An Panegyrika auf das Kaiserhaus und vor Gelehrsamkeit strotzenden Reimereien fehlt es in der Tsching-Literatur beileibe nicht. Aber das plötzliche Wiederaufleben eines bereits in der Monotonie ewiger Wiederholungen sanft entschlummerten lyrischen Genres wie des Tzi durch das Genie eines Mandschu-Aristokraten, Nalan Hsingde, und ein neuer frischer Hauch in den Schi-Dichtungen eines Yüan Me und anderer sind Grund genug, der sonst in Anthologien meist ganz übergangenen Tsching-Lyrik einen – wenn auch bescheidenen – Platz einzuräumen.

Nach einer Glanzzeit erfolgreicher Eroberungskriege und relativen Wohlstands verfiel die Tsching-Dynastie in die für die lange Feudalperiode Chinas so typischen Spasmen gewaltiger Bauernerhebungen. Die Taiping-Rebellion wurde von Millionen von Bauern getragen und konnte erst nach fünfzehnjährigem erbittertem Ringen niedergeschlagen werden (1864). Die Mandschus waren trotz ihrer allmählichen Assimilierung immer noch eine fremdstämmige Oberschicht, und seit dem 19. Jahrhundert durchbrachen die bisher als harmlose Priester und Kaufleute auftretenden Fremden aus den „Westlichen Meeren" gewaltsam die Politik der verschlossenen Tür des Tsching-Feudalregimes. Die Niederlagen in den berüchtigten Opiumkriegen und anderen militärisch-politischen Auseinandersetzungen mit den kapitalistischen Eindringlingen aus dem Westen zwangen die chinesischen Literaten zu einem Überdenken – wenn auch noch nicht zu einem Umdenken – ihrer bisher unbezweifelt als höchste eingeschätzten Kultur – zu einer Neueinschätzung ihres objektiven Werts. Im wesentlichen zogen sie zunächst folgende Schlüsse: Das ethische und geistige Gerüst der chinesischen Kultur muß unbedingt erhalten werden – sein Wert ist absolut; das neue Wissen – die Technik und Wissenschaft der Fremden – ist von relativem Wert, doch insofern von Bedeutung, als der Schutz Chinas und seiner überlegenen Kultur gegen die fremden Eindringlinge eben jenes neue Wissen erfordert. Mit einem Wort: Der moribunde Feudalismus Chinas wollte sich mittels der Errungenschaften der kapitalistischen Industrie verteidigen, und zwar ohne seine sozialen und weltanschaulichen Positionen zu ändern. Aus dieser geistigen Haltung ist Huang Dsun-hsjäns „London im Nebel" zu verstehen, ein einzigartiges dichterisches Dokument des tiefen seelischen Konflikts, des Stolzes, der Hilflosigkeit, der Abscheu, vielleicht auch eines gewissen Neids eines beamteten chinesischen Literaten in der Epoche des Untergangs des „klassischen" – des feudalistischen China. In dem letzten Gedicht dieser Sammlung, in Tan Si-tungs „Der Knabe mit dem Treidelseil", spüren wir bereits einen anderen, einen neuen Geist: die Einsicht in die Notwendigkeit eines schweren, opferreichen Kampfes, dessen

Ziel keine idealisierte Vergangenheit, kein leeres lebloses Ideal, sondern einfach das Überleben, die Rettung der Nation und der Glaube an eine menschlichere Zukunft ist. Hier stehen wir an der Schwelle eines Zeitalters, in dem China auch in der Poesie sein Heil in anderen als den „klassischen“ Idealen, Formen und Themen suchen mußte.

Ernst Schwarz

Dschou-Dynastie

etwa 11.–3. Jahrhundert v. u. Z.

Aus dem „Buch der Wandlungen“

Siegeslied

Gefangen der Feind.
Der Trommelschlag bringt
zu Ende den Krieg.
Man weint.
Man singt.

Aus dem „Buch der Wandlungen“

Spruch

Wenn der Brunnen verschlammt, trinkt keiner daraus.
Wenn der Brunnen verfällt, stirbt das Leben aus.

Aus dem „Buch der Lieder“

Gesang von den illustren Ahnen des Königshauses der Dschou

Urmutter unsres Volkes war
Dschjang Yüan, die unsern Ahn gebar.
Und wie entsprang er ihrem Schoß?
Sie brachte manches Opfer dar
aus Angst, sie bliebe kinderlos,
trat, wo ein Gott getreten war,
in seiner großen Zehe Spur
und ruhte eine Weile nur;
da fand sie nun, was sie gesucht:
Im Leibe rührte sich die Frucht
und wuchs. Die Stunde kam für sie.
So ward geboren Fürst Hodschi.

In enger Gasse legt sie hin
den Säugling: Tiere säugten ihn.
Sie trug ihn fort in einen Wald:
Holzfäller fanden ihn dort bald.
Zum Flusse brachte sie ihn hin,
der frosterstarrt und eisigkalt:
Mit ihren Flügeln schützten ihn
die Vögel, flogen fort – da schrie
so lang und gellend laut Hodschi,
daß durch die Straßen es gehallt.

Wohl geriet Hodschi die Ernte.
In allem wußte er sich Rat.
Vom Feld das Unkraut er entfernte
und säte aus die goldne Saat.
Und alle Halme wuchsen reich

an Ähren und an Höhe gleich.
Und mächtig schossen sie empor,
die langen Ähren schwebten frei
und trieben gutes Korn hervor –
und Hodschi wurde Fürst von Tai.

Wie Kürbisranken, lang, so lang
reicht unsres Volks Vergangenheit
zurück, das einst am Du entsprang,
am Dschü und Tschi. Zu Tanfus Zeit
grub man im Lehme Höhlen aus.
Der Fürst selbst hatte noch kein Haus.

Und auf sein Pferd Fürst Tanfu sprang
frühmorgens, und den Weg er nahm
gegen Westen, den Fluß We entlang,
bis er zum Fuß des Tschi-Bergs kam.
Den neuen Wohnsitz maß er aus
gemeinsam mit der Fürstin Tschjang.

Die Ebene von Dschou ist reich.
Selbst bittres Kraut schmeckt hier noch süß.
Und man beriet. Der Fürst sogleich
die Schildkröte befragen ließ.
Und das Orakel sprach: Bleibt hier!
Und das Orakel sprach: Fangt an!
Und so der Bau von Tschi begann.

Und Erde trugen sie zuhauf
und führten Baugerüste auf.
Im Takte klang die Melodie
der Stampfer. Wände setzten sie.
Dem Boden Haus um Haus entsprang.
Der Lärm der Arbeit, Stimmenklang
den Trommelschlag selbst überschrie.

Der Himmel schuf den hohen Berg;
groß ward er erst durch Taiwangs Werk.
Daß er für keinen mehr Gefahr,
das Werk des Königs Wenwang war.
Es strömten Völker ohne Zahl
dem König zu, und Berg ward Tal,
geebnet unter all den Füßen
der Völker, die zu Wenwang stießen.
Enkel, bewahrt es im Gedächtnis
und schützt für ewig ihr Vermächtnis!

Aus dem „Buch der Lieder“

Lied der Holzfäller

Wir hacken im Walde, wir hacken und hauen
und schleppen die Stämme zum Fluß mit Tauen.
Hell fließen die Fluten und kräuseln sich fein.
Du säst nicht und mähst nicht und ziehst nicht den
Pflug,
wie scheffelst du denn soviel Korn herein?
Du pirschst nicht und jagst nicht und hast doch
genug –
im Herrenhof hängen die Biber in Reihn.
He, hoher Herr, was du verzehrst,
muß andrer Hände Arbeit sein!

Wir zimmern die Wagen und Räder zurecht.
Zum Fluß hinab schafft für den Herrn sie der Knecht.
Hell fließen die Fluten und kräuseln sich fein.
Du säst nicht und mähst nicht und ziehst nicht den
Pflug,
wer bringt dir die reiche Ernte herein?
Du pirschst nicht und jagst nicht und hast doch
genug –
im Herrenhof hängen die Schnepfen in Reihn.
He, hoher Herr, was du verzehrst,
muß andrer Hände Arbeit sein!

Aus dem „Buch der Lieder“

Lied von der Ratte

Ratte, Ratte, nun fürwahr
rühr nur nicht meine Hirse an!
Gefüttert hab ich dich drei Jahr,
und hast nie Gutes mir getan.
Nun laß ich dich, nun zieh ich fort
und such mir einen andern Ort,
ein Land der Freude, Seligkeit.
Dort will ich hin für alle Zeit.

Ratte, Ratte, nun fürwahr
raub mir nur meine Saat nicht fort!
Gefüttert hab ich dich drei Jahr,
und gabst mir nie ein gutes Wort.
Nun laß ich dich, ich find gewiß
noch irgendwo ein Paradies,
ein Land, das Seufzer nie gekannt,
ein frohes, sorgenloses Land.

Aus dem „Buch der Lieder“

Im Felde läuft der Hase frei

Im Felde läuft der Hase frei;
verstrickt im Netz kämpft der Fasan.
  Als ich geboren ward,
  blieb mir noch Leid erspart.
  Nun kommen tausend Sorgen an
  und Leiden allerlei.
  Ach, daß mir doch ein stiller Schlaf,
  ein langer Schlaf beschieden sei!

Im Felde läuft der Hase frei;
es wehrt im Netz sich der Fasan.
  Als ich geboren ward,
  blieb mir noch Fron erspart.
  Nun packt mich hart das Leben an
  mit Nöten allerlei.
  Ach, daß mir doch für immerdar
  ein ruhiger Schlaf beschieden sei!

Aus dem „Buch der Lieder“

Abschied

Taramtamtam! Die Trommel dröhnt.
Die Truppen exerzieren.
Mit hohem Wall wird Tsau gekrönt.
Ich muß gen Süd marschieren.

Gen Süd mit Feldherrn Sunzidschung.
Der will’s nicht, daß ich bleib,
führt uns zur Schlacht nach Tschen und Sung.
Mir bricht das Herz im Leib.

Und ob uns dort das Schicksal hold? –
Ach, Reiter sterben bald!
Und wenn ihr uns dann suchen wollt,
sucht Tote dort im Wald.

Wir werden, schwor ich, was auch sei,
zusammen alt und grau.
Ich hielt noch deine Hand dabei –
erinnerst du dich, Frau?

Der eine dort, der andre hier.
So weit zieh ich nun fort!
Und was ich einst versprochen dir,
brach ich es nicht, mein Wort?

Aus dem „Buch der Lieder“

Kalt peitscht der Nordwind ins Gesicht

Kalt peitscht der Nordwind ins Gesicht.
Schneeflocken wirbelnd wehn.
Ihr zaudert noch? Ach, zaudert nicht!
Kommt, Freunde, laßt uns Hand in Hand
nun wandern in ein andres Land!
Zeit ist es, Zeit zu gehn.

Der Nordwind scharf wie Messer sticht,
und dichter fällt der Schnee.
Ihr zaudert noch? Ach, zaudert nicht!
Auf, Freunde, kommt, laßt Hand in Hand
nun suchen uns ein andres Land,
und diesem sagt ade!

Ein Fuchs ist unser Herzog hier,
auf Raub und Mord erpicht.
Ihr zaudert noch? Was zaudert ihr?
Auf, Freunde, laßt uns Hand in Hand
nun fahren in ein andres Land.
Wir dulden's länger nicht!

Aus dem „Buch der Lieder“

Du dummer, dummer Junge du!

Zeigst du ein freundlich Antlitz mir
und Liebe unverkürzt,
so wat ich durch den Fluß zu dir,
den Rock hoch aufgeschürzt.
Nur denk nicht, wenn dir's nicht beliebt,
daß es nicht auch noch andre gibt –
Du dummer, dummer Junge du!

Wenn du den Tag, statt mit Verdruß,
mir recht mit Liebe würzt,
dann wat zu dir ich durch den Fluß,
den Rock hoch aufgeschürzt.
Denk nicht, wenn du für Liebe blind,
daß ich mir keinen andern find –
Du dummer, dummer Junge du!

Aus dem „Buch der Lieder“

Und darum beug ich mich auch nicht

Ein Spiegel, denkt ihr, sei mein Herz,
der alles wahllos wiedergibt,
der weder Freude kennt noch Schmerz,
nur widerstrahlt, nicht haßt, nicht liebt.
Ich hab zwar Brüder, aber nie
darf sagen ich, was mich betrübt.
Sag ich es ihnen, zürnen sie.

Mein Herz ist auch kein stummer Stein,
mit dem ihr tun könnt, was ihr wollt,
noch Matte, die ihr, fällt's euch ein,
ganz einfach dann zusammenrollt.
Ihr wißt, ich tue meine Pflicht,
mein Wandel und mein Herz sind rein –
Und darum beug ich mich auch nicht!

附題字

此字在右邊連騎之上

此題在橋下卧人之旁言隨車遇救
尚安吉也此与永建字相類蓋一時書

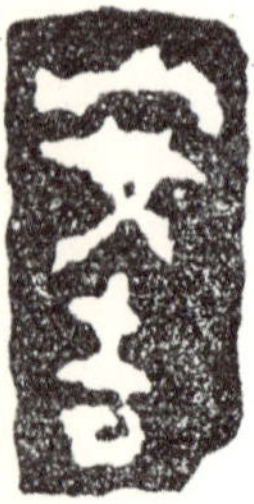

Aus dem „Buch der Lieder“

Geleit

Es fliegen die Schwalben, die Schwalben,
verstreut im Himmelsblau.
Weit über Wiesen und Äcker
geleit ich die junge Frau.
Sie geht, und ich bleib stehen
und blick ihr nach und schau,
wo ich zuletzt sie gesehen,
und Tränen tropfen wie Tau.

Aus dem „Buch der Lieder“

Bitte an den Geliebten

Über die Mauer, bitte, steig,
mein lieber Dschungzi, nimmermehr!
Brich mir vom Baum auch keinen Zweig!
Nicht daß mir's etwa leid drum wär.
Ich lieb dich ja, wie du's verlangst,
nur meine Eltern kränkt das sehr –
Und wenn sie schelten, hab ich Angst.

Aus dem „Buch der Lieder"

Fluch den Weibern

Wenn ein Mann klug ist, baut er feste Städte;
zu Fall bringt sie das Weib, wenn sie zu klug.
Und wenn zur Klugheit sie noch Schönheit hätte,
ein Käuzchen bleibt sie doch voll Lug und Trug.
Die Weiber haben lange Zungen; Stufen
des Bösen sind sie, die zu Bösem führn.
Wenn Unglück kommt, sie haben's hergerufen.
Fluch nicht dem Himmel, fluch dem Weiberhirn.
Nicht zu belehrn sind Weiber und Eunuchen.

Aus dem Buch „Lauzi“

Gar mancher hat sich schon verbrannt

Kapitel 9

Gar mancher hat sich schon verbrannt,
der seinen Topf gefüllt bis an den Rand.
Eh dir die heiße Brühe überläuft,
gib ihn doch lieber aus der Hand!

Der Übereifer nützt dir nicht.
Du wetzt dein Schwert, auf Schärfe nur erpicht,
und wetzt und wetzt: Die Klinge – allzubald
zerschliffen – in der Hand zerbricht.

Es füllt der Reiche nach und nach
sein Haus mit Gold und Jade bis zum Dach.
Und doch verliert er alles eines Tags:
Der Satte schläft, der Dieb bleibt wach.

Und kommt zum Reichtum noch die Macht,
gesellt zur Macht sich Ehre noch und Pracht,
dann schießt der Hochmut hoch: Gar manchen Tropf
kürzer um einen Kopf hat er gemacht.

Bedenke, wenn die Tat getan,
zu pochen auf Verdienste steht nicht an.
Zieh dich zurück sogleich, wenn sie vollbracht;
die Himmelsmacht, das Dau, schützt dich dann.

Aus dem Buch „Lauzi"

Buntheit begeht am Auge Raub

Kapitel 12

Buntheit begeht am Auge Raub;
Klangreiches macht die Ohren taub;
Gewürztes tötet den Geschmack;
das wilde Hetzen und Geschnaub
beim Jagen mit dem Hundepack
erregt das Herz zu roher Wut;
gar mancher hat für rares Gut
geschaufelt sich zu früh sein Grab.

Darum ist's auch des Weisen Brauch,
der Menschen Los nicht zu verschlimmern:
Nicht um das Auge, um den Bauch
lehrt er die Menschen sich zu kümmern.

Aus dem Buch „Lauzi“

Dunkeltief drangen sie ein ins Geheime

Kapitel 15

Dunkeltief drangen sie ein ins Geheime,
die Erhabenen des Altertums.
Unfaßbar ob ihrer Tiefe!
So mühte man sich in Gleichnis und Bild
zu erfassen ihr Wesen,
das unfaßbar tiefe –
zögernd, schaudernd,
wie im Winter beim Waten im eisigen Fluß;
zagend, zaudernd,
als schreckte sie selbst der Nachbarn Gruß;
ernst wie beim Feste
ehrwürdige Gäste;
vorsichtig, als schreite
auf schmelzendem Eise behutsam der Fuß;
klobig wie Scheite,
roh, unbehauen;
wie weite, breite
Täler und Auen;
wie trübes Wasser,
schwer zu durchschauen.
Wer aber konnte wie sie
mählich Trübes klären
in weiser Stille?
Rastloses beruhigen
und ruhend mehren?
Nicht nach Fülle,

nach Überfluß dürstet,
wer sich das Dau erkor.
Weise waltend,
das Alte erhaltend,
bringt er nichts Neues hervor.

Aus dem Buch „Lauzi“

Das Große Dau ging verloren

Kapitel 18

Das Große Dau ging verloren –
so ward Güte und Tugend geboren.
Dann nahm das Wissen überhand –
die Große Heuchelei entstand.
Und wo das Sippenband zerbricht,
spricht man von familiärer Pflicht,
von Elternliebe, Pietät –
Wenn dann der Staat zugrunde geht,
von Pietätlosen verraten,
vom Bürgerkrieg zerfleischt zuletzt,
wird – wer noch treu den Potentaten –
ob seiner Treue hochgeschätzt.

Aus dem Buch „Lauzi“

Ein Land sei klein

Kapitel 80

Ein Land sei klein, gering des Volkes Zahl.
Und mehrte sich auch zehn-, ja hundertmal
sein Reichtum an Gerät, gebraucht es nicht!
Lehrt nur das Volk, den Tod sehr ernst zu nehmen,
und des Umherziehns sollt ihr es entwöhnen.

Gäb es dann Boot auch und Wagen,
es stiege doch keiner ein.
Und gäb's auch geharnischte Krieger,
wer würde zur Phalanx sie reihn?
Anstatt des Schreibens führt beim Volke
das Quipu-Knotenknüpfen wieder ein.

Gut find es die Speise,
bequem seine Hütten,
hübsch die Gewänder,
fröhlich die Sitten.

Und läg der nächste „Staat“ so dicht auch nebenan –
die Hunde könnt man bellen, die Hühner gackern
hören,
man dächte bis ins hohe Alter nicht daran,
mit jenem „Nachbarstaate“ zu verkehren.

門下功曹

Tschü Yüan

Trennungsschmerz

Aus dem „Lisau“

Ermahnung an den König

Ich weiß, es wäre leichter, wenn ich schweige.
Ich schweige nicht, mag es auch schmerzhaft sein.
Dir schwör ich es, der Himmel sei mein Zeuge:
Für dich, Erhabner, steh ich ewig ein!

Auf den Lenz folgt der Herbst, und Sonne und Mond
ziehn weiter auf ewiger Bahn.
Vom Baum fällt das Blatt; auch die Schönheit schont
nicht des Alters allmähliches Nahn.

Noch bist du nicht alt. Oder ist dein Sinn,
sich zu ändern schon zu träg?
Auf stolzem Rappen spreng ich dahin.
Komm, laß mich dir weisen den Weg!

Was du mir einst beteuert und versprochen,
bereutest du und anders warst du dann.
Mich schmerzt es nur, daß du dein Wort gebrochen,
nicht daß ich mich von dir nicht trennen kann!

Tschü Yüan
will dem Beispiel des alten Weisen Pengsjän folgen

Tau trink im Lenz ich von Magnolienblüten,
der Chrysantheme Blatt im Herbst mich nährt.
Nur einen Schatz – die Tugend – will ich hüten.
Was schert's mich, daß ich blaß und abgezehrt!

Der Alten Beispiel hielt ich hoch in Ehren,
trug nie mich nach der Mode meiner Zeit.
Und will die Gegenwart nicht auf mich hören,
folg Pengsjän ich in die Vergangenheit.

Tschü Yüan sagt zu seiner Schwester:

Es lebt ein jeder, wie's ihm entspricht.
Ich strebe nach Tugend und Reinheit.
Und wenn ihr mich rädert, ich ändre mich nicht,
nie beug ich mich vor der Gemeinheit!

Tschü Yüans Schwester erwidert darauf:

Mit sanftem Vorwurf sprach, als ob sie wüßte,
wie schwer mein Herz, die Schwester nun zu mir:
Gun tat, was er für gut hielt, und er büßte
mit seinem Tod am Federberg dafür.

Willst du von Tür zu Tür gehn und sie lehren?
Denkst du denn, sie verstehen unser Leid?
So sei wie sie! Du solltest auf mich hören:
Die ganze Welt strebt nach Geselligkeit.

Tschü Yüan betont seinen unerschütterlichen Glauben an das Obwalten himmlischer Gerechtigkeit

Ob jetzt, ob früher, immer hat das Leben,
wo man auch hinblickt, eines nur gezeigt:
Für Schurken hat es nie Vertraun gegeben,
nie hat man sich vor Niedertracht gebeugt.

Die Fee Lingfen gibt Tschü Yüan den Rat, seinem Heimatland den Rücken zu kehren

Gibt es ein Land, das ohne Blumen wäre?
Warum hängst du an deinem Heimatland?
In dieser Welt herrscht Finsternis und Leere,
und man begegnet uns mit Unverstand.

Tschü Yüan begibt sich auf die Reise ins Feenreich

Im Strahlenglanz des Himmels steigt mein Wagen.
Ich blick hinab, und da – mit einemmal
seh ich die Heimat unter mir. Ein Zagen
den Lenker faßt. Es bäumt in dumpfer Qual
sich selbst mein Pferd. Ich kann es nicht ertragen.
Gesenkten Haupts starr ich hinab ins Tal.
So haltet! Haltet ein! – Es hält der Wagen.

Tschü Yüan

Zurückrufen der Seele

Aus dem „Dschauhun“

Beschreibung der Palasthalle des Dahinschwindenden

Smaragden der Vorhang und reich bestickt,
zinnoberrot die Wand.
Die Balken schimmernder Jade schmückt,
die Pfeiler ein Drachenband.
Das glitzert, wenn man aufwärts blickt,
und funkelt wie Diamant.

Beschwörung der dahingehenden Seele

Kehr zurück, Seele, ach, kehr doch zurück!
Flieg nicht zum Himmel empor!
Dort wirst du zerrissen Stück um Stück
von Tigern beim Himmelstor.
Neunköpfige Riesen warten auf dich,
so stark, daß sie mit der Faust
Wälder entwurzeln, und fürchterlich
ist der Schakal, der dort haust.
Hoch hängen sie dich, und auf deinem Leib
schaukeln sie auf und ab
und stoßen dich dann noch zum Zeitvertreib
in den tiefsten Abgrund hinab.
Und erst, wenn der Himmelsherr es erlaubt,
schließt du die Augen im Grab.

Tschü Yüan

Himmelsfragen

Aus dem „Tjänwen“

Ich frage:
Wer konnte der Nachwelt künden
vom Anbeginn, den keiner kennt,
den Urgrund alles Seins ergründen,
eh Himmel und Erde sich getrennt,
im Chaos eine Richtung finden,
im Wirbelstrom ein Fundament?
Wer bringt die Nacht, und wer mag zünden
den Lichterglanz am Firmament?

Tschü Yüan

Die Fee vom Berge

Aus den „Neun Liedern“

Siehst du das Mädchen dort im Tal
im strahlenden Gewand,
Flachsseide und Glyzinien
ihr Kleid und Gürtelband?

Sie lächelt, ach, so traurig.
Ihr Blick von Wehmut spricht.
Und die Gestalt so zierlich,
so zart das Angesicht.

Magnolien und Tulpen
ziern die Kalesche ihr;
rings baumeln Duheng-Dolden,
ihr Pferd ein Panthertier,

Die Wimpel Kassiazweige,
aus Farn das Wagendach,
ein buntgeschecktes Füchslein
läuft ihr als Page nach.

Die Schöne sinnend Blumen bricht
für ihn, der ’s Herz ihr brach.

Hörst du die süße Klage nicht,
das Lied von Gram und Leid?
Sie singt, da sie ihm Blumen bricht,
die wundersame Maid.

Im Bambushaine ist mein Heim,
im dunklen Bambushain.
Nie dringt durchs dichte Blätterdach
das Sonnenlicht herein.

So steil der Weg, so schauerlich,
rings von Gefahrn umstellt.
Zu spät, ach! Einsam steh ich hier
in dieser Gipfelwelt.

Tief unten braut und wogt und schwillt
ein wallend Wolkenmeer.
Der Tag verlischt, und Finsternis
breitet sich ringsumher.

Im Osten heult die Windsbraut los
und jagt die Kreuz und Quer,
und prasselnd fährt der Regengeist
in Schauern hinterher.

Ach, einsam späh ich nach dir aus
mit tränenschwerem Blick.
Für dich vergaß ich Wiederkehr,
für dich der Jugend Glück.

Zum Berg der Feen will ich hin,
wo Geisterblumen blühn.
Schroff ragt der Fels und Schlinggesträuch
zieht struppig drüber hin.

Was hemmt dich noch, was hält dich fest,
was fesselt deinen Sinn?
Du kränkst mich so, die Sehnsucht läßt
mich nimmer heimwärts ziehn.
Und doch, ich fühl es, daß ich noch
in deinem Herzen bin.

Hast du mich schon vergessen? Nein!
Du denkst wohl noch an mich.
Verloren im Zypressenhain
quält sie mit Zweifeln sich.
Ich glaub dir, daß du mich noch liebst,
und dennoch zweifle ich.

Herniederstürzt der Regenschwall,
der Donner grollt und kracht.
Schrill gellt der Affen Klageschrei
unheimlich durch die Nacht.

Aufheult der Sturm, es raunt und rauscht
der Wald in Not und Pein.
Allein, ach, sinnt sie, sinnt und lauscht,
tieftraurig und allein.

Tschü Yüan

Opfergesang für die Gefallenen

Aus den „Neun Liedern"

Im Lederwams die Krieger ziehn
ins Feld, den Schild zur Hand.
Die Wagenfront der Vorhut ist
schon an den Feind gerannt.

Räder und Deichsel eng verkeilt,
und keiner kann voran.
Das Schwert gezückt, mit Hieb und Stich
sucht jeder seinen Mann.

Wie schwarze Wolken, dichtgedrängt,
des Feindes Heervolk ficht.
Ein Wald von Bannern überdeckt
der Sonne Angesicht.
Die Krieger schwingen kühn ihr Schwert,
und Pfeile fallen dicht.

Der Feind bricht ein in unsre Reihn.
Aufblitzt der kalte Stahl.
Ein Roß ist tot, dem andern klafft
ein breites Wundenmal.

Laß den zerbrochnen Wagen stehn!
Was nützt dir noch dein Pferd?
Hei, drauf und dran! Sieg oder Tod!
Es tanzt das blanke Schwert.

Der Trommelstock aus Jade schlägt
den grimmen Takt zur Schlacht.

30

Im Blutrausch sind die Geister selbst
zu wilder Wut erwacht.
Der Himmel senkt sich, tiefumwölkt,
herab, schwarz wie die Nacht.

Oh, keiner ist an Kraft und Mut
euch Kriegern gleichgestellt.
Der Wille siegt, der Wille zwingt,
wenn auch der Leib verfällt.

Im Tode noch seid Helden ihr,
selbst in der Geisterwelt!

Sung Yü

Herbstlied

Oh, traurig ist der Herbst,
mit seinem Hauch
verzehrend Baum und Strauch.
Es sinkt das Laub
raschelnd, raunend, knisternd in den Staub.
So wund die Welt, so weh, so weit.
Ein sehnend Leid mein Herz erfaßt.
Den Berg hinan stürm ich, hinab zum Strom.
O Einsamkeit!
Wie einem Fremdling, einem Gast
geb ich mir selbst Geleit
in dieser weiten fremden Welt.

Und über mir spannt sich das Himmelszelt,
unendlich hoch und klar und rein.
Die Sommerfluten sanken längst zurück.
Wie Augen nur mit himmelklarem Blick
leuchtet aus Pfützen noch sein Widerschein.

Und fröstelnd sich der Wald in Wehmut hüllt,
und Wehmut fröstelnd mir die Seele füllt.
Die Heimat fern – fremd, frostig die Natur.
Ach, seufze, Herz, ach, seufze nur.

Armer Scholar, steinig dein Pfad und schwer.
Die Brust, von hohen Zielen einst geschwellt,
zerrissen nun von Bitterkeit und Leid.
Verlacht, verstoßen, fremd in dieser Welt.
Ein Wanderer, freundlos, allein, verzagt.

O Einsamkeit,
die stumm sich selbst beklagt.

In zierlich leichtem Fluge zieht
die Schwalbe gegen Süd.
Verstummt ist der Zikade Lied;
und fröstelnd, wie das Jahr verblüht,
schweigt sie nun matt und müd.
Die Wildgans reiht zum Fluge sich
zu einem wärmern Himmelsstrich.
Und traurig nur und düster schallt
des Kranichs Herbstlied aus dem Wald.

Und wird nun wieder Morgen bald,
und find nicht Ruh, find Schlummer nicht.
Allein, allein, die lange Nacht.
Nur noch die Grillen halten Wacht
und zirpen, daß das Herz mir bricht.

Fröstelnd das Jahr zu Ende geht,
und Blatt um Blatt vom Baume fällt.
Die Zeit, die niemals stillesteht,
wie Herbsthauch Jahr um Jahr verweht.
Schon fühle ich das Alter nahn
und hab doch nichts für diese Welt,
nichts, nichts getan.

Han-Dynastie

206 v. u. Z. – 220 u. Z.

Dschja I

Poem vom Eulenbesuch

Im vierten Monat des Jahres Dan-o,
am Tage Gengzi, bei sinkender Sonne
kam eine Eule hereingeflogen
und ließ sich nieder auf meiner Matte.
Ruhig und gelassen war ihr Gehaben.
Ein seltsames Wesen, dachte ich heimlich;
was mag der Besuch einer Eule bedeuten?
So las ich nach im Buch der Orakel,
und als Antwort fand ich den Spruch:
  Fliegen wilde Vögel ins Haus,
  so zieht der Herr des Hauses hinaus.
„Wohin werd ich ziehn? Weißt du es, Eule?"
fragte ich sie. „Kommst du, Glück mir zu bringen,
verkünde, welches Glück mich erwartet!
Oder kommst du als böses Omen?
Welches Unglück wird mich befallen?
Nenn mir das Jahr, den Tag und die Stunde!"
Die Eule seufzte, schlug mit den Flügeln,
hob den Kopf, und stumm blieb ihr Schnabel.
Da sie nicht mächtig der menschlichen Sprache,
laßt mich in Worte fassen den Sinn:

Ewig wandeln sich alle Dinge
und finden nicht Ruhe in Wechsel und Wandlung.
Strömend im Kreise fließen sie weiter;
weiter hindrängend kehrn sie zurück.
Form und Atem, einander bedingend,
führen sie fort, die ewige Wandlung –
unergründlich und grenzenlos.

Reichen da Worte, das zu beschreiben!
Verborgen im Unglück liegt das Glück;
im Glück aber lauert schon Mißgeschick.
An der gleichen Pforte stehen bereit,
ineinander sich mischend, Lust und Leid –
am gleichen Ort, eng aneinandergedrängt,
das Omen, das Glück bringt – das Unheil verhängt.

Ein mächtiger Staat war Wu – seine Macht
hat König Futscha nur Unglück gebracht.
Ein Nichts war Yüe nach verlorener Schlacht,
auf das Fleckchen Land am Kwaidschi beschränkt –
Zum Oberherrn hat sich Godschjän gemacht
und von Yüe die Geschicke des Reiches gelenkt.
Allmächtig war Li Si im Staate Tschin –
und doch, mit den grausamsten Strafen bedacht,
richteten sie den Allmächtigen hin.
Und Fu Yüe, ein Sklave, ward über Nacht
erster Minister im Reiche der Yin.

Wie sich Stricke verworren ineinanderverschlingen,
verschlingen sich Glück und Mißgeschick.
Wer kann den Sinn des Schicksals durchdringen?
Nie Endendes entzieht sich dem Blick.

Schnellfließende Wasser, die brausend wallen,
verströmen – zurück bleibt Trockenheit.
Der schnellste Pfeil muß irgendwo fallen,
und flöge er schwirrend auch noch so weit.
Die Dinge, die drängend sich stoßen und ballen,
sie kehren zurück im Kreise der Zeit.

Am Himmel ballen sich Wolken; im Schwalle
strömt Regen herab. Unlösbar verbunden
ist alles. Der Große Töpfer formt alle;
nie hat sein Formen ein Ende gefunden.

Wer kann die Wege des Himmels deuten,
wer mit dem Dau zu Rate gehn?
Vom Schicksal bestimmt sind die Lebenszeiten,
doch wer kann den Sinn der Zeiten verstehn?

Ein riesiger Schmelzherd sind Himmel und Erde;
und der Schmied – der Große Bildner im All;
die kosmischen Kräfte – die Kohle im Herde;
und die zahllosen Dinge – Metall!

Sie ziehn sich zusammen, sie dehnen sich aus,
und nichts, das ewig bestände!
Sie strömen, sich tausendfach wandelnd, hinaus –
ohne Anfang und ohne Ende.

Und wenn da im Schmelzen ein Mensch entsteht,
wer sollte das allzu ernst nehmen!
Und wenn er, im Tode sich wandelnd, vergeht,
was gibt es für Grund, sich zu grämen!

Sein Selbst überschätzt nur der kleine Verstand –
nichts außer sich selbst, das er ehrte!
Doch weit ist der Blick des Weisen gespannt;
jedes Ding hat für ihn seine Werte.

So eilen alle, gehetzt und gejagt
als Opfer der eigenen Handlung.
Der Weise nur, den kein Vorurteil plagt,
hält fest an der Einheit unverzagt
in der wirren Vielfalt der Wandlung.

An Sitte und Brauch hält der Dumme sich fest,
die wie Fesseln die Hand ihm zerschunden.
Der Weise die Hand von den Dingen läßt,
dem Dau nur bleibt er verbunden.

So zweifeln und irren die Menschen wie toll,
an Liebe und Haß gebunden.
Der Weise allein hat ruhevoll
im Dau Frieden gefunden.

Er will nicht Klugheit noch Eigenheit,
er hat sein Selbst aufgegeben.
Und so vermag er sich himmelweit
auf den Flügeln des Dau zu erheben.

Ihn trägt der Strom, er folgt seinem Lauf
und ruht, wo er Inseln findet.
Vertrauend dem Schicksal, gibt er sich auf –
Kein Ich, kein Selbst, das ihn bindet!

Ein Schweben ist sein Leben,
ein Ausruhn sein Tod.
Still wie die tiefsten Gewässer.
Frei wie ein treibendes Boot.
Ihn hält nicht das Dasein gefangen.
Er wandert, die Leere im Arm.
Ihn kettet nicht Lust noch Verlangen.
Er fürchtet nicht Schmerzen noch Harm,
hat nie sich im Kleinen verlorn –
Die kleinliche Welt, die sticht
und ritzt wie Distel und Dorn –
sie kümmert ihn nicht!

Aus den „Neunzehn alten Gedichten“

Die junge Frau auf dem Altan

Das Gras am Ufer grün, so grün.
Die Weidenzweige dicht, so dicht.
Wie Blütenschnee so zart, so zart,
vergrämt, mit traurigem Gesicht,
die junge Frau auf dem Altan.
Der Frühlingswind weht leis, so leis.
Und müde hebt sie ihre Hand,
so blütenzart, so blütenweiß.
Herausgeputzt, so schön frisiert!
Einst Sängerin und viel begehrt,
ward sie von einem heimgeführt,
der selten nur nach Hause kehrt.
Muß er denn stets auf Reisen sein,
nicht ahnend, was mein Herz beschwert? –
Wie hüt ich nur mein Bett allein!

Aus den „Neunzehn alten Gedichten“

Freut euch doch!

Auf Gräbern ragen grün, so grün
Zypressen hoch ins Blau hinein.
Der Bergbach, jäh im Lauf gehemmt,
springt sprudelnd fort von Stein zu Stein.
Sein schnellverlebtes Leben lang
muß stets der Mensch ein Wandrer sein.
Schöpft aus dem vollen, sparet nicht!
Trinkt, Freunde, freudig euren Wein!

Ich fuhr nach Nanyang und Loyang,
mit meinem Klepper vorgespannt.
Loyang ist eine reiche Stadt.
Die Herren vom Beamtenstand
erkennen sich am Amtsornat –
und eine wäscht die andre Hand.

Auf allen großen Straßen fast
kann man der Fürsten Schlösser sehn.
Des Kaisers Nord- und Südpalast
einander fern gegenüberstehn.
Die Tore ragen himmelhoch –
So trinkt zu eures Herzens Lust!
Leert eure Becher, freut euch doch!
Was grämt ihr euch? Was schmerzt euch noch?

Aus den „Neunzehn alten Gedichten"

Vom Menschenglück

Zum Osttor lenkten wir unser Gespann –
Als wir gegen Norden blickten,
da standen Grab um Grab vor der Stadt,
und Pappeln im Winde nickten.

Die Graballeen liegen in langen Reihn,
von Fichten umsäumt und Zypressen;
und unten ruhen in ewiger Nacht
die Toten, vermodert, vergessen.

Die Jahreszeiten kommen und gehn;
schnell wechseln Helle und Dunkel.
Einen Augenblick nur das Leben glänzt
wie der Tau im Sonnengefunkel –

Und keiner, der fest wie Stein und Metall,
den Jahrtausenden Trotz geboten!
Die Lebenden legen die Toten zu Grab,
dann legt man auch sie zu den Toten.

So war's, so ist's und wird immer sein:
Dem Tod kann keiner entkommen,
der Weiseste nicht und der Tüchtigste nicht
und auch nicht der Frömmste der Frommen.

Sucht nur das Lebenselixier!
Nur Unheil werdet ihr stiften;
hat mancher gebraut einen „Lebenstrank“,
nur um sich damit zu vergiften.

So laßt uns trinken vom besten Wein,
eh der Tod uns für ewig scheidet.
Zum Menschenglück gehört Trunkensein
und ein Leib, in Seide gekleidet.

Aus den „Neunzehn alten Gedichten“

Der Blütenzweig

Im Hofe steht ein seltner Baum
und grünt und grünt; die Knospen springen.
Ich breche einen Blütenzweig,
ihn meinem Liebsten darzubringen.
Der Blütenduft dringt mir ins Kleid.
Ach, Blüten sind ein ärmlich Ding!
Send ich sie ihm? – Der Weg ist weit.
Vielleicht, daß sie ihn an die Zeit
erinnern, da er von mir ging!

Dichter unbekannt

Die Geschichte von Dschjau Dschung-tsching und Liu Lan-dschi, die zu Ende der Han-Zeit lebten und deren Schicksal ihre Zeitgenossen so sehr bewegte, daß man ihnen zu Ehren diese Ballade verfaßte

1

Hört zu, ihr lieben Leute,
neigt euer Ohr mir dar.
Ich sing euch, wie man einst getrennt
ein liebend Pfauenpaar.

Der Pfau, der flog nach Osten,
das Weibchen flog nach Süd.
Und oft noch blickten sie zurück,
als eins vom andern schied.

2

Die junge Frau Liu Lan-dschi klagt ihrem Gemahl Dschjau Dschung-tsching, Amtsgehilfen im Bezirk Ludschjang, ihr Leid:

„Erst dreizehn Jahre war ich alt,
da lernt ich weben Seide.
Mit vierzehn schnitt ich selbst den Stoff
und nähte ihn zum Kleide.

Und als ich fünfzehn Jahre war,
lernt ich die Laute schlagen,
mit sechzehn Anstand und die Kunst,
Gedichte aufzusagen.

Mit siebzehn ward ich deine Braut,
ward deine Braut mit Bangen,
und ist auch ohne bittres Leid
seither kein Tag vergangen.

Als eines Amtsgehilfen Frau
war mir sehr viel gelegen
an deinem Ruf. Beim Hahnenschrei
fing ich schon an zu weben.

Und webte, webte Tag und Nacht,
mocht ich auch schier verzagen,
und webte gut und webte schnell –
fünf Ballen in drei Tagen!

Doch deine Mutter schilt mich oft,
daß ich zu langsam webe.
Nicht langsam web ich – nein! Sie mag
nicht, daß ich bei euch lebe.

So schickt mich fort, so laßt mich gehn!
Ich kann's nicht mehr ertragen.
Daß ich nicht länger bleiben mag,
sollst du der Mutter sagen!"

3

*Das traf ihren Gemahl, den Amtsgehilfen, tief.
Sogleich eilte er in die Halle, trat vor seine Mutter hin
und sagte vorwurfsvoll:*

„Dein Sohn wird nie und nimmermehr
zu hohen Würden kommen.
Sein einzig Glück, daß ihn zum Mann
solch eine Frau genommen.

Entwachsen kaum den Kinderschuhn
waren wir, als ich sie freite.
Uns trennt nichts! Selbst im Totenreich
bleibt sie an meiner Seite.

Seitdem sie zu uns kam, sind kaum
drei Jahre hingegangen.
Drei Jahre, Mutter, ist nicht lang,
sollst nicht zuviel verlangen.

Ich wüßte nicht, wo sie gefehlt,
nie hörst du Widerrede.
Warum denn, Mutter, quälst du sie,
behandelst sie so schnöde!"

Das aber nahm seine Mutter übel auf.
Erbost schrie sie ihren Sohn an:

„Was du nicht sagst! Du solltest dich
ob deiner Dummheit schämen.
Sie ist ein unmanierlich Ding,
weiß sich nicht zu benehmen.

Ein Starrkopf, immer will sie nur
durchsetzen ihren Schädel.
Ich hab es längst schon übersatt,
ich hasse dieses Mädel!

Und denk nur nicht, du könntest gar,
was du willst, tun und lassen! –
Des Nachbars Tochter Tschin Lo-fu,
die würde zu dir passen.

Ein schmuckes Kind, ein liebes Kind,
wie sich kein zweites findet.
Dein Mütterchen sorgt schon dafür,
daß ihr zwei euch verbindet.

Und jene schaff mir schleunigst fort,
fort, sag ich, und für immer!
Und daß du sie nie wiederbringst!
In mein Haus kommt sie nimmer!“

*Der Amtsgehilfe kniete sich nieder vor seiner Mutter
und sprach:*

„Jag sie nur fort! Sie soll dir nicht
ein Stein im Wege sein.
Doch werd ich, bis das Aug mir bricht,
nie eine andre frein.“

*Das brachte die Mutter in rasende Wut.
Sie trommelte mit der Faust auf die Ruhebank und schrie:*

„Du böser Junge hast nicht mehr
Respekt für mich im Herzen!
Hilfst nun sogar noch deinem Weib,
die Mutter anzuschwärzen!

Zuwider ist sie mir schon längst!
Wozu den Schnabel wetzen!
Ich warne dich, ich duld es nicht,
sich mir zu widersetzen!“

4

*Da schwieg der Amtsgehilfe, verbeugte sich
vor seiner Mutter, ging zurück ins Schlafgemach
und sagte zu seiner Frau:*

„Ich will nicht, Liebste, daß du gehst,
nicht daß ich dich verjage!
Die Mutter hört ja nicht auf mich,
was immer ich auch sage.

Sie dringt darauf, nun, Liebste, geh
nach Haus für eine Weile,
indessen ich zum Mandarin
in das Bezirksamt eile.

Bald ist mein Dienst vorbei und dann
komm ich dich selber holen.
Tu, Liebste, was geschehen muß,
tu, was ich dir befohlen!"

Darauf erwiderte die junge Frau Lan-dschi
dem Amtsgehilfen:

„Mach Schweres doch nicht schwerer noch,
mach Schlimmes doch nicht schlimmer.
Im Winter nahmst du mich zur Frau –
erinnerst du dich nimmer?

Den Meinen sagte ich adieu
und bin zu euch gekommen.
Hab ich seitdem zur Mutter je
mich schlecht, mich frech benommen?

Ich plagte mich – ich kannte doch
der Schwiegertochter Pflichten!
Ich folgte ihr und mühte mich,
gut alles zu verrichten.

Und dennoch jagt sie mich nun weg
und will nicht auf dich hören.
Da sprichst du noch von Wiederkehr!
Wie sollt ich wiederkehren?

Ich hab ein Jäckchen, reich bestickt,
mit goldverbrämten Quasten
und einen roten Bettvorhang
und Kisten auch und Kasten.

Manch Krimskrams findest du darin,
ist alles, was ich habe.
Solch Zeug genügt der neuen Braut
wohl kaum als Morgengabe.

Doch will ich's gerne lassen hier.
Uns ist nicht zugemessen
ein glücklich Los. Behüt dich wohl,
und sollst mich nie vergessen!"

5

Als am nächsten Morgen der Hahn krähte,
erhob sich Liu Lan-dschi vom Lager und kleidete
und schmückte sich mit großer Sorgfalt

Kein schönres Wesen ward fürwahr
auf Erden je gesehn.
Im Trippelschritt sah man sie nun
sittsam zur Halle gehn.

Und als die arme junge Frau
zur Schwiegermutter kam,
blieb diese kalt und ungerührt,
da Lan-dschi Abschied nahm:

„Als Mädchen von geringem Stand
wuchs ich auf unbelehrt.
Beschämt kam ich in euer Haus,
ein Haus so hochgeehrt.

Beschämend auch, daß, Mutter, du
vertan viel Gut und Geld
als Angebinde für ein Ding,
das sich so dumm anstellt.

Heut aber zieh ich wieder fort –
Es muß ja wohl so sein!
Ich gräm mich nur, daß du fortan
dich plagen mußt allein."

Auch von ihrer kleinen Schwägerin nahm sie Abschied, und wie Perlen tropften die Tränen nieder, als sie zu ihr sprach:

„Ich weiß noch, als ich zu euch kam,
warst du ein Kücken bloß,
reichtest kaum höher als das Bett.
Nun bist du schon recht groß.

Hilf deiner Mutter, wo du kannst,
und pfleg sie fürsorglich.
Und wenn ihr Mädchen schwärmt und lärmt
beim Mondfest, denk an mich!"

6

Tränenüberströmt war ihr Antlitz,
als sie aus dem Tor trat und den Wagen bestieg

Der Amtsgehilfe ritt voraus,
und rumpelnd hintennach
der Wagen kam, in dem sie saß,
und keins ein Wörtchen sprach.

Am Kreuzweg hielt der Wagen an,
der Reiter sprang vom Pferd
und trat zu ihr, und ihr ins Ohr
flüsterte er verstört:

„Nie, Liebste, niemals werd ich dich,
ich schwör es dir, vergessen.

Fahr du nach Haus, zum Mandarin
reit ich schnell unterdessen.

Bald komm ich zu dir, und dann kehrst
du wieder heim mit mir.
Ich schwör's beim Himmel, was auch sei,
nie lasse ich von dir!"

Darauf erwiderte Lan-dschi:

„Hab Dank du treues Herz! Ich weiß,
daß du es ehrlich meinst.
Und denk daran! Und hol mich bald,
daß alles wird wie einst.

Fest wie ein Fels, so sollst du sein,
und ich – wie Schilf am See.
Der Fels harrt aus, der dreht sich nicht,
das Schilf ist zart, doch zäh.

Hab einen Bruder noch daheim,
grimm wie der Donnerschlag.
Ob der mir meinen Willen läßt?
Was der wohl sagen mag?"

Sodann hoben sie die Hand zum Gruß,
und untröstlich über ihr Schicksal
schieden sie voneinander

7

Und als sie trat daheim durchs Tor,
war ihre Kraft zu Ende.
Die Mutter überm Kopfe schlug
zusammen ihre Hände.

„Mein Kind, wer hätte das gedacht!"
rief sie mit wehem Blick.
„Dich, die im Brautzug von hier zog,
schickt man allein zurück!

Hab ich dich nicht mit dreizehn schon
gelehrt, zu weben Seide!
Mit vierzehn schnittst du selbst den Stoff
und nähtest ihn zum Kleide.

Und als du fünfzehn Jahre warst,
lerntest du Laute schlagen,
mit sechzehn Anstand und die Kunst,
Gedichte aufzusagen.

Mit siebzehn sah ich dich als Braut
aus diesem Hause schreiten.
Ich wußte immer, Kind, du wirst
nie Schande mir bereiten.

Du hast mir Schande nie gemacht,
das glaub ich dir auch heute.
Sag mir, warum kommst du allein?
Wo sind denn deine Leute?"

Darauf erwiderte Lan-dschi:

„Ach, Mutter, deine Tochter ist
das ärmste Ding im Lande.
Nichts Schändliches hat sie getan
und bringt dir dennoch Schande."

8

Der Gram über Lan-dschis Mißgeschick zerriß der Mutter schier das Herz. Kaum zwei Wochen waren seit ihrer Rückkehr vergangen, da schickte der Mandarin des Bezirks einen Brautwerber zu Lan-dschis Familie, der also sprach:

„Die Söhne des Herrn Mandarin
sind hochbegabt, der dritte
jedoch ist der begabteste.
Ich überbring die Bitte

im Namen des Herrn Mandarin,
ihm Lan-dschis Hand zu reichen.
Erst neunzehn zählt der junge Herr,
schmuck ist er sondergleichen."

Die Mutter sagte daraufhin zu Lan-dschi:

„Nun, Tochter, meinetwegen darfst
du ihn zum Manne nehmen."
Da schrie auf Lan-dschi, und sie konnt
die Tränen kaum bezähmen:

„Als ich vom Amtsgehilfen schied,
gab ich ihm das Versprechen,
ihm ewig treu zu sein, und nun
soll ich die Treue brechen!

Die Werbung, Mutter, nimm nicht an!
Es fehlt ja nicht an Gründen.
Schick ihn nur fort, wir werden schon
noch einen Ausweg finden."

So ging die Mutter zum Brautwerber zurück und sagte:

„Arm sind wir, von geringem Stand,
und meine Tochter ist
erst kürzlich wieder heimgekehrt.
Ich nehme an, Ihr wißt,

daß selbst ein Amtsgehilfe sie
nicht seiner würdig fand.
Wie dürfte da ein edler Herr
werben um ihre Hand!

Ihr könnt ja fragen anderswo.
Wenn edle Herren frein,
da finden Bräute sich genug.
Muß es denn Lan-dschi sein!"

9

Ein paar Tage, nachdem der Brautwerber über den Fehlschlag seiner Mission berichtet hatte, entsandte der Mandarin des Bezirks seinen Adjunkten zur Berichterstattung in die Präfektur. Nach seiner Rückkehr meldete dieser dem Mandarin, daß er in Erfahrung gebracht habe, die Tochter einer gewissen Familie Lan wäre sehr geeignet als Braut für dessen Sohn, da ihre Familie seit Generationen dem Beamtenstand angehöre. Nun hege der Präfekt die Absicht, seinen fünften Sohn mit Liu Lan-dschi zu vermählen. Er selbst sei mit der Brautwerbung beauftragt worden; die Verhandlungen mit der Familie Liu aber solle der Sekretär des Präfekten führen. Dieser begab sich auch sogleich zu Lan-dschis Mutter:

„Der Herr Präfekt hat einen Sohn",
so sprach der Sekretär,

„der Tugend und Gemüt besitzt
und viele Gaben mehr.

In Euer löblich Haus hat mich
der Herr Präfekt entsandt.
In seinem Namen bitte ich
um Eurer Tochter Hand."

„Mein armes Kind", die Mutter sprach,
„schwor Treue ihrem Mann.
Und Ihr versteht, daß ich darum
zu nichts sie zwingen kann."

Ganz anders nahm's der Bruder auf,
als er davon erfuhr,
daß um der Schwester Hand ersucht
ein Herr der Präfektur.

Zu Lan-dschi kam er sehr verstimmt
und sprach: „Hör, Schwester, du
scheinst nicht zu wissen, wer dich nimmt.
Du machst dein Glück, greif zu!

Warst eines Amtsgehilfen Frau,
was hattest du davon!
Bedenk, wer dich nun freien will –
des Herrn Präfekten Sohn!

Damit schaffst du die Ehre dir,
die dich so lange mied.
Wie Tag und Nacht, ja, himmelweit
ist da der Unterschied!

Und wenn du diesem edlen Mann
die Hand nun doch nicht gibst,
sag mir, wie du die Zukunft dann
dir vorzustelln beliebst!"

Lan-dschi, die mit gesenktem Haupt
dem Bruder zugehört,
hob nun den Blick und sagte laut:
„Wohl des Bedenkens wert

sind meines Bruders Worte. Einst
zog ich als Braut hinaus,
um treu zu dienen meinem Mann –
Man schickte mich nach Haus.

Was mit mir nun geschehen soll,
geschieht nach deinem Sinn.
Wie dürfte ich mich weigern denn,
da ich ein Weib nur bin!

Was nützt dem Amtsgehilfen nun
sein und mein Treueschwur!
Wir kommen zueinander nie ...
Dem Herrn der Präfektur

sag also gleich, ich sei bereit,
und willig' für mich ein.
Wann immer es belieben mag,
soll die Vermählung sein."

Zum Sekretär eilte sofort
der Bruder froh gelaunt.
Der sprang auf, stammelnd „Ah!" und „Oh!",
so sehr war er erstaunt,

und lief sogleich zu seinem Herrn.
„Was meiner Wenigkeit
befohlen", rief er, „ist erfüllt!
Alles ist nun soweit.

10

Die Kunde nahm der Herr Präfekt
mit großer Freude auf,
sah im Kalender nach, im Buch
von der Gestirne Lauf

und fand, daß für das Hochzeitsfest
die Konstellation
der Sterne äußerst günstig war
in diesem Monde schon.

„Der siebenundzwanzigste ist heut“,
sprach er, „und wie ich seh,
so folgt ein Glückstag bald danach:
Das wär der dreißigste.

Ich bitte Euch, Herr Sekretär,
macht alles schnell bereit.
Ihr seht, der Tag steht vor der Tür,
da bleibt uns nicht viel Zeit.“

Die Diener wurden alarmiert
und eilten hin und her
und wogten auf und wogten ab –
ein Menschenwolkenmeer.

Die Hochzeitsbarke strahlte bald
in frischem Farbenglanz.
Den Bug ein brauner Sperling ziert
und eine weiße Gans.

Vier Drachenbanner pflanzte man
links, rechts, an Heck und Bug;
die drehten sich und blähten sich –
ein Drachenschwarm im Flug.

Der Hochzeitswagen gülden war,
die Räder inkrustiert
mit Jade, bunt betreßt der Scheck,
den man davorgeschirrt.

Mit Seitenfäden schnürte man
viel Münzen auf geschwind –
wohl drei Millionen für die Braut
als würdig Angebind.

Von feinster Seide suchte man
dreihundert Ballen aus;
hoch türmte sich von Fleisch und Fisch
ein Berg zum Hochzeitsschmaus.

Und aus dem Tor der Präfektur
da wälzte sich heraus
ein Menschenstrom – fünfhundert wohl –
und zog zu Lan-dschis Haus.

II

Daheim indes die Mutter sprach:
„Kind, eben traf für mich
ein Brief des Herrn Präfekten ein:
schon morgen holt man dich.

Warum hast du dein Hochzeitskleid
noch immer nicht genäht?
Arg wär es, wenn das Hochzeitsfest
nicht recht vonstatten geht!"

Kein Wort sprach Lan-dschi. Vor den Mund
hielt sie ihr Tuch gepreßt.
Und Tränen flossen wie ein Strom,
der sich nicht dämmen läßt.

Zu ihrem Tischchen ging sie hin,
mit Steinen bunt geschmückt,
hat es zum Fenster näher dann
schweigend herangerückt.

Und nahm die Schere in die Hand,
die Seide vor ihr lag,
und schweigend schnitt sie das Gewand
für ihren Hochzeitstag.

Und bis zum Mittag nähte sie
ein feines Seidenjäckchen,
und bis zum Abend nähte sie
dazu ein Seidenröckchen.

Und als das Dunkel niedersank,
des Tages Licht verblich,
da lief sie vor das Tor hinaus
und weinte bitterlich.

12

Der Amtsgehilfe hatte auch
schon das Gerücht gehört.
Er bat um Urlaub, und der ward
ihm auch sogleich gewährt.

Und als geritten er drei Li,
der Schmerz stach wie ein Schwert,
da schrie er auf, und wie vor Gram
wieherte auch sein Pferd.

Und Lan-dschi, die in ihrem Schmerz
weit in die Nacht gerannt,
hörte das Wiehern seines Pferds –
das klang so wohlbekannt!

Und schneller lief sie, schneller noch,
ihr war so sonderbar.
Und schon von fern erkannte sie,
daß es ihr Liebster war.

An seinen Sattel hing sie sich
und hielt sich fest daran
und seufzte lang und seufzte tief,
und also sprach sie dann:

„Viel unverhofftes Leid ist mir,
seitdem du gingst, geschehn.
Daß unser Wunsch sich nie erfüllt,
konntest auch du nicht sehn.

Die Mutter drängte mich zum Ja,
der Bruder hat's erpreßt.
Was kommst du denn? Was hoffst du noch,
da sich nichts ändern läßt!"

Der Amtsgehilfe stieß darauf
in grimmem Ton hervor:
„Ich komm, zu gratulieren dir,
du rückst ja hoch empor!

Der Fels bleibt unverrückbar fest
und steinhart nach wie vor,
indes das zarte Schilf gar bald
die Zähigkeit verlor.

Steig du hinauf, mag Ruhm und Glanz
dein Leben dir erhellen.
Ich steig hinab ins Totenreich,
ins Reich der Gelben Quellen."

„Ach!" rief Lan-dschi. „Was sprichst du da!
Jagte man mich nicht fort!

Erst zwang man dich, jetzt zwingt man mich,
was gilt denn unser Wort!

Und doch, was auch geschehen mag,
sie zwingen uns nicht nieder!
Wir sehen uns – merk, was ich sag,
im Totenreiche wieder."

Dann faßten sie sich bei der Hand
und mußten wieder scheiden,
und jedes schleppte schwer mit sich
die Bürde seiner Leiden.

So haben sich zwei Lebende
den letzten Gruß geboten,
und war der letzte Lebensgruß
und doch ein Gruß von Toten.

Ach, wer beschreibt den bittren Gram
der tiefbedrückten Seelen,
die sich, noch wandelnd in der Welt,
schon zu den Toten zählen!

13

Und als der Amtsgehilfe kam
nach Hause tränenblind,
trat er zur Mutter hin und sprach:
„Kalt weht der Winterwind.

Der Wind, der weht so eisigkalt,
daß mich ein Frösteln faßt,
und klirrend fegt er durch den Wald
und splittert Zweig und Ast.

Und wie die Abendsonne neigt
ins tiefe Dunkel sich,
so tief hinab ins Dunkel steigt
dein Sohn – Es fröstelt mich.

Und drückt dich dann die Einsamkeit,
klag nicht die Geister an;
nicht sie vernichten deinen Sohn –
er hat es selbst getan.

Bald liegt er wie der Südberg starr,
von Erd und Stein bedeckt,
liegt still für alle Ewigkeit
in Frieden hingestreckt.“

Die Mutter merkte schaudernd nun,
daß sie den Sohn verlor;
bei jedem ihrer Worte quoll
ein Tränenstrom hervor:

„Bedenk, aus welchem Haus du stammst,
bedenk auch, wer du bist –
ein Amtsgehilfe heute noch,
der morgen Amtmann ist.

Willst sterben wegen eines Weibs,
das ich mit Recht verjagt?
Was braucht ein Sohn aus gutem Haus
zum Weibe eine Magd!

Der Nachbar eine Tochter hat –
ja, die gebührte dir –
das schönste Mädchen in der Stadt!
Ich geh sogleich zu ihr!“

14

Der Amtsgehilfe neigte sich
vor seiner Mutter tief
und ging zurück in das Gemach,
wo einstens Lan-dschi schlief.

Das Bett war leer, leer alles rings,
er sah sich seufzend um,
und wie ein Messer stach der Schmerz,
dreht man's im Herz herum.

15

Die Ochsen stampften vor dem Karrn,
die Pferde schnoben laut.
Der Wagen vor dem Brautsaal hielt,
hinein trat nun die Braut.

Und als in Dunkelheit zerfloß
das trübe Dämmerlicht,
der Lärm des Tages sich gelegt,
da sprach sie still zu sich:

„Das Ende naht, es sei getan,
noch heute muß es sein.
So flieh denn, Seele, himmelan,
euch laß ich mein Gebein."

Ihr Röckchen schürzt sie hoch und streift
die Seidenschuhe ab
und eilt zum Teich und springt hinein –
tief in den Grund hinab.

Der Amtsgehilfe schwankte nicht,
als er davon erfuhr,

suchte sich einen starken Ast
und eine feste Schnur.

16

Daß sie im Grab vereinigt nun
die gleiche Erde deckt,
gewährte auf der Mütter Wunsch
großmütig der Präfekt.

Und was im Leben man getrennt,
fand sich im Tode nah:
Gemeinsam ruhn sie in der Gruft
am Hang des Berges Hua.

Zypresse, Fichte, Wutung-Baum
pflanzte man rechts und links
und ost und west des Doppelgrabs,
und all die Bäume rings

mit Zweig und Ast verflochten sind,
als wären sie ein Baum;
weht in den Blättern sanft der Wind,
lispeln sie wie im Traum.

Zwei Schmetterlinge sieht man dort,
die gaukeln auf und ab;
ein Vogelpaar in einem fort
umschwirrt das Doppelgrab.

Einander singen sie sich zu –
man nennt sie Yüen und Yang –
und Nacht für Nacht ertönt bis spät
der helle Vogelsang.

Und wer sie singen hört, der hält
auf seinem Wege an.
Hört eine Witwe den Gesang,
träumt sie von ihrem Mann.

17

Ihr, die ihr nach uns kommt, merkt wohl,
was ich hier kundgetan,
und wenn euch Gleiches widerfährt,
ich bitt euch, denkt daran!

Tsau Tsau

Am Meer

Ich kam nach Osten zur Klippe von Dschje
und blickte hinaus auf die endlose See.

Die Wasserweite mit Wellen bedeckt;
und ein Inselberg, der zum Himmel sich reckt.

Die welken Sträucher und Gräser bereift;
der Herbstwind raunt und raschelt und pfeift.

Aufgischen die Wogen mit riesigen Zungen –
sind ihnen nicht Sonne und Mond entsprungen?

Entsprang nicht der Sterne blinkender Glanz
dem gischenden zischenden Wogentanz?

O größtes Glück, o höchste Lust,
zu singen vom Wunsch in der wogenden Brust!

Tsai Yän

Klagelied der Entführten

I

Noch herrschte Ruhe
im Reiche der Han,
als ich ein Kind war;
doch mit mir wachsend,
wuchs auch der Krieg:
Und es verfiel.
Herzlos ist zu den Menschen der Himmel:
Hätte er sonst
herabgesandt Unheil und Wirrnis!
Und herzlos ist auch die Erde:
Hätte sie sonst
mich ausgesetzt solchen Zeiten!
Täglich ward lauter
das Waffengeklirr.
Auf allen Wegen drohten Gefahren.
Volk und Soldaten
flohn in Verwirrung.
Gemeinsam war allen nur eins:
der Jammer.
Über die Felder jagten daher
Wolken von Staub,
und aus den Wolken
jagten hervor
Heere der Hunnen.
Zu schwach war mein Wille,
mein Mut zu gebrechlich.
Den Fremden folgte ich in die Fremde,
beugte mich ihren unheimlichen Sitten.
Geschändet als Weib! Verlorn meine Ehre!

Wem sollt ich es klagen?
Da schlug ich erbittert die Saiten der Laute,
und keiner wußte, wovon ich sang –
von brennendem Haß,
hilfloser Empörung!

2

Die Sonne sinkt.
Trostlos zerfegt der Wind
das Steppengras.
Von allen Seiten dringen auf mich ein
des Nordens Laute unvertraut.
Und niemand, der mein Leid versteht!
Endlos dehnt sich die Steppe hin
in Einsamkeit.
Am Horizont im Dämmer glimmend
der Grenzwacht Feuerzeichen.
Unheimlich sind die Sitten der Barbaren:
die Alten, Schwachen achten sie gering
und schätzen nur die Jungen und die Starken.
Dem Gras und Wasser jagen sie ewig nach,
mit ihren Jurten aufgepackt.
Und wo sie neue Weiden finden,
da überschwärmen Schaf- und Rinderherden
ameisengleich das karge Steppenland,
bis alles ringsum abgeweidet, kahl –
dann ziehn sie weiter, ewig heimatlos.
Und ich – bin ich nicht doppelt heimatlos!
Fern meiner Heimat unter Heimatlosen!
Nach meiner Laute greif ich, schlag
verbittert in die Saiten,
und im Dunkel
zerfließt mein Lied
so hilflos wie mein Zorn.

3

Ich hing nicht so am Leben,
daß ich mich
gefürchtet hätte vor dem Tod.
Mir war ja eine Hoffnung noch geblieben:
Die Heimat wiedersehn!
Zur Ruhe legen
den müden Leib
in heimatlicher Erde!
Nur das, nur das noch!
Ich harrte aus im Lager der Barbaren.
Die Tage gingen, Monde, Jahre.
Und der Barbarenhäuptling liebte mich,
und fruchtbar war mein Schoß.
Und ich, so müde
des Lebens, schenkte Leben:
Ich gebar
zwei Kinder,
säugte sie, umhegte sie
und fühlte keine Scham –
nur Trauer,
daß ich sie hier gebären mußte,
in diesem Steppenland,
unwirtlich, rauh und roh …
Ich griff zur Laute:
Klagend klang
ein Lied unsagbar traurig von den Saiten.
Sie sprangen nicht –
nicht sie –
mein Herz.

4

Der Ostwind kam. Die Kälte war gewichen.
Ein warmer Hauch stieg von der Erde auf.
Da kam die Kunde aus dem Reich der Han:
Der Kaiser wünscht, daß Frieden wie die Sonne
den Menschen Segen bringe überall.
Die Hunnen tanzten, jubelten vor Freude;
aus allen Kehlen klangen frohe Lieder.
In Eintracht sollten beide Völker leben,
der Friede heilig sein, die Waffen ruhn!
Und unerwartet schnell kam auch des Kaisers
Gesandter in der Hunnen Lager,
verlas des Himmelssohnes Manifest;
und unter anderm hieß es auch darin,
eintausend Unzen Gold sende der Kaiser
als Lösegeld für mich dem Hunnenkhan.
Ein Freudentaumel faßte mich. So sollte
ich doch noch lebend wiedersehn die Heimat!
Dann aber dachte ich an meine Kinder –
die würd ich nie und nimmer wiedersehn!
Ich seufzte tief, und nach der Laute griff ich;
und Schmerz und Freude flossen ineinander,
schrill mischend sich im wunden Klang der Saiten.
Und hin- und hergerissen war mein Herz –
so bitterlich zerrissen wie noch nie …

Wang Tsan

Die Mutter

In Tschangan war Chaos. Wie Tiger tobten
Gewaltherrn, bar aller Menschlichkeit.
Ich ging. Verwandte und Freunde gaben
mit Tränen zum Tor mir ein trübes Geleit.

Mein Weg war besät mit Toten – zerstochen,
zerhaun, zerfleischt, zerrissen der Leib.
Die Äcker deckten bleichende Knochen –
Da sah ich am Waldrand ein hageres Weib.

Sie trug einen Säugling. Im Dickicht legte
sie nieder ihr Kind. Ich hörte es schrein.
An den Tränen sah ich, daß Schmerz sie bewegte.
Sie dreht sich nicht um! – Sie läßt es allein!

Ich frag sie: „Warum?“ – Voll bitterem Leide
blickt sie mich an; aus dem magren Gesicht
wischt sie die Tränen: „Es reicht nicht für beide!
Auch mich trifft es bald ...“ Ich ertrug es nicht –

Fort! Fortsprengte ich mit verhängtem Zügel,
vor Grauen stand mir zu Berge das Haar.
So kam ich nach Baling, dem Grabeshügel
Kaisers Wen, der milde und weise war.

Ich stieg hinan, und den Blick ließ ich schweifen
nach Tschangan und stöhnte, von Schmerz übermannt.
Jetzt kann ich die Lieder der Alten begreifen –
den bitteren Traum vom gesegneten Land.

Periode der drei Reiche und Dschin-Dynastie

220–420

Tsau Pi

Und wem klag ich mein Leid?

Die Sonne ist von Kupferwolken überzogen.
Buntschillernd spannt sich weit ein Regenbogen.

Ins Tal die Bäche rauschend niederschäumen.
Das dürre Laub fällt flatternd von den Bäumen.

Ein Schrei hoch von den Wolken her durchgellt die Luft –
ein Vogel, der verirrt nach den Gefährten ruft.

Der runde volle Mond wird wieder schmal und dünn.
Die Blumen blühen bunt und froh und welken doch dahin.

So war und ist und wird es sein in Ewigkeit.
Warum denn aber seufze ich – und wem klag ich mein Leid?

Tsau Dschi

Geschrieben einundzwanzig Jahre nach der Zerstörung der Stadt Loyang

Den Bemang-Hügel stieg ich hoch
und blickte auf Loyang hinab.
In Asche die alten Paläste,
und still die Stadt wie ein Grab.
Die Mauern niedergebrochen,
aus den Trümmern Unkraut bricht.
Und immer nur neue Gesichter
und nirgends ein altes Gesicht.
Die Wege längst überwuchert,
die Felder verwüstet und leer.
Wer lange nicht hier gewesen,
findet zurecht sich nicht mehr.
Die Dörfer verlassen, kein Zeichen
von Leben das Auge erblickt.
Wie war es hier einst doch! – Der Jammer
das Wort in der Kehle erstickt.

Tsau Dschi

Lied vom schönen Mädchen

Ein Mädchen, feenhaft, mit sanftem Gang,
von einer Anmut, die den Sinn berückt,
geht sittsam den gewundnen Pfad entlang.
Für ihre Seidenraupen pflückt
sie Blätter ab vom Maulbeerbaum,
zärtlich umschmiegt von jungen Zweigen.
Das zarte Laubwerk flattert, wie im Traum
sich Schmetterlinge zu den Blumen neigen.
Wie eine weiße Blüte ihre Hand,
wenn pflückend sie den Ärmel höher streift;
schneeig ihr Arm, mit einem goldnen Band
hellfunkelnd wie von Strahlenglanz umreift.
Im dunklen Haar ein goldner Sperling hüpft
am Kopf der Nadel mit bei jedem Schritt.
Am Gürtel trägt sie, kleidsam angeknüpft,
ein klingendes Gehänge von Nephrit
und Perlen, von Korallen und Türkis
schillernd umrahmt. Die Seide leise rauscht,
wenn sanft der Wind, der von den Bäumen blies,
die Säume hebt und tändelnd biegt und bauscht.
Und was ihr Blick streift, überstrahlt ein Licht
wie Sternenglanz, und wenn sie singt im Gehn,
entströmt dem Mund ein Duft – es duften nicht
reiner und lieblicher die Orchideen.
Wer da im Wagen fährt, hält staunend an,
und wer zu Fuß, auch der bleibt staunend stehn.
Und fragt ihr, wo sie wohnt? – Auf dem Altan,
der in der Südstadt über den Alleen
smaragden aufragt wolkenhoch empor.

Wer sehnt sich nicht, ihr Antlitz nah zu sehn!
Doch den Palast versperrt ein Doppeltor.
Warum hat man noch nicht ein Angebinde
entsandt, das Liebende zusammenbringt?
Die Schöne hofft, daß sie den Schönsten finde,
den wahrlich Edelsten. Ob das gelingt?
Was wissen andre denn von ihren Leiden!
Sie kümmert's nicht, wenn man sich lustig macht.
Schade, die Jugend sinnlos zu vergeuden!
Doch hört sie keiner seufzen – nur die Nacht.

Liu Ling

Loblied auf die Tugenden des Weins

Ich kenne einen Herrn von hohem Sinn,
der alles Sein für sehr befristet hält:
Ein Augenblick nur sind für ihn Äonen,
Sonne und Mond Gucklöcher in die Welt,
die Welt – ein Tummelplatz, ringsum versperrt.
Er pflegt auch nicht wie andere zu wohnen,
gekettet an vier Wände, Hof und Herd.

Im Wagen reist er nie, auch nie zu Pferde.
Er folgt sich selbst nur, tut, was ihm gefällt.
Als Ruhebett dient ihm die ganze Erde,
als Bettvorhang das blaue Himmelszelt.
Den Becher hält er hoch, sobald er hält;
und wenn er sich erhebt, hebt von allein
der Krug sich – Nichts in dieser Welt
beschäftigt seinen Geist als nur der Wein.

Den edlen Herrn und strengen Literaten
kocht, wenn sie von ihm hören, gleich das Blut.
Sie wetzen ihre Zungen und geraten,
je mehr sie reden, desto mehr in Wut.
Die Augen rollend, geifern sie und schnattern,
verzerren zähnefletschend das Gesicht,
und ihre schwarzen Kuttenärmel flattern
wie Fledermäuse überm Lampenlicht.
Und wenn sie dann ihr Lied herunterleiern
von guten alten Sitten und Moral,
hört man sie kreischen wie ein Schwarm von Geiern –
und tausendzüngig zischelt der Skandal.

Der hohe Herr jedoch schenkt sich indessen
gelassen ein und trinkt auf seine Art.
Gekreisch, Gezischel – alles ist vergessen.
Er hockt sich nieder, streicht sich übern Bart.
Und auf der Erde, eisigkalt und hart,
inmitten einer Riesenlache Wein
schläft er zufrieden und glückselig ein ...

Dichter unbekannt

Nachtlied

Hell strahlt der Mond und übergießt
mein Bett mit einer Flut von Licht.
Des Nachts, wenn einer traurig ist,
schläft auch in ihm die Trauer nicht.
Ich liege wach. Der Hauch der Nacht
streicht durch die offne Tür herein.
Vorm Bette flattert, jäh erwacht,
der Vorhang auf im Mondenschein.
Ich such mein Kleid und werf es mir
über die Schultern, in die Schuh
schlüpf ich und schlepp mich vor die Tür.
Wohin? Was treibt mich immerzu?
Ich wandre auf und ab. Erwacht
ist auch ein Vogel. Frühlingsluft
umhaucht die Welt. Schrill durch die Nacht
ein Vogel nach dem andern ruft –
ein rauher Schrei, der schmerzhaft quält.
Ich denk an das, was ich verlor.
Ist alles doch von Schmerz beseelt!
Da brechen Tränen jäh hervor.
Es stockt der Fuß, ich steh allein,
von lindem Frühlingswind umweht,
und klage meines Herzens Pein
dem hohen Himmel, sternbesät.

Dichter unbekannt

Frühlingswind

Ich lieb die wilden Blumen
im Wald zur Frühlingszeit.
Lieb ist mir auch der Vogelsang
voll sanfter Traurigkeit.
Am liebsten aber ist mir doch
mit seiner Zärtlichkeit
der Frühlingswind, der mir aufbläst
mein Seidenunterkleid.

Dichter unbekannt

Das Volkslied

Berauschend hell mag mancher Laut erklingen
im Flötenspiel, im zarten Saitenschwingen.
Das Volkslied aber singt nicht nur der Mund –
wißt ihr, daß in ihm Menschenherzen singen?

淮安侯華雲龍
功多不矜。有戰輒舉。

Dichter unbekannt

Mein neues Schwert

Ein Schwert, fünf Fuß lang, hab ich mir gekauft
und an den Mittelbalken hingehängt.
Oft streichle ich's und mit mehr Zärtlichkeit,
als ich je einem Mädchenleib geschenkt.

Dichter unbekannt

Steppenlied

Der Teleg-Fluß
fließt an des Schattenberges Fuß.
Wie eine Riesenjurte überkuppt
die Steppe weit
des Himmels öde Ewigkeit.
Und springt der Steppenwind herzu
und wirft aufs hohe Gras sich mit Geschnauf,
dann tauchen Schaf und Kuh,
dann tauchen aus der Steppe Wogental,
der Steppe weitem, weitem Wogental
Herden auf.

Dichter unbekannt

Seine Peitsche

Könnt ich des Liebsten Peitsche sein,
so traurig wär ich nie –
Hielt er mich nicht in seiner Hand,
läg ich auf seinem Knie.

Tau Yüan-ming

Lied vom armen Literaten

Jedes Ding sucht nach dem Halt, den es findet.
Nur die schwebende Wolke hält sich an nichts.
In den Lüften löst sie sich auf und verschwindet:
Keine Spur bleibt von ihr, kein Strahl ihres Lichts.

Hat die Morgenröte die Nebel vertrieben,
fliegt der Vögel Schar in die sonnige Welt –
Nur einer ist länger im Walde geblieben
und kehrt früher zurück – eh der Abend fällt.

Jeder muß selbst seine Kräfte ermessen
und selbst auch bestimmen den Weg, den er geht.
Hunger und Kälte kann niemand vergessen –
Doch warum der Schmerz, wenn ihn keiner versteht?

Tau Yüan-ming

Mahnende Worte an meine Söhne

Mein Haar wird mählich grau, die Haut erschlafft.
Das Alter naht, schon schwindet mir die Kraft.

Fünf Söhne hab ich, denk ich oft erbost,
doch keiner bietet mir im Alter Trost.

Wie alt bist du nun, Aschu? Achtzehn Jahr!
Ich kenne keinen, der noch fauler war.

Asjön zwar oft von hohen Zielen spricht,
die hohe Schreibkunst aber liebt er nicht.

Mit dreizehn können Duan und Yung, die beiden,
nicht einmal sechs von sieben unterscheiden.

Und Tungzi, nun fast neun, nur eins beglückt:
wenn er sich Pflaumen oder Birnen pflückt.

Da mich der Himmel straft mit solchen Kindern,
was bleibt mir als der Wein, den Schmerz zu lindern!

Tau Yüan-ming

Das große Glück

Hab mir unter Menschen ein Hüttchen gebaut,
und rollt auch manch Wagen vorbei,
mich stört es nicht, wiehern die Pferde laut.
Ihr fragt mich, warum das so sei?
Wenn das Herz sich fern von den Dingen hält,
liegt jeder Ort fernab vom Lärme der Welt.

Chrysanthemen pflück ich am Gartenzaun,
zu den Bergen gerichtet den Blick,
und kann nicht genug zu den Bergen schaun.
Mit den Vögeln kehr ich zurück.
Darin liegt ein Glück, so wahr und so schlicht,
wollt ich's euch auch sagen, ich könnte es nicht.

Tau Yüan-ming

Selbstverfaßter Grabgesang

Im neunten Monat des Jahres Dingmau,
wenn eisig der Himmel und lang schon die Nächte,
der Herbstwind rauscht in gilbenden Blättern –
im großen Sterben der Gräser und Bäume,
da frierend die Wildgans südwärts sich wendet –
in diesem Monat, in diesem Jahre
verlasse ich, Tau Yüan-ming geheißen,
den Gasthof des Lebens und kehre für immer
zurück in mein heimatlich stilles Gehäuse.
Verwandte und Freunde, von Trauer ergriffen,
opfern gemeinsam zu Ehren des Toten
reine Speisen und klaren Wein.
Nichts sieht er, nichts hört er:
verdunkelt sein Auge, taub ist sein Ohr.

Ach, endlose Erde, gewaltiger Himmel,
die ihr die Vielfalt der Dinge hervorbringt,
geboren ward ich als Mensch, und als Mensch
geboren, um Not und Armut zu dulden.
Oft waren leer meine Schüsseln und Krüge;
dünn war mein Kleid im Frosthauch des Winters.
Doch froh war mein Herz, nichts nahm ihm die Freude.
Fröhlich schöpfte ich Wasser im Tale,
singend brachte ich Brennholz vom Wald.
Viel gab es zu tun in der ärmlichen Hütte.
So kamen und gingen die Jahreszeiten.
Ich jätete, säte und pflanzte im Garten,
dann wieder las ich und spielte die Laute.
Die Sonne erfreute mich wärmend im Winter,

im Sommer erfrischte mich kühlend der Quell.
Nie scheute ich Mühe; nie fehlte mir Muße:
denn tiefe Ruhe erfüllte mein Herz.
Froh trug ich mein Los und die Last meiner Tage,
und still und zufrieden wurde ich alt.

Alt zu werden – danach sehnen sich alle.
Fürchtend, daß ihr Werk nicht gelänge,
knausern sie ängstlich mit ihrer Zeit.
Nichts wünschen sie mehr, als daß man sie rühme
in diesem Leben und ihrer gedenke
auch nach dem Tode für ewige Zeiten.

Ich ging allein meinen eigenen Weg,
und die Wege der anderen mied ich.
Die höchste Gunst war für mich keine Ehre,
der ärgste Schmutz konnte mich nicht besudeln.
Hohen Sinnes im niedrigen Hüttchen
trank ich mich trunken und sang meine Lieder.

Auch wer sein Los erkannt und zufrieden
vollbringt seine Tage, hängt heimlichen Herzens
an diesem und jenem.
Ich, der ich heute im Tode mich wandle,
kenn kein Bedauern. Alt bin ich geworden.
Frei blieb ich. Frei geh ich.
Woran soll mein Herz denn bedauernd noch hängen!

Die Lebenden trennen sich von dem Toten –
Verwandte und Freunde eilen herbei,
begraben ihn auf offenem Felde,
daß seine Seele für immer und ewig
Ruhe finde im Schoße der Erde.
Dunkel mein Weg; im kalten Windhauch
raschelt das gilbende Gras vor dem Grabe.

Verschwendet nichts! Begrabt mich bescheiden!
Im Grenzenlosen lös ich mich auf.
Häuft keinen Hügel, pflanzt keine Bäume!
Ewig werden über den Toten
weiterziehen Sonne und Mond.

Nichts war mir Ruhm, solange ich lebte.
Was soll da im Grabe ein Loblied dem Toten!
Schwer war das Leben. Leicht ist der Tod.

Hsje Ling-yün

Auf der Rückfahrt über den See zu meinem Häuschen am Felsen geschrieben

Am Morgen war die Welt wie umgewandelt.
In reinem Strahlenglanz lag Berg und Fluß.
Und Freude strahlte rein in meinem Herzen;
und so vergessend, daß ich heimkehren muß,

verließ das Tal ich, als der Morgen graute;
erst als die Sonne sank, stieg ich ins Boot.
Schon klommen blaue Schatten hoch die Hänge;
sanft schwebten Wölkchen fern ins Abendrot.

Der Lotos spiegelt seine zarten Blüten;
hoch steht das Schilf, Rohr dicht an Rohr gedrängt.
Und raschelnd nähert sich mein Boot dem Ufer,
wo mich mein Felsenhäuschen still empfängt.

Leicht ist die Last der Welt den Sanftgesinnten;
nichts stört die Freude, frei von Gier und Lust.
Ihr, Sucher nach dem Elixier des Lebens,
sucht es doch hier – sucht es in eurer Brust!

Periode der südlichen und nördlichen Dynastien

420–589

Bau Dschau

Von der Beschwerlichkeit des Lebens

Die Speisen vor mir dampfen. Keinen Bissen
bring ich hinunter. Alles ekelt mich.
Da hab ich jäh mein Schwert herausgerissen,
schlug's an die Wand – und dann – dann seufzte ich.

Wie lange lebt denn schon ein Mensch auf Erden!
Bleibt ihm noch Kraft, wenn man den Mut ihm nahm?
Was soll ich tun, was soll nun aus mir werden?
Soll ich hinschleichen müd und flügellahm?

Weg mit dem Amt, den Akten, den Dekreten!
Nein, auf dem Amtsweg trifft man nicht das Glück!
Dorthin will ich, wo ich einst angetreten,
in meinen Heimatort will ich zurück.

Die Nähe naher Menschen will ich fühlen,
den Acker pflügen – wissen, daß man lebt,
mit meinen Kindern ausgelassen spielen
und meinem Weibe zusehn, wenn sie webt.

Seit alters gelten Gute als gemein,
sie lebten ärmlich und beschwerlich.
Sollte da unser Schicksal anders sein,
die wir nicht arm nur sind, sondern auch ehrlich?

錦帶橋
寳所塔
來鳳亭
大佛寺

Hsje Tjau

Auf dem Turm am Dschung-Berg bei Nanking

Ich war bedrückt und fand an nichts mehr Freude.
Da nahm ich dich, mein Freund, still bei der Hand,
und wir bestiegen, Freude suchend, beide
den Turm und blickten weit hinaus ins Land.

Und mit den Wolken unsre Blicke flogen,
zogen den Bergen nach, wo Villen stehn,
und wogten mit der Wälder grünen Wogen
und woben in der Abendnebel Wehn.

Im Teiche spielten Fische; leise regten
die Lotosblätter sich in zartem Reigen.
Aufschnellend Vogelschwärme fegten
die letzten bunten Blüten von den Zweigen.

Ein Duft von Blüten würzte uns den Wein.
So saßen wir uns freudvoll gegenüber
auf unsrem Turm. Fiel uns nichts Bessres ein,
sahn wir zur Stadt am dunklen Berg hinüber.

Hsje Tjau

Frühlingsklage

Das Gras webt grünend einen Seidenteppich.
Die Bäume sind mit roten Knospen übersät.
Nicht nur, daß du nicht kommst, betrübt mich so –
denn kämst du auch, ist schon der Duft verweht.

Hsjau Gang

Pavillons im Teich

Am Grunde zittern Balustradengitter,
aus Wasserlinsenlücken Dächer ragen –
zwar auf den Kopf gestellt –, doch weder Wind
noch Wellenschlag vermag sie zu verjagen.

Yü Hsin

Die hübsche Tänzerin

Wenn ich des Morgens in den Spiegel sehe,
um meinen Mund ein Lächeln huscht.
Bin ich nicht hübsch! Und schnell getuscht
die Augenbraun, der Stirne Höhe
mit Puder fein betupft. Ich stehe
vorm Spiegel dann und denke nach:
Die Blüte, die vom Zweige brach,
vergeht. Ich weiß, auch ich vergehe –
ich, die ich lächelnd Reize zeige.
Kurz ist der Jugend Lust und Glück.
So trink den Becher bis zur Neige,
und nicht ein Tröpfchen laß zurück!

Yü Hsin

Dem Minister Dschou Hung-dschang zum Abschied

Ich weiß von keinem, der den Heimweg fand
vom Yang-Paß, viele Tausend Li im Norden.
Und nur die Wildgans, wenn es Herbst geworden,
fliegt südwärts in ein freundlicheres Land.

Sue-Dynastie und Tang-Dynastie

581–907

Yü Schi-dschi

Untergang

Im Frost ergraut die Gipfel überall.
Die frosterstarrten Fahnen müder wehn.
Aufs Schwert gestützt, seh ich den Sonnenball
im Straßenstaube untergehn.

Wang Fan-dschi

Grabhügel

Erdkuchen stehn vor der Stadt, wohlgerundet.
In der Stadt gibt es bessere Bissen.
Fluch nur nicht, wenn dir der Kuchen nicht mundet:
Auch du wirst hineinbeißen müssen.

Wang Fan-dschi

Glück

Auf meinem Fleckchen Feld am Hang
da grabe ich und jäte.
Nur vier, fünf Fichten hab ich dort
und zwei, drei Bohnenbeete.

Wenn's heiß ist, bade ich im Teich,
wenn's kühl ist, sing ich munter.
So bleib ich denn in Armut reich,
und keiner kriegt mich unter.

Wang Bo

Mit Freunden bei der Heiligen Quelle

Vom Bergwind umflattert, den Rocksaum geschürzt,
stiegen wir auf Stufen im Stein
zur Quelle empor und setzten uns hin
und tranken mit unbeschwertem Sinn
so manchen Becher Wein,
vom Duft der Bergorchideen gewürzt.
Und der Föhren rauschende Melodien
stimmten wie lieblicher Lautenklang
in unsre Freude ein.
Bald streckten die tanzenden Schatten sich lang,
und sie tanzten vor den Zweigen.
Die Blumen verhauchen sich atembang
und fallen, in Wolken von Duft gehüllt.
Im Wald liegt tiefes Schweigen.
Still zieht der Abend den Weiher entlang.
Und Dunst aus dunkelnden Klüften quillt,
und grau die Nebel steigen.

Ho Dschi-dschang

Heimkehr

Als ich fortging, war ich fast noch ein Kind.
Wie anders doch alle geworden sind!
Nur die Wasser des Spiegelsees vor dem Tor
kräuselt der Frühlingswind noch wie zuvor.

Wang Dschi

Im Wirtshaus

Ich bin heut schon wer weiß wie lang betrunken –
nicht, weil ich meinen Geist erbauen wollte.
Tief ist die ganze Welt im Rausch versunken:
Wem hilft es, wenn ich nüchtern bleiben sollte!

映波
定香橋
流金
鎖瀾

Tschen Dsi-ang

Als ich den Turm von Yodschou bestieg

Ich sah sie nicht mehr, die Weisen vor mir,
noch seh ich die Weisen künftiger Zeit.
Unendlich das All! – Allein wein ich hier
Tränen unendlicher Traurigkeit.

Meng Hau-ran

Geschrieben, als ich in der Berghütte vergeblich auf meinen Freund Ding-da wartete

Schräg sinkt hinterm Westkamm die Sonne.
Taldunkel hangaufwärts zieht.
Kühl hebt sich der Mond aus den Fichten.
Der Wind summt im Bach sich ein Lied.

Verstummt ist der Beilschlag im Walde.
Nun gehen die Vögel zur Ruh.
Ich wart mit der Laute am Wege.
Wo aber, mein Freund, bleibst denn du?

Wang Dschi-huan

Auf dem Storchenturm

Die Sonne gleitet schon den Berg hinunter.
Zum Meere nimmt der Huangho seinen Lauf.
Wer schauen will, soweit sein Auge reicht,
ein Stockwerk höher steige er hinauf.

Han-Schan-dsi

Auf dem Rückweg vom Bergkloster

In müßigen Stunden gehe ich gerne
die Mönche besuchen. In nebliger Ferne
der Pfad über felsige Hänge steigt.
Den Weg zurück hat mir der Abt gezeigt.
Da hängt auch der Mond schon, die große Laterne!

Wang We

Die letzte Frage

Als ich vom Pferd stieg und den Trunk Euch reichte,
fragte ich: „Wohin geht Ihr?“ Und Ihr spracht:
„Zurück zum Südberg, an die fernste Grenze.
Denn hier ist nichts, das mir noch Freude macht.“
„Seht Ihr die weißen Wolken endlos ziehen?
Geht nur! Ich frag nicht weiter unbedacht.“

王摩詰

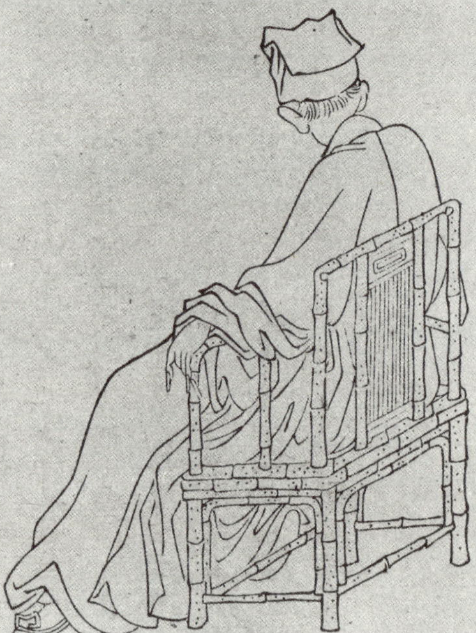

摩詰生平。詩名冠代。復工草隸。善畫思入神品。至山水平遠。雲根石色。皆天機所到。學者不及。性好佛。喪妻不娶。鰥居三十年。嘗蔬食飯僧。齋中布經案。退朝後。焚香黙坐。屏絶塵累。後表輞川第為寺。瘞于其西。

Wang We

Herbst in meiner Hütte am Berge

Der Regen fegte rein die Felsengipfel.
Der Abend herbstlich klar und sternenhell.
Mondsilber sickert durch die Fichtenwipfel.
Von Stein zu Stein hellklingend springt der Quell.

Im Bambus raschelt's: Auf vertrauten Wegen
vom Teiche Wäschermädchen nahn.
Wo sich die Lotosblätter knisternd regen,
gleitet ins Wasser sacht ein Fischerkahn.

Muß sich nicht jeder Frühling überwinden,
verhauchen seinen Duft, verblühn?
Nun soll das Gras die große Ruhe finden –
auch ich, der ich dem Gras so ähnlich bin.

Wang We

Im Bambushain

Im Bambusdickicht sitze ich verborgen,
spiele die Laute, summe mir ein Lied.
Und nur der Mond besucht mich hier im stillen,
da mich ja sonst kein Menschenauge sieht.

四時花草最無窮時到芬芳過便空唯有山中蘭與竹
經春歷夏又秋冬 殷藹二兄正畫
板橋鄭燮

Dichter unbekannt

Klage eines Freudenmädchens

Faßt mich nicht an!
Wer nach mir greift, der greift zu unbedacht.
Bin eine Weide nur am Tschüdschjang-Teich.
Der bricht ein Blatt sich, jener einen Zweig.
Die Liebe kenn ich wohl – für eine Nacht!

Li Tai-bo

Krieg an der Reichsgrenze

Am Sanggan-Fluß
im letzten Jahr –
wer weiß, wie viele sie dort niedermachten!
Und wieder war
auch dieses Jahr
am Zungling-Fluß
ein großes Schlachten.

Genug! So laßt das Morden sein!
Wozu wollt ihr denn mordend weiterrasen?
Im Tjaudschi-Meer wascht eure Waffen rein,
laßt eure Pferde auf dem Tjänschan grasen!

Zehntausend Meilen habt ihr den Tod getragen
und liegt nun selber in den letzten Zügen –
Mörder, vergreist und müde und zerschlagen.
Die Hunnen pflegen mit dem Schwert zu pflügen,
und was sie ernten, ist ein Feld von Leichen.
So wird gemordet schon seit tausend Jahren.
Gerippe weiß im gelben Sande bleichen.

Den Weg verbaute den Barbaren
das Haus der Tschin mit einer Großen Mauer.
Und immer noch, umlodert von Gefahren,
brannte des Krieges Fackel. Auf der Lauer
liegt der Soldat. Sie schüren die Fanale.
Die Mordlust blüht in allen Dynastien.
Die Kaiser wechseln, nicht die Generale.
Das Haus der Han zerschlug das Haus der Tschin,

und weiter ging das Morden. Rot die Erde,
zerhackt die Leiber, Glieder abgeschlagen.

Gen Himmel wiehern schaurig lahme Pferde,
und krächzend Raben auf die Bäume tragen
der Toten Eingeweide, wie Girlanden
verschlungen ins dürrippige Gezweig.
Im Steppengras ward die Armee zuschanden.
Versteht der General den Fingerzeig?

Der Glanz der Waffen und der Waffen Härte
sind nie ein Segen noch der Welt gewesen.
Gezwungen greift der Weise nur zum Schwerte –
Denn Waffen sind das Handwerkszeug des Bösen!

Li Tai-bo

Abendtrunk mit einem Eremiten in den Bergen

Wir schenkten uns im Duft der Blumen ein,
noch einmal, noch und noch – Genug vom Wein!
Ich bin bezecht. Geh jetzt! Ich leg mich nieder.
Wenn's dir gefällt, dann stell dich morgen wieder
bei mir mit deiner Laute ein!

Li Tai-bo

Gelage im Mondschein

Mit einem Krug voll Wein saß ich inmitten
duftender Blumen ganz allein.
Ich hob den Becher, um den Mond zu bitten,
für diese Nacht mein hoher Gast zu sein.
Da sah ich meinen Schatten, und als Dritten
lud ich auch ihn, den Ewigtreuen, ein.

Der Mond weiß nichts vom Wein und seinen Freuden;
blind folgt der Schatten mir in Freud und Leid.
Und doch – ich trinke gerne mit den beiden.
Denn keinen Frühlingstag soll man vergeuden –
der Frühling ist der Freuden Jahreszeit!

Und als ich singend meine Stimme hebe,
schwankt hoch der Mond ins weite Sternenmeer,
und da ich wie im Traume tanzend schwebe,
schwebt tänzelnd auch mein Schatten um mich her.

Bei klaren Sinnen wußten wir zu scherzen,
und erst die Trunkenheit hat uns getrennt.
Ich liebe euch, ihr Freunde ohne Herzen.
So lebt denn wohl! Bald treffen wir uns wieder
auf irgendeinem Stern am Firmament.

Li Tai-bo

Trinklied

Habt ihr denn nicht vom Saum des Himmels her
den Gelben Strom heranrollen sehn
und weiterjagen ohne Wiederkehr
hinab zum Meer!

Wenn in der hohen Halle ich
im Spiegel mir mein Haar beseh –
schwarzseidig war es gestern,
und heute weiß wie Schnee!

Genießen soll der Mensch sein Leben!
Bald schmeckt es schal.
Nie laßt uns leer dem Mond entgegenheben
den goldenen Pokal.

Und gab uns nicht der Himmel seine Gaben
zu unserm Glück?
Den Haufen Gold, den wir verschwendet haben –
der kehrt zurück!

So schlachtet den Ochsen und bratet den Hammel
und laßt uns fröhlich sein!
Wer mit uns trinken will, der gieße frisch hinunter
dreihundert Becher Wein!

He, Meister Tsen!
Du, Dan-tschjo, mein Freund!
Heut sollt ihr rastlos eure Becher schwingen.
Hört zu! Ich will ein Lied euch singen:

Was sind schon des Lebens Kostbarkeiten!
Was Zimbeln und Pauken und leckere Sachen!
Ich möcht mich betrinken für Ewigkeiten
und trunken sein und nie mehr erwachen.

Einsam im Grab ruhn die weisesten Leute;
verschollen ist längst schon der Ruhm der Alten.
Nur der fröhlichen Zecher gedenkt man bis heute,
und ihre Namen blieben erhalten.

Wie der Prinz von Tschen einst so wollen wir es
machen –
der wußte das Leben richtig zu nehmen.
Noch heute klingt hell in den Ohren sein Lachen;
denn Wein floß beim Mahle des Prinzen in Strömen.

Was sagt mein teurer Gastherr da? Zu wenig Geld?
Hier! Nehmt das! Nehmt nur alles, was ich habe –
mein gutes Pferd! Den feinen Pelz!
Und ruft den Diener! – He, da bist du, Knabe!
Lauf schnell und mach den ganzen Kram zu Wein!
Ich will den Schmerz, der in der Brust brennt, kühlen.
Laßt uns die alte – ewig neue Pein
mit einem Riesenschluck hinunterspülen!

Li Tai-bo

Begegnung

Einer Schönen zugeeignet

Er kam dahergesprengt auf Blumenpfaden
und streifte mit der Peitsche ihren Wagen.
Der Perlenvorhang hebt sich. Lächelnd zeigt
ihr Finger auf ein rotes Haus. Sie schweigt.
Viel mehr als Worte kann ein Lächeln sagen.

Li Tai-bo

Sehnsucht

Der Herbstmond scheint
so eisig hell.
Der Herbstwind weht,
zerweht die Blätter, eben noch vereint.
Die Raben hocken fröstelnd,
flattern hoch.
Wann seh ich dich?
Denkst du an mich?
Oh, läßt mir keine Ruhe doch!

甲辰季月怎道人蘇六朋

Li Tai-bo

Abschiedslied, geschrieben im Pavillon des Dichters Hsje Tjau

Verstoßen hat mich der gestrige Tag,
den ich nimmer, nimmer zu halten vermag,
und der heutige wieder verwirrt mir das Herz
mit wühlendem Kummer, erdrückendem Schmerz.

Und wieder die Wildgänse fliegen
vom Herbstwind getragen davon –
Laßt uns in vollen Zügen
den Wein genießen, Brüder,
in Hsje Tjaus Pavillon!

Unter den Dichtern des Dschjänan-Stils,
der markig und voll echten Gefühls,
doch keiner größer als Hsje Tjau war –
erhebend und wie Kristall so klar.

Auch in uns der Drang nach Großem lebt,
auch unser Herz nach den Sternen strebt,
zum Himmel empor, wo die Freiheit wohnt,
empor zur Sonne, empor zum Mond.

Doch zückst du das Schwert und schlägst in den Strom,
so eilen die Wellen nur noch schneller davon;
und willst du im Weine ertränken den Schmerz,
so krampft er sich dir nur noch tiefer ins Herz.

Ist doch auch nichts in dieser Welt, das mir behagt!
Rüstet mein Boot! Fort! Fort! Sobald es tagt!

Li Tai-bo

Meinem Freund Yang gewidmet, der sich in die Einsamkeit des Berges Sung zurückzog

Weißt du denn nicht, daß ich seit Anbeginn
der Zeiten auf des Jademädchens Gipfel
hoch auf dem Berge Sung zu Hause bin?
Ich hing ein Scheibchen Mondschein in die Wipfel
des Föhrenwalds als Schild und Wappen hin.
Am Bach, dort wo die höchsten Föhren stehn,
wirst du im dunkelgrünen Zweiggewirr
mein Mondscheinwappen strahlend leuchten sehn.
Und suchst du nach dem Lebenselixier,
nimm nur die Kalmusblüten purpurrot –
die sind am wirkungsvollsten unbestritten
und werden sicher dich unsterblich machen.
Steht mir kein andrer Schimmel zu Gebot,
komm ich zu Jahresende angeritten
durchs Himmelsblau auf einem weißen Drachen.

Gau Schi

Meinem Freund Dung zum Abschied

In einem Meer von gelben Wolken schwand
die Sonne. Fahl und düster ist die Welt.
Der Nordwind peitscht mit grimmer Hand
die Wildgans vor sich her, und wirbelnd fällt
in großen Flocken Schnee. Nun mußt du gehn.
Ach, sei nicht traurig, daß man uns getrennt.
Dich wird man immer, überall verstehn,
wo man noch Güte kennt.

Du Fu

Des Kaisers Soldaten marschieren

Mit Wagengerassel und Pferdegeschnaub
ziehn hinaus des Kaisers Armeen.
Bei der Hsjänjang-Brücke wirbelt der Staub,
kaum kann man die Brücke noch sehn.
Es schnauben die Pferde und rollen die Wagen.
Die Soldaten marschieren aus,
und alle Bogen am Gürtel tragen,
und Väter und Mütter und Töchter und Söhne
begleiten zur Stadt sie hinaus.
Die stampfen die Erde vor Wut und weinen;
manch Vater den Sohn umarmt.
Vor soviel Kummer könnte man meinen,
daß selbst sich der Himmel erbarmt.

Ein Fremder tritt heran an die Reihe,
fragt einen, wohin sie denn ziehn.
Der sagt nur: Der Kaiser braucht immer mehr neue
Soldaten, zu sterben für ihn.
Mit fünfzehn schickt er hinaus den Rekruten,
im Westen zu schützen den Fluß,
wo er mit vierzig noch kämpfen und bluten
und roden und ackern muß.
An den Grenzen ist schon mehr Blut geflossen
als Wasser in Tümpel und Teich,
und der Kaiser will immer noch weiter vorstoßen,
vergrößern sein Kaiserreich.
Der Krieg hinterläßt auch schon hier seine Spuren:
Wenn Ihr gen Osten geht,
da seht Ihr in zweihundert Präfekturen

nur Äcker mit Unkraut besät.
Wenn unsere Weiber auch stark und drall sind,
seit man uns zum Kriegsdienst rief,
ziehn sie den Pflug, und überall sind
die Furchen krumm und schief.
Wir Männer von Schensi haben Mark in den Knochen,
halten mehr als die anderen aus,
und weil wir noch stark und ungebrochen,
treibt uns, wie der Bauer die Hunde und Hühner,
der Kaiser aufs Schlachtfeld hinaus.
Fragt nicht zuviel, denn sein Leid zu klagen
ist mehr, als ein Fröner sich wagt.
Viel besser für ihn, sein Leid stumm zu tragen,
als daß er sich laut beklagt.
Werden auch im Winter in Schensi nicht feiern –
Soll wieder nach Turfan gehn.
Die Präfekten sind mächtig her hinter den Steuern,
und nicht einer kann zahlen von zehn.
Wahrlich, besser ist es Töchter zu haben,
die dann heiraten irgendwen,
als Söhne im Steppengras zu begraben
und sie nie mehr wiederzusehn.

Ach, wenn Ihr nur wüßtet, wie schaurig sie schrein,
die Soldaten, in Tschinghai erschlagen!
Dort bleicht in der Öde das Totengebein –
Gräbt ja auch niemand die Knochen ein!
Wenn düster der Himmel sich überwölkt
an grauen Regentagen,
da gellt es Euch tief in die Seele hinein
der Toten gespenstisches Klagen.

Du Fu

Rekrutenjagd

Die Nacht brach ein. Ich fand Quartier
im Dorfe Schihau. Hinter mir
kommt einer, der Rekruten jagt.
Mein Wirt flieht übern Zaun. Zur Tür
tritt seine Frau. Die Alte klagt.
Der Werber schreit sie an und flucht.
Da hör ich, wie sie schluchzend sagt
zu jenem, der Rekruten sucht:
„Drei Söhne hatt ich, Herr, nun bleibt
mir einer nur. In Yentscheng sind
im Kampf gefallen zwei, so schreibt
mir aus dem Feld mein letztes Kind.
Mit Toten ist Euch nicht gedient –
auch nicht mit eines Toten Weib –
säugt meinen Enkel – geht nicht aus –
hat keinen Fetzen auf dem Leib.
Wir sind die letzten hier im Haus.
Braucht Ihr mich Alte nicht? Vielleicht
kann ich, wenn ich gleich mit Euch geh,
abkochen morgen. Die Armee
braucht Köche auch. Und dazu reicht
die Kraft noch ..." Still war's dann. Ich hört
ein Wimmern nur, fand keine Ruh.
Der Morgen kam, ich stieg aufs Pferd.
Der Alte war zurückgekehrt,
und schweigend nickten wir uns zu.

Du Fu

Lied vom Strohdach

September war's. Wutschnaubend brach
der Herbststurm übers Land, riß mir vom Dach
drei Lagen Stroh und hing es ins Geäst,
und übern Fluß hin flatterte der Rest.
Im Dorf die Racker wissen, daß ich schwach
und alt schon bin, und machten sich ein Fest
aus meinem Unglück, sammelten gemach
mein Stroh
und trugen's weg. Ich droh,
schrei ihnen nach.
Was einem alten Mann das Schreien nützt!
Im Bambushain, mein Stroh im Arm,
verschwinden sie und lächeln noch verschmitzt.
Und heimwärts wank ich, auf den Stab gestützt.
Der Sturm läßt nach, der soviel Harm
wildwütend übers Land gebracht.
Noch wogt das sturmzerwühlte Wolkenmeer
am Himmel, schwarz wie Tusche. Ringsumher
senkt düster sich und regenschwer
die Nacht.

Zerschlissen sind die Decken, kalt wie Eis,
zerstrampelt hat sie oft im Schlaf mein Kind,
das sich vor Kälte nicht zu helfen weiß.
Weil seine Eltern arm und hilflos sind,
muß es nun frieren! Regen rinnt
in Strömen durch das abgetragne Dach.
Die Betten triefend naß; im ganzen Raum
kein trockner Fleck. Der Kleine schreit im Traum.

Die lange Nacht sitz ich in Ängsten wach
und denke: Ob es jemals geben mag
Häuser für alle Armen, hell und licht,
so fest, daß sie auch nicht der stärkste Sturm zerbricht.
Ach, käm doch jener Tag –
und wär ich arm auch dann, arm bis zum Tod,
ich klagte nicht!

Du Fu

Lied von den siechenden Palmen

Hoch ragt ihr auf im Winde,
Palmen von Setschuan,
man raubte euch die Rinde,
zapfte das Mark euch an.

Zerhaun, zerschrammt, zerschunden,
beraubt der letzten Kraft;
aus hunderttausend Wunden
verrinnt der Lebenssaft.

Hofft ihr noch auf den Retter?
Noch treibt ihr frisches Grün.
Ach, eure grünen Blätter,
sie welken bald dahin!

Zerhaun, zerschrammt, zerschunden
haben sie, mein Volk, auch dich,
aus hunderttausend Wunden
blutest du – blut auch ich.

Die Büttel, die Beamten
bekümmert nicht dein Leid;
sie schinden den Zerschrammten
mit aller Grausamkeit.

Kaum ist ein Dorf geblieben
am Yangtse und Huangho –
verarmt, zermürbt, vertrieben,
verkommst du irgendwo.

Und wie die Palmen sterben,
zerschunden und zerschrammt,
so mußt auch du verderben,
zum Hungertod verdammt.

Die Toten nimmer klagen
und spüren auch kein Leid;
wie aber soll's ertragen,
wer noch ein Herz im Leib!

Die Amsel singt so müde,
ein Grauen faßt mich an –
Ich denk bei ihrem Liede
an euch, ihr todgeweihten
Palmen von Setschuan.

Du Fu

Und nur des Krieges Schrecken sollen verdorren

So viele Städte es auch gibt im Reich,
in einem sind sich alle Städte gleich:
im Trommeldröhnen und im Waffenklirren –
verschont blieb keine von des Krieges Wirren.
Wird denn des Mordens nie ein Ende sein?
Wann schmilzt man endlich Schwert und Lanze ein,
daß jene Hand, die Schwert und Lanze trug,
sie umgeschmiedet führe nun als Pflug?
Erst wenn die Hand, der jetzt das Morden Pflicht,
statt fremder Wälle eigne Erde bricht,
dann werden weit bis an den Himmel hin
sich Ackerfurchen segenbringend ziehn;
und Maulbeerbäume blühn am Feldesrain,
die Zucht der Seidenraupe wird gedeihn
und reich das Land an Reis und Seide sein.
Und nur des Krieges Schrecken solln verdorrn
und Schmerz und Tränen, Furcht und Haß und
    Zorn –
und unter einem Himmel, ewig blau,
ackern die Männer, weben Kind und Frau.

Du Fu

Nur dann

Dem Bogenschützen wird geboten: Spanne
den Bogen straff und triff mit jedem Schuß!
Doch besser wär es, wenn er zielen muß,
daß nach dem Roß er ziele, nicht dem Manne.

Kämpft gegen Räuber ihr, fangt aus der Bande
den Häuptling erst, damit nicht andre büßen.
Sind nicht auch Grenzen jedem Blutvergießen
gesetzt, wie sie gesetzt sind jedem Lande?

Nur wenn das Reich bedroht von Feindeshorden,
wenn mordend sie mit Krieg uns überzogen,
dann greift zum Schwert, dann spannt ihn straff, den
Bogen –
nie aber, um aus bloßer Gier zu morden!

Du Fu

Das Lustschloß, genannt Palast der Jadeblüten

Es windet sich der Bach, mit ihm der Wald.
An eine Felswand bröckelnd hingelehnt
ein altes Schloß, jetzt nur mehr Aufenthalt
für Fuchs und Ratte. Drohend gähnt
ein Loch im Fundament: Der Wildbach wühlt
im Mauerwerk, die Hallen stürzen ein.
Ein Strom von Schlamm die Trümmer überspült.
Irrlichter steigen nachts mit trübem Schein
aus moderndem Gebälk. Verfault und krank
ist alles hier, und rein wie früher nur
der Herbstwind und die Stimmen der Natur:
das Föhrenrauschen und der Vogelsang …

Du Fu

Lied von den acht genialen Zechern

1

Ein Kahn schwankt ärger nicht im Wogenbraus
als Dschi-dschang, reitet er bezecht nach Haus.
Der Brunnen weicht nicht aus – auch Dschi-dschang
    nicht –
Auf kühlem Grund schläft er sein Räuschchen aus.

2

Der Prinz von Rujang nie zu Hofe geht,
eh er geleert aufs Wohl der Majestät
drei Humpen Wein, doch sieht er unterwegs
ein Wirtshaus, trinkt er mehr – und kommt zu spät.

Wie er bei Hof des öftern schon erwähnt,
als höchste Gunst er nur noch eins ersehnt:
Daß man ihn fürder, anstatt mit Rujang,
mit einem Lehn im „Weinquell"-Tal belehnt.

3

Herrn Li, Minister an des Kaisers Hof,
vom Bart nur reiner Wein, nie trüber troff.
Dem Wale gleich, der ganze Ströme säuft,
auch Seine Exzellenz in Strömen soff.

4

Tsue Dsung-dschi, der den Herzogstitel trägt,
noch jung ist und an Schönheit alle schlägt,
brüskiert, wenn er berauscht, die höchsten Herren –
und schwankt, ein Jadebaum vom Sturm bewegt.

5

Gar oft Su Dschin den sünd'gen Leib kasteit,
vor Buddhas Antlitz fastet und bereut,
doch braucht er nur zu riechen Wein, sogleich
vergeht ihm alle Lust zur Frömmigkeit.

6

Nach einem Humpen Wein schreibt Li Tai-bo
die herrlichsten Gedichte – und en gros! –
Nickt dann, erschöpft vom Schöpferdrange, ein
in Tschangan auf dem Marktplatz irgendwo.

Sucht ihn in den Spelunken von Tschangan
auf kaiserlichen Wunsch ein Edelmann,
grölt Li Tai-bo: Sagt Seiner Majestät,
mein Geist sei jetzt dem Weingeist untertan!

7

Drei Schälchen Wein genügen für Dschang Sü,
daß Wunderwerke in Kalligraphie
von kosmischer Gewalt sein Pinsel schafft –
nur neigt er dann auch sehr zur Blasphemie.

8

Fünf Humpen braucht Dschau Sue, bis er, beglückt
vom Wein, den Degen seines Geistes zückt,
dann aber legt er los mit solcher Macht,
daß alles kracht und jeder Gast erschrickt.

Tsen Schen

Geschrieben, als ich die Pagode des Tempels der Barmherzigkeit und Gnade mit meinen Freunden Gau Schi und Hsje Dschü bestieg

Wie der Strahl der Fontäne, zum Himmel
aufspringend,
steigt die Pagode schlank in die Lüfte;
und wer sie erklimmt, scheint der Welt zu entfliehn.
Stolz blickt die Himmelhochragende nieder;
die Kaiserstadt liegt ihr staunend zu Füßen,
als hätten Geisterhände errichtet
den siebenstöckigen Riesenbau.

Ein Loch in den Himmel scheint sie zu stoßen.
Im Gehörn der Gesimse verhakt sich die Sonne.
Um ihre Hüften kreisen die Vögel.
An ihren Knien bricht sich der Wind.

Wie brandende Wogen umwallen sie Berge,
ostwärts fliehend, als triebe der Sturm sie.
Dem Auge enteilen in dunkelnde Fernen
die Kaiserstraßen mit Ehrengarden
tiefgrüner Fichten in langen Spalieren.
Und weithin funkeln und glitzern und gleißen
wie Edelsteine Paläste und Schlösser.

Von Westen her färbt sich herbstlich das Land.
Zwischen den Pässen steigen die Schatten.
Und fern im Norden, verschwimmend im Nebel,
kaum noch erkennbar fünf düstere Hügel –
die Kaisergräber der Han-Dynastie.

Der Geist des Menschen vermag zu erfassen
den wahren Sinn und den Wert der Dinge.
Lange schon suchte ich nach Erleuchtung – – –
Ich schwör es: Den Hut, der beschwerend
mich niederdrückte in Amt und in Würden,
an den Nagel werd ich ihn hängen!
Wahrheit sei fortan der Quell meiner Kraft!

九里松濤
行春橋
西泠亭
牛皋墓
仙姑山
義烈遺阡
青芝塢

Liu Schen-hsü

Meine Berghütte

Die Straße endet, wo die Wolken enden.
Der Frühling folgt dem Bach mit sanftem Schritt.
Wie Schmetterlinge schweben Blüten nieder;
fern schwebt ihr Duft auf klaren Wellen mit.

Zum Bergpfad öffnet sich der Hütte Türe.
Und Weiden rings. Grün durch der Blätter Rand
grüßt mich die Sonne oft bei der Lektüre
und malt mir helle Kringel aufs Gewand.

Dschang Dschi

Vor Anker an der Ahornbrücke bei Gusu

Raben umkrächzten den Mond, der den frostigkalten
Himmel herniederglitt. Wirr in die ruhlosen Träume
flackerten Fackeln der Fischer, geisterten Ahornbäume,
zackig die Ufer säumend. Jäh waren im alten
Kloster des Kalten Bergs hinter Gusu die Glocken
erwacht.
Über das Boot des Einsamen hallten
dröhnend die ehernen Töne hinaus in die Nacht.

Tschang Dschjän

Im Kloster Poschan

Zum Kloster kam ich, als die Morgensonne
hoch in die Wipfel hing den ersten Strahl.
In grünem Dämmer wand der Pfad sich aufwärts;
ein Blütenmeer umwogte das Portal.

Die Vögel schwangen sich ins Licht der Berge.
Im klaren Spiegelbild des Teiches sank
der Schein der Welt. Und still war's. Durch die Stille
drang rein der Glocken ruhevoller Klang.

Dichter unbekannt

Die Frau des Trunkenbolds

Der Hund vorm Tor schlägt an.
Jetzt kommt er wohl, mein Mann!
Ich schleich mich still hinaus.
Da torkelt er heran,
schwankt trunken in das Haus.

Ich tu ja, was ich kann,
helf ihm, sich niederlegen.
Nein! Ich zieh mich nicht aus,
das Kleid behalt ich an!
Soll er sich nur betrinken meinetwegen! –
Besser ein Trunkenbold als gar kein Mann.

Liu Tschang-tsching

Alte Weise,
auf der siebensaitigen Laute gespielt

Klirrn höre ich den Frost im Klang der Saiten,
den Herbstwind raunen, rauschen in den Föhren –
Was nützen uns die Lieder alter Zeiten?
Wir lieben sie; doch keiner mag sie hören.

Liu Tschang-tsching

Besuch im Winter

Die Sonne sank. Hindunkelnd fern die Berge.
Kalt hockt das karge Hüttchen überschneit.
Vom Zaun her heisres Belln. – So kehrt man ein
durch Schneegestöber in der Dunkelheit.

We Ying-wu

Die Chrysantheme

nach Tau Yüan-ming

Wenn rauh der Frost den Rasen deckt,
dann welken alle Blumen hin,
und nur die Chrysantheme noch
vermag in voller Pracht zu blühn.

Sind alle, alle doch bereit,
sich fügsam mit der Zeit zu drehn.
Die Chrysantheme nur vermag
dem Frost der Welt zu widerstehn.

Ich nahm ein Chrysanthemenblatt
und tauchte es in meinen Wein
und kehrte, als der Abend kam,
im Dorf bei Bauersleuten ein.

Unter dem kargen Dach aus Stroh
trank ich mit ihnen manchen Krug.
Wird man der kleinen Dinge froh,
so ist das Leben reich genug.

We Ying-wu

Abend an der Fähre

Das dunkle Gras am Bachrand lieb ich sehr.
Hoch über mir im Baum die Amsel singt.
Die Frühlingsflut treibt Regen vor sich her.
Am abendlichen Ufer, menschenleer,
das Fährboot klirrend seine Kette schwingt –
frei schwebend, wie von selbst, legt es sich quer.

Dschang Dschih

Die keusche Dame

Ihr habt mir ein Perlengehänge geschenkt
und wißt doch, daß ich verheiratet bin.
Weil Ihr so freundlich meiner gedenkt,
hab ich's an mein rotes Jäckchen gehängt ...
An des Kaisers Palast ziehn sich Gärten hin,
und dort an der Gartenmauer – seht! –
das hohe Haus! Ich wohn darin.
Mein Mann dient Seiner Majestät
als Gardeoffizier und steht
ganz nah dem Thron. Ich nehme an,
Ihr wißt, was eine Dame ziert
und schätzt als wahrer Ehrenmann
ein keusches Weib, wie sich's gebührt.
Die Perlen nehmt zurück. Euch ehrt,
daß Ihr zu Tränen mich gerührt.
Ach, wenn Ihr doch gekommen wärt,
eh mich ein andrer heimgeführt!

Han Yü

In den Bergen

Durchs Geröll klomm, kaum erkennbar, der Pfad.
Im Dämmerlicht kam ich zum Tempeltor.
Wie Schatten umhuschten mich Fledermäuse.
Der Regen versprühte. Ich stieg empor
zur Halle und setzte mich auf die Stufen.
Da hörte ich eine Stimme rufen –
ein Mönch kam und erzählte mir,
es gäbe herrliche Bilder hier –
Fresken, die alte Meister schufen.
Er holte die Fackel; von ihm begleitet,
besah ich die Buddhas, Bild um Bild.
Dann wurde ein Lager für mich bereitet,
mit Reis und Gemüse mein Hunger gestillt;
und köstlich fand ich die kargen Gerichte.
Still war die Nacht. Die Grillen schwiegen.
Still kam der Mond übern Kamm gestiegen,
und ich ruhte, gebadet in silbernem Lichte.

Allein ging ich im Morgengrauen
bergauf, bergab den Nebeln nach.
Besät waren die Hänge mit roten und blauen
Blumen, und grün floß im Tale der Bach.
Und weiter ging's zwischen Tannen und Fichten,
hochragend bis in die Wolken hinein.
Dann lief ich hinab, wo die Wälder sich lichten,
und sprang im Bach barfuß von Stein zu Stein,
lauschte dort, wo er durch Felsen rinnt,
dem metallenen Klang, wie Glocken so rein.
In wehenden Ärmeln trug ich den Wind – –

Wie schön, o wie schön kann das Leben doch sein!
Und doch lebt man gekrümmt und geknickt und versäumt
das Schönste und weiß nichts von Freiheit und Glück,
die Kandare im Maul, gezähmt und gezäumt – –
Ach, Freunde, müßt ich doch nie mehr zurück!

Bai Dschü-i

Des Kaisers Serail

Auch höchste Huld fließt doch nur tropfenweis
und strömt nicht zu den Kammern all der Schönen –
Wie vielen von dreitausend des Serails
wäscht ab der Lenz den Puderglanz mit Tränen!

Bai Dschü-i

Der Alte mit dem zertrümmerten Arm

Achtundachtzig war der Alte,
den ich auf dem Weg zum Wirtshaus
neulich traf; schlohweiß die Schläfen,
Augenbraun und Bart; er stützte
seine Linke auf die Schulter
eines Kindes; seine Rechte
hing herab – ein Stumpf, zertrümmert.
„Wie ist Euch denn das geschehen?“
fragte ich. „Wann ist Euch, Alter,
dieses Unglück widerfahren?“
„Wollt Ihr es denn wirklich wissen?“
sprach er sinnend. „Nun, so hört denn!
Aus dem Orte Hsinfeng stamm ich.
Meine Kindheit fiel in Zeiten,
da man nichts von Kriegen wußte.
Flötenspiel und frohe Lieder,
wie man sie am Hof gesungen,
hörten wir, nicht Klang von Waffen.
Wir verstanden nichts vom Kriege,
Lanzenschwingen, Bogenschießen.
Unbekannt war uns das Morden.
Dann kam plötzlich ein Befehl:
Eine Kriegsmacht will der Kaiser
eilends auf die Beine stellen.
Also braucht er auch Rekruten.
Von drei Tauglichen im Hause
holt man einen zu den Waffen.
Und wofür? Wohin? Man jagt sie
Tausende von Meilen westwärts

gegen Yünnan hin. Ich hörte
damals, daß ein Fluß dort wäre,
der Fluß Lu; und wenn die Blüten
von den Pfeffersträuchern fallen,
steigt ein Gifthauch in die Lüfte,
alles ringsumher verseuchend.
Wenn die Heere, barfuß watend
diesen Lu-Fluß überquerten,
dampfendheiß wie frischgekochte
Brühe, dann erreichten kaum noch
acht von zehn das andre Ufer.
Ja, das war ein Klagen, Heulen!
Rings im Dorfe sah man Söhne
von den Eltern Abschied nehmen,
Weiber an den Mann sich klammern,
schluchzend mit verstörten Mienen.
Denn es hieß, daß von den Kriegern,
die zur Unterjochung jener
Man-Barbaren ausgezogen,
von Zehntausenden nicht einer
heimgekehrt sei. Damals war ich
vierundzwanzig, und mein Name
stand fein säuberlich verzeichnet
im Register der Rekruten.
Heimlich, daß es keiner merke,
stahl ich mitten in der Nacht mich
aus dem Lager; mühsam schob ich
einen Felsblock hoch und ließ ihn
niederstürzend mir zertrümmern
meinen rechten Arm. So schlug ich
selber mir das Waffenhandwerk
aus der Hand. Mit einem Arme
kann doch keiner Fahnen schwingen
oder gar den Bogen spannen!
Von dem Feldzug gegen Yünnan
blieb ich so verschont. Ihr wißt nicht,
welche Schmerzen ich erduldet,

was es heißt, den eignen Arm sich
zu zertrümmern! Doch ich wollte
eins nur: aus dem Kriegsdienst scheiden
und in meiner Heimat bleiben.
So bin ich seit sechzig Jahren
nun ein Krüppel; doch verkrüppelt
ist ja nur ein Glied des Körpers –
und der Körper blieb erhalten!
Heute noch in kalten feuchten
Nächten, wenn es stürmt und regnet,
schmerzt der Arm, der mir zertrümmert
niederhängt als Stumpf. Dann lieg ich
wach die ganze Nacht vor Schmerzen.
Schlaflos lieg ich, Schmerzen leid ich –
aber dennoch nie und nimmer
werd ich meine Tat bereun!
Nein! Ich freu mich trotz der Schmerzen,
daß ich noch auf dieser Erde
wandle, lebe! Und ich freu mich
meines Alters! Wär ich sonst nicht
längst schon tot! Am Lu-Fluß heulte
meine heimatlose Seele,
jammernd um die ferne Heimat –
unbestattet, keiner käme,
Totenopfer darzubringen!“ ...

Auf die Worte des Alten
sollte man hören.
Wißt ihr denn nicht:
Statt den Frieden zu erhalten,
glaubt mancher Kanzler, es wär seine Pflicht,
den Frieden zu stören!

Euch ist wohl noch in Erinnerung
der hochehrbare Kanzler Yang Guo-dschung,
der einst mit Fußvolk und Reitern,

buhlend um Gunst, als Huldigung
für den Kaiser, im Blute watend, versucht',
die Reichsgrenzen zu erweitern!
Dafür hat ihn auch das Volk verflucht,
und sein Plan war verdammt zu scheitern.

Und wollt ihr wissen, wie das kam,
ihr braucht nur einen zu fragen –
den Alten mit dem zertrümmerten Arm –
der kann euch alles sagen!

Bai Dschü-i

Muße

Bald sitz ich still unter Fichten,
bald schreit ich den Weiher entlang –
sitze und steh, liege und geh
ganz ohne Zwang.

Was kümmert's mich, daß entgleiten
die Jahre und grau wird mein Haar.
Ich fühl nur mein Herz sich weiten
Jahr für Jahr.

Hätt mich die Welt nicht geächtet
und schmählich zur Ruhe gesetzt,
wär ich bis heute geknechtet,
und nie hätt ich Muße wie jetzt.

Bai Dschü-i

Lied von unsterblicher Liebe und Sehnsucht

Es war einst ein Herrscher des Hauses der Han,
verwöhnt von den schönsten der Frauen.
Doch Reize, wie er sie nie noch gekannt,
für die selbst ein Kaiser hingäbe sein Land,
begehrte sein Auge zu schauen.

Vergeblich forschten seit Jahren schon nach
die Diener im Süden und Norden –
Doch gab es noch eine, von der niemand sprach:
Im Hause der Yang war im Frauengemach
ein Töchterchen mannbar geworden.

Ein strahlendes Kleinod, vom Himmel gesandt,
kann das Dunkel nicht lange verhüllen.
Der Späher Auge die Liebliche fand,
und als an der Seite des Kaisers sie stand,
da sah er den Traum sich erfüllen.

Scheu dreht sie ihr Köpfchen und lächelt dabei,
sanftzärtlich ins Auge ihm blickend.
Traumbild der Anmut! – Da war's ihm, als sei
die Schar der Schönen in seinem Serail
verblichen – und sie nur bestrickend.

Der Lenz war gekommen, noch war es kalt,
doch warm war das Wasser zum Bade
im Huatsching-Quell, sprudelnd aus schwarzem
Basalt –
Hellschimmernd auf dunklem Grund die Gestalt,
und Glieder gleißend wie Jade.

Liebreizend entstieg sie, von Zofen geführt,
dem Bade mit zierlichem Schritte.
Der Kaiser, von ihren Reizen gerührt,
gewährte, was solcher Anmut gebührt –
seine Huld – und sie seine Bitte.

Ihr Haar war mit goldnen Spangen geschmückt,
wie Blumen die blühenden Wangen –
Mit Blumen war auch der Vorhang bestickt:
Dort hielt er der Blumen Schönste beglückt
in Frühlingsnächten umfangen.

Wie schnell doch die Frühlingsnächte vergehn
mit heimlichem Liebesgeflüster.
Bei der Morgenaudienz ward nicht mehr gesehn
der Kaiser; und ratlos versammelt stehn
vor dem leeren Thron die Minister.

Im Trubel der Feste immer galant,
verlieh er ihr fürstliche Rechte.
Und fuhr er hinaus ins grünende Land,
gleich ward auch ein Wagen für sie angespannt.
Und ihr nur gehörten die Nächte.

Dreitausend Frauen von edler Gestalt
warn dem Kaiser im Harem zu Willen.
Und die Liebe, die einst dreitausend galt,
war nun in einer zusammengeballt,
und eine nur konnte sie stillen.

Ein Kleinod in Seide der Kaiser besitzt
in der Kammer mit goldenen Wänden.
Da funkeln Geschmeide, da gleißt es und blitzt.
Wie glühn ihre Wangen, vom Weine erhitzt,
wenn die rauschenden Feste enden.

Von der Glut des Kaisers ein Widerschein flammt,
übergoldend auch ihre Verwandten,
ins ärmliche Haus, dem die Schöne entstammt:
Zu Fürsten ernannt wurden allesamt,
ihre Brüder, Schwestern und Tanten.

Und so kam's auch, daß manchem Elternpaar,
begierig nach Ehren und Titeln,
eine hübsche Tochter viel lieber war
als ein kluger Sohn: Zu der Höflinge Schar
klomm man hoch nur in Weiberkitteln.

Im Lustschloß am Li-Berg da fließt der Wein,
da zecht man in luftigen Höhn,
da tönen Flöten, da klingen Schalmeien,
da singen und schwingen, da drehn sich in Reihn
traumtrunken die reizendsten Feen.

Und noch ein Tanz! Ein andrer! Ein neuer! –
Nie konnt er sich satt daran sehn.
Aber die herrlichsten Stunden der Feier
krönte sie selbst in schillerndem Schleier
mit dem Tanze der Wolkenfeen.

Die Schleiertänze und Festgesänge
zerrissen mit unerbittlichem Ton
Waffengeklirre und Trommelklänge.
Von Yüyang wälzt sich drohend die Menge
heran in blutiger Rebellion.

Rauch wirbelt über des Kaisers Palästen.
Am Hof weiß keiner mehr ein noch aus.
Des Kaisers Armeen fliehn nach Südwesten;
und seine Sänfte schwankt, von betreßten
Dienern umringt, zum Stadttor hinaus.

Sie waren kaum hundert Li gegangen,
da machte des Kaisers Garde halt;
und rauhe Kriegerhände umschlangen
die Schöne; im Staub rollten Schnallen und Spangen;
kläglich wand sich die zarte Gestalt.

Nichts half, kein Versprechen, kein Drohen, kein Flehn.
Er sah mit entsetzlichem Grauen
die Schöne sich hilflos winden und drehn
im Staub – und mußte sie sterben sehn –
und wagte nicht hinzuschauen.

Mit rauschenden Schwingen der Herbstwind flog,
den Staub hoch aufwirbelnd in Schwaden.
Zum Dschjängo die Straße steil aufwärts bog;
und weiter die Garde am Ome zog
auf selten begangenen Pfaden.

Trüb liegt der Sonne verblassender Strahl
auf des Kaisers Standarten, den fahlen
Wangen des Kaisers. Nichts lindert die Qual –
aus allem, den Bergen, den Flüssen, dem Tal
schwellen der Sehnsucht unstillbare Qualen.

Und sieht er am Himmel, sternenbestreut,
den gleißenden Mond sich runden,
bricht auf sein Schmerz, wie ein Mund, der aufschreit;
aufreißt ihm im Herzen der Glocken Geläut
in Regennächten die Wunden …

Schon wandte sich wieder des Krieges Glück;
die Hauptstadt wurde genommen.
Die Krieger geleiten mit stolzem Blick
den alternden Kaiser nach Tschangan zurück
auf dem Wege, auf dem er gekommen.

Und als er zur Stätte des Grauens kam,
da war's ihm, als müßt er sie finden,
als wär sie noch dort – Und entsetzt hielt er an.
Öd lag der Ort. Doch im Geiste sahn
seine Augen die Schöne sich winden.

Er sieht sie, er starrt hin, wie festgebannt
an dem öden, dem schaurigen Orte.
Und um ihn trauernd die Dienerschaft stand;
und Tränen tropften herab aufs Gewand –
Und weiter zog still die Eskorte,

zog schweigend nach Tschangan – Und wie zuvor
in den Gärten die Knospen sprangen.
Noch stehen die Weiden vorm Weyang-Tor.
Im Teich reckt der Lotos die Köpfchen empor –
so lieblich – wie einst ihre Wangen.

Der Frühlingswind wiegt sich im Blütenmeer,
und berauschende Düfte ziehn wieder
durch die Gärten. Still wandelt der Kaiser umher,
und die Tränen rollen ihm groß und schwer
übers bleiche Antlitz hernieder.

Rauh rüttelt der Herbststurm am Wutungbaum.
Die Gärten sind öd und verlassen.
Der Kaiser wandelt umher wie im Traum,
sieht die Blätter fallen und merkt es kaum.
Und raschelnd deckt Laub die Terrassen.

Den Tänzerinnen, der lieblichen Schar,
den Hofdamen, Zofen, Eunuchen
flicht der Reif schon die ersten Fäden ins Haar;
und sie reichen bestürzt sich den Spiegel dar,
um die ersten Runzeln zu suchen.

Des Nachts, von tanzenden Schatten umfangen,
gequält von Schatten im ruhlosen Herzen,
sinnt einsam der Kaiser. Glühwürmchen umschwanken
wie gespenstische Fackeln des Kaisers Gedanken –
knisternd verglimmen, erlöschen die Kerzen.

Dumpf hallen im Dunkel die Gongschläge nach.
Die Nacht hängt in Fetzen zerrissen.
Und kalt wie der Frost vom lasurenen Dach
starrt das Bett ihm entgegen im Schlafgemach –
Gruft der Liebe – mit eisigen Kissen.

Und ruhlos wandert der Kaiser umher,
verstört und mit gramvollen Mienen,
mit traumdüsteren Augen, tränenschwer.
Ach, wie lang schon war selbst ihr Bild nicht mehr
dem Kaiser im Traume erschienen!

Es weilte zur Zeit ein ehrwürdiger Gast,
ein Dauist und Anachoret,
im Kollegium der Weisen im Kaiserpalast.
Befreit von der Schwere irdischer Last
durch heiligen Wandel und durch Gebet,

besaß er die Macht, mit Zauberschwingen
auf des Geistes unbeschwerter Bahn
in höhere Welten einzudringen.
Ihn bat man, dem Kaiser Kunde zu bringen –
Des Himmelssohns Jammer faßte ihn an;

sogleich entschloß sich der heilige Mann,
den Flug ins Grenzenlose zu wagen.
Und eh's die Höflinge sich versahn,
da schwebte er hoch schon den Himmel hinan,
auf Geisterschwingen emporgetragen,

durchmaß wie der Blitz die höchsten Regionen,
stieß nieder zu den tiefsten Gründen,
durcheilte die fernsten, ödesten Zonen,
die Gelben Quellen, wo die Toten wohnen –
Und nirgendwo konnt er sie finden.

Da erfuhr er von guten Geistern, es liege
ein Schloß im Meer, in dem Feen wären
von zartester Schönheit und eine die Züge
und auch der Gesuchten Namen trüge;
dort schwebten sie in schillernden Sphären …

Der Dauist schwang sich blitzschnell hinauf,
flog zum Schloß im Meer und klopfte an.
Eine zierliche Zofe tat ihm auf,
die meldet's gleich einer andern im Lauf:
Es sei ein Bote hier aus Tschangan!

Die Herrin, ruhend auf dem Kanapee,
hat's gehört schon, eh sie noch gerufen,
stößt die Kissen beiseite und springt auf jäh;
das Käppchen verschoben und schief das Toupet,
eilt sie hernieder die Stufen.

Mit flatternden Ärmeln des Feengewands
schwebt sie sanft dem Boten entgegen,
als tanze sie wieder den Schleiertanz –
doch traurig ihr Antlitz, im Tränenglanz
schimmernd wie Blüten im Regen.

Sie bat ihn mit Wehmut in Blick und Wort,
dem Kaiser ihren Dank zu bezeugen;
sie wäre im Feenreich so weit von ihm fort;
und spähe sie erdwärts, sähe sie dort,
wo Tschangan liegt, Staubwolken steigen.

Dann nahm sie ein goldenes Kästchen zur Hand,
löste den Deckel und brach entzwei
eine goldne Spange: „Als Unterpfand
bringt das dem Kaiser! Sagt, ich hab's gesandt!
So lauter wie Gold unsre Liebe sei!

Und sagt ihm: Nichts kann Liebe gefährden,
bleibt sie so echt wie lauteres Gold.
Denn so ist's bestimmt: Treuliebende werden
wiedervereint, ob im Himmel, auf Erden.
Nichts trennt, was treu zueinander gewollt!" …

Noch manches bat sie den Dauisten
dem Kaiser zu melden; ein Geheimnis nur,
das niemand, nur sie und der Kaiser wüßten,
tat sie ihm kund erst, als sie ihn rüsten
zur Rückkehr sah – den Liebesschwur,
im Palast der Äonen mit heil'gen Gelübden
geschworen im siebten Monat am siebten:

Wenn wir als Vögel in himmlischen Lüften
wiedergeboren, entschweben den Grüften,
entfliehen dem engenden Erdenringe,
soll jedem von uns nur eine Schwinge –
ein Fittich nur beschieden sein,
auf daß wir ewig fliegen zu zwein.

Wenn wir aus dem Grabe zum Lichte steigen
als Pflanzen, so wollen wir mit Ästen und Zweigen
einander umflechten, umarmen, umringen,
untrennbar für immer, für ewig umschlingen.

So hoch auch der Himmel und groß und gewaltig,
so alt auch die Erde und vielgestaltig,
einmal muß alles zerfallen, vergehn:
doch diese Liebe wird ewig bestehn.

Li Ho

Die Schamanin

Die Schamanin bringt das Trankopfer dar.
Da brauen sich Wolken zusammen.
In den Lüften drängt sich die Geisterschar.
Im Weihrauchfaß steigen die Flammen.
Wild dröhnen die Trommeln. Von Berg und Meer
ziehn flatternd im Nebel die Geister her.

Papierfiguren fliegen knisternd in blauen
Rauchwolken auf vom Altare.
Sie murmelt Gebete und runzelt die Brauen,
und schnarrend ertönt die Gitarre.
Die Speiseopfer sind aufgestellt
für die Geister der Ober- und Unterwelt.

Der Bergschrat und der gierige Faun,
sie nahn auf des Windes Schwingen.
Und alle erschauern und sehen mit Graun,
wie sie die Speisen verschlingen.
Schon sinkt die Sonne hinab ins Tal,
und schmatzend beenden die Geister ihr Mahl.

Hab ich wirklich Dämonen gesehn und gehört,
um ihnen willfährig zu dienen?
Oder hat uns nur die Schamanin betört
mit dem schrecklichen Spiel ihrer Mienen?
Jetzt bringt sie das Abschiedsopfer dar,
und im Nebel zerflattert die Geisterschar.

Liu Dsung-yüan

Schnee am Yangtse

Auf allen Bergen rings kein Vogellaut zu hören,
und alle Menschenspuren hat der Schnee verwischt.
Ein Bambushut auf dem frostdunklen Strom:
In seinem Kahn einsam ein Alter fischt.

Du Mu

Abschied

Als ob der Schmerz dir alles Liebe nahm –
nicht einmal lächeln konntest du beim Wein.
Und traurig schien die Kerze nur zu sein,
die Tränen tropfte, bis der Morgen kam.

Li Schang-yin

Besuch bei einem Einsiedler in den Bergen

Die Sonne hing schon an der Berge Zacken,
als ich die Hütte fand. Rings um mich her
fiel raschelnd Laub. Kein Laut sonst. Wolkenwogen
umwallten kühl den Pfad. Doch wo war er?

Da klang die Steintriangel zum Gebete.
Ich lehnte an den Ranken. Irgendwas
sprach still: Ein Staubkorn ist die Welt im Staube.
Wozu dann Liebe noch und wozu Haß?

Wen Ting-dschün

Herbstregen

Weihrauchduft steigt aus der Jadeschale.
In Tränen tropft die rote Kerze aus,
matt schimmernd. Herbst schlich sich ins Haus.
Hab mich auch nicht mehr schön gemacht.
Eiskalt die Kissen, endlos ist die Nacht.

Der Wutungbaum ist aufgewacht.
Es pochte sacht um Mitternacht.
Nichts wäscht hinweg der Sehnsucht stille Sorgen.
Auf jedes Blatt der Regen tropft,
klopft auf die Stufen, klopft und klopft
unheimlich bis zum Morgen.

Periode der fünf Dynastien und Sung-Dynastie

907–1279

Li Hsün

Kahnfahrt auf dem Lotosteich

Mit einer Mädchenschar
auf Silberwellen zieht
der bunte Kahn den Lotosteich entlang.
Ein Entenpaar,
träumend im Ried,
scheucht auf ihr fröhlicher Gesang.

Nach Lotos duftet ihr Gewand und Haar.
Im Kahne lehnen lachend sie zu zwein.
Wer mag die Allerschönste sein?
Ein Lotosblatt sich jede bricht
und schirmt ihr glühendes Gesicht –
wohl vor dem Abendsonnenschein.

Li Dsching

Auf dem Balkon

Schon ist der Lotosblumen Duft verhaucht,
und welkend Blatt um Blatt sich neigt.
Der Westwind zitternd in den Weiher taucht.
Aus grünen Wellen sanft die Wehmut steigt.
Oh, das Vergilben und Vergehn,
das sich in allen Dingen zeigt!
Ich kann's nicht länger – länger sehn!

Ein feiner Regen trägt den Traum
zu einem fernen Pavillon.
Wie Frost durchklirrt den leeren Raum
der Flöte scharfer schriller Ton.
Was ich beweint, bereut, ersehnt,
gelitten – ach, ich weiß es kaum!
Nur Trauer blieb, stumm hingelehnt,
auf dem Balkon.

Li Yü

Ruhlose Nacht

Nachts sprang der Wind auf; mit ihm fuhr
herbstschauernd Regen durch den Garten.
Des Bambusvorhangs Stäbe knarrten.
Ein Stümpfchen Kerze nur –
das Flämmchen flackert wirr im Wind.
Die Zeit verrinnt,
hohl tropfend in der Wasseruhr.
Des Ruhelosen Träume sind
ruhlos wie die Natur.

Wie Wasser, das bergabwärts rinnt,
ist alles, was der Mensch erstrebt,
erlebt – und seine Tage sind
ein wirrer Traum, der haltlos schwebt.
Und ist die Welt auch noch so weit,
kein sichrer Pfad ist rings zu sehn
als der ins Reich der Trunkenheit –
nur der! Den mag er gehn!

Li Yü

Der gefangene Kaiser

Nur Trauer blieb mir, unerträglich schwer.
Nichts, das den Blick erfreute ringsumher.
Moos kriecht hinan die Stufen. Herbsthauch. Und der
Hof so leer.
Bin's müde schon, den Perlenvorhang hochzuziehn.
Zu mir kommt ja doch keiner mehr!

Ein Kaiser, der sein goldnes Schwert verlor.
Mein stolzer Sinn ein sturmgeknicktes Rohr.
Kühl weht die Nacht. Am klaren Himmel steigt
der Mond empor.
Und wieder seh ich den Palast, die Jadebalustraden
sich
im Tschinhuai spiegeln wie zuvor ...

Niu Hsi-dschi

Abschied im Frühling

Noch schmiegte sich der Nebel an die Berge.
Dein Antlitz war von Mondlicht zart umfangen.
Nur ein paar Sterne blaß am Himmel schienen.
Und Tränen säumten glitzernd deine Wangen.
Soviel gesagt, soviel! Doch Worte dienen
nicht, um der Seele Tiefen auszuloten.
Wie viele Meilen bin ich schon gegangen!
Und überall, wo Gräser grünen,
erblick ich deinen grünen Seidenrock.
Und jeder Halm erfüllt mich mit Verlangen.

Gu Hsüan

Sehnsucht

Wohin verwirft mich diese lange Nacht?
Warum nur schreibst du nicht?
Mein Schicksal schon besiegelt?
Ich habe meine Tür verriegelt,
vergittert hinter Falten mein Gesicht.
Bald sinkt der Mond. Und meine Sinne müssen
dich sehnend suchen fern im Ungewissen.
Wie haß ich doch mein frostigkaltes Kissen!
Hätt ich mir aus dem Leib gerissen
mein Herz und es vertauscht mit deinem Herzen,
dann würdest du von meinen Schmerzen,
der Tiefe meiner Liebe wissen.

Lu Tschjän-i

Der alte Palast

Verschlossen der Palast. Verlassen liegt der kaiserliche
Garten.
Dem Herbst entgegen starren trüb
die reichverzierten Fenster. Nichts verblieb
von all den bunten Wimpeln und Standarten.
Und jener Pavillon aus Jade,
wo einst in stolzer Pracht die Majestät
dem Saitenspiel gelauscht und dem Gesang –
verklungen längst der letzte Klang,
verweht, verweht!

Der Mond nur geht noch still die alte Bahn.
Der braucht sich nicht um Menschenschicksal
kümmern.
Aus Nebelschleiern steigt er hoch hinan
und geistert in den unbewohnten Zimmern.
Die Lotosblumen wachen auf im Teich,
nicken einander zu in tiefem Schweigen.
Tautränen rolln, wenn sie die Köpfe neigen,
als weinten sie um ein vertanes Reich.

Wang Yü-tscheng

Im Exil in Schangschan an einem Frühlingstag geschrieben

In Schangschan über meinen Gartenzaun
buntblühend sich herniederneigen
ein Pfirsich- und ein Aprikosenbaum.
So wenig blieb an Freuden mir zu eigen!
Muß da der Frühlingswind auch diesen Traum
für nichts und wieder nichts zerstören,
auf das Gezwitscher dummer Vögel hören
und mir die Blüten brechen von den Zweigen?

Lin Fu

Pflaumenblüten

Verblüht längst alle Blüten. Ihr allein
nehmt leuchtend meinen ganzen Garten ein,
neigt euch zum See mit zarten Zweigen hin.
Und leise Düfte durch den Dämmer ziehn,
umhaucht der Wind euch sanft im Mondenschein.

Die Vögel flattern nieder, frierend sehn
den Garten sie erstaunt in Blüte stehn.
Ach, wärt ihr doch vergönnt den Schmetterlingen!
So bleibt nur der Poet, euch zu besingen.
Den Poetaster – wozu braucht ihr den!

Fan Dschung-yän

Herbst an der Nordwestgrenze

Von andrer Art ist alles dort
im Grenzland, wenn der Herbst einzieht.
Der Nordwind treibt die Wildgans fort.
Und Wälle rings, soweit man sieht.
Von Wall zu Wall
tönt Hörnerschall.
Und auf die Berge überall
der Nebel bleiche Tücher zerrt.
Rollt rot hinab der Sonnenball,
sperrt sich die Stadt in Einsamkeit,
wird Tür und Tor versperrt.

Zehntausend Meilen wäscht nicht fort
ein Becher Wein. Erst heimwärts geht
der Weg, wenn auf dem Yänran dort
in Stein ein Siegesdenkmal steht.
Frost flimmert fahl.
Von überall
dröhnt der Barbarn Drommetenschall.
Da kommt der Schlaf wohl keinem!
Weiß wird das Haar dem General.
Und trinken sie in Einsamkeit,
sieht man selbst Krieger weinen.

Dschang Hsjän

Frühlingsnacht

Im Sande schläft ein Entenpaar am Bach.
Der Mond hell aus den Wolkenlücken brach:
Die Blumen nicken ihren Schatten nach.
Von grünendem Gehänge dicht umhangen,
brennt einsam meine Lampe. Kaum noch regen
sich Stimmen rings. Und nur den Wind
höre ich ruhlos durch die Zweige fegen.
Wer weiß, wie viele Blüten morgen
zerstreut im Staube auf den Wegen
zertreten sind!

Yän Schu

Herbst

Der Frühling ging, und wieder kommt der Herbst.
Wohin geht denn nur alles, das vergangen?
Die Schwalben fliegen fort. Kalt netzt der Tau
der Orchideen zärtlich sanfte Wangen.
Und rufst du tausendmal dein Glück zurück,
kein Stück davon kannst du zurückerlangen!

Das Fest ist aus, die Gäste gingen.
Nur Stille auf den öden Treppen blieb.
Ich lehn am Wutungbaum. Die Welt ist leer.
Doch war's nicht ebenso an diesem Tag
auch im vergangnen Jahr? Der Westwind trieb
die gelben, dürren Blätter vor sich her.

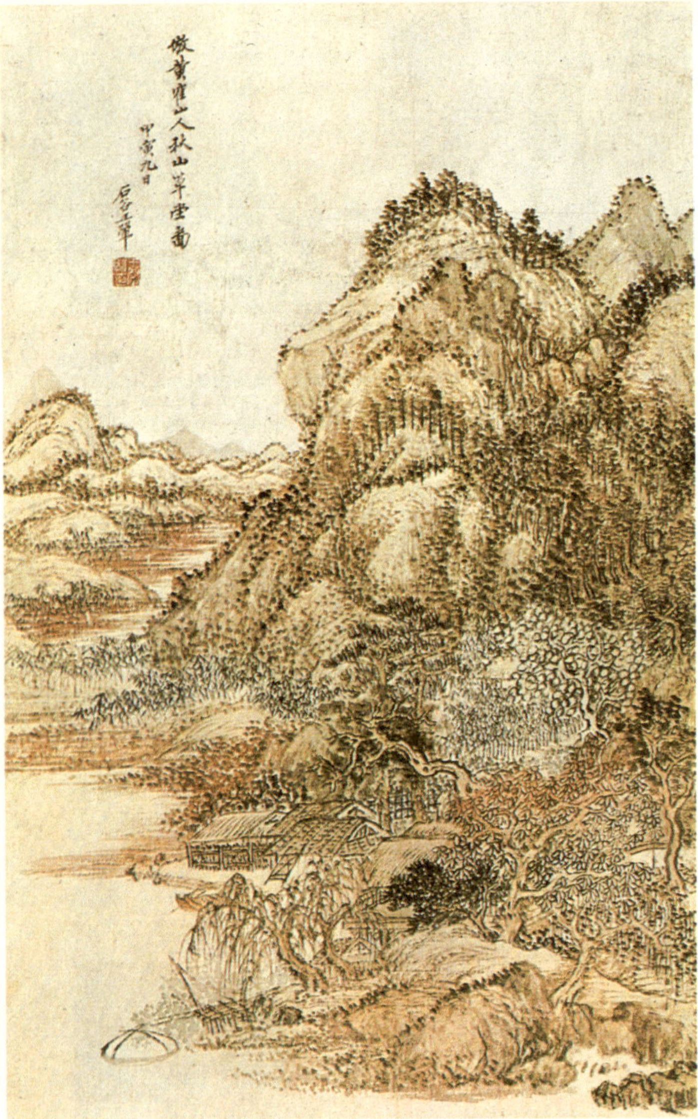
倣黄鶴山人秋山草堂圖
甲寅九日
石谷王翚

Yän Schu

Abend am Weiher

Grün wie Türkis der Weiher und die Luft so lind –
so war's auch, als ich Yüdschen sah zum ersten Mal.
Und als sie sang, da klang es wie Kristall,
das hell an Jade schlägt. Ein Wirbelwind
von Rot stob plötzlich auf. Sie flog im Tanz,
und um die Hüften schwingend, schwellend rauscht
der Feuerflügel des Gewands.

Sehr still ist es im Garten. Schwer vom Wein,
sitz ich auf Stufen, blumenduftumweht,
und merk nicht, daß die Sonne niedergeht.
Wo mögen heute jene sein,
die einst mit mir geträumt den Blumentraum?
Trüb sinnend starr ich in das Abendrot.
Der noch – und jener – ach, die Hälfte kaum …
die andern?
Tot!

Liu Yung

Herbsteinsamkeit

Der Abendregen rauschend rauht
den Strom auf, wäscht die Welt rein und versprüht.
Und wieder herbstlich klar der Himmel blaut.
Der Wind weht schärfer, und ein Frosthauch zieht
von allen Dingen ab die bunte Haut.
Versprengt am Turm ein Sonnenrest verglüht.
Das Jahr wird alt, das Gras ergraut.
Und nur der Große Strom wie immer führt
nach Osten seine Fluten ungerührt.

Sung Tschi

Frühlingstag

Ein grüner Teppich webt sich an das Haus.
Den Kahn lockt Wellenseidenglanz hinaus.
Über den Pappeln, morgendunstumschleiert,
schwebt weißer Wolkenflaum.
Ein rauschendrotes Fest der Frühling feiert
im Aprikosenbaum,
tobt jubelnd sich in tausend Knospen aus.

Und fragt ihr mich: Was ist das Menschenleben?
Ein freudenarmes Auf- und Niederschweben.
Da wär es einen Sack voll Gold schon wert,
ihn für ein Lächeln hinzugeben.
In Purpurglanz die Sonne niedereilt.
Ich heb mein Glas, ihr sinnend zugekehrt,
und fleh sie an: Gib, daß dein Licht verweilt,
in dieser Blütenwelt
nur noch ein Weilchen länger währt!

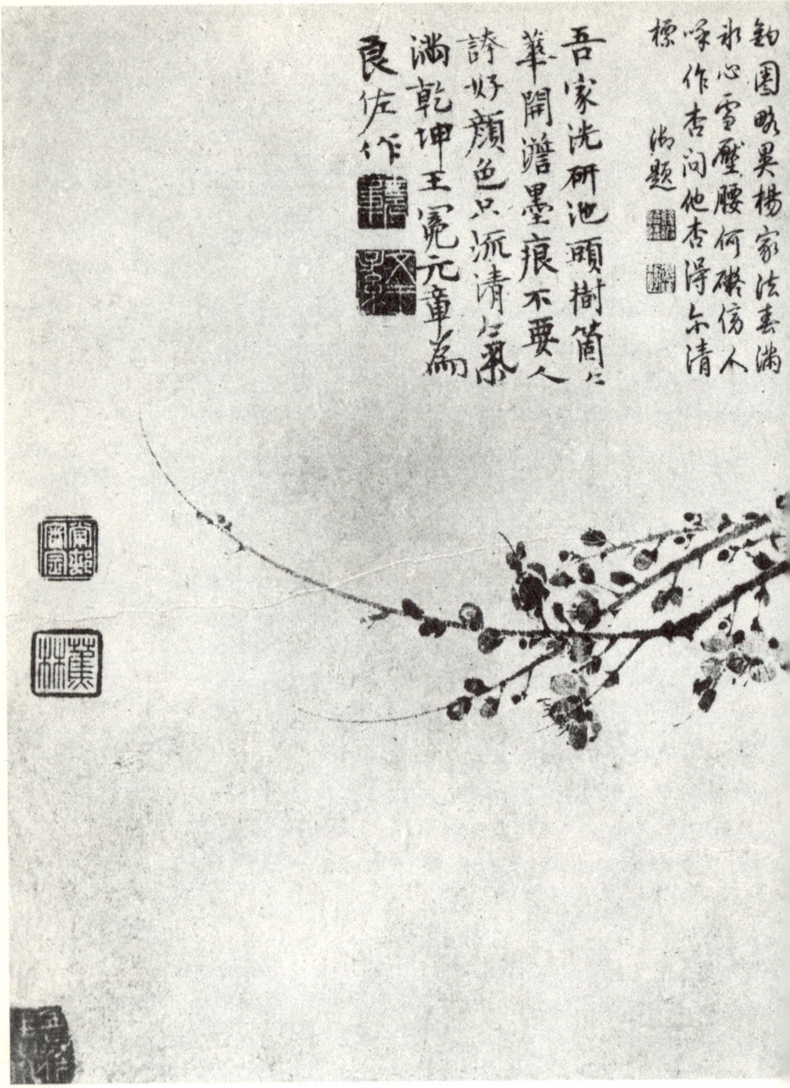
吾家洗研池頭樹箇箇
華開澹墨痕不要人
誇好顏色只流清氣
滿乾坤王冕元章為
良佐作

Dseng Gung-ljang

Nacht im Kloster des Segenspendenden Taus

Umwölkte Gipfel schweben nieder auf mein Kissen.
Die Föhren im Tale rauschen dunkle Träumerein.
Ich könnt auch Silberwogen gegen Himmel schlagen
    sehn,
tät ich das Fenster auf und ließ den Strom herein.

Me Yau-tschen

Meinem toten Töchterchen Tschengtscheng

Die Knospen auf den Bäumen –
du liebes, zartes Kind –
wie leicht weht sie hernieder
zur Erde der Frühlingswind!
So ist's auch dir ergangen.
Und nichts hat der Himmel gewußt
von Sorgen und von Bangen!
Kennt er der Mutter Sehnen?
Nichts trocknet ihre Tränen.
Sie fließen herab die Wangen
in spendendem Verlangen
wie Milch der Mutterbrust.

Ou Yang-hsju

Berge

Den ganzen Tag geh ich den Bergen nach,
denn auch die Berge wechseln ihr Gesicht –
Bald traulich sanft, bald rauh und gipfelschroff …
Nur wie sie heißen, weiß ich nicht.

Ou Yang-hsju

Die Leute an der nördlichen Reichsgrenze nach dem Bündnis, das Seine Majestät mit den Barbaren schloß

Die Leute im Grenzland sind es gewohnt,
gegen die Barbaren zu streiten.
Denn nie hat sie der Krieg verschont.
Als Kinder schon lernen sie reiten.
Dort weiß die Frau so gut wie der Mann
zu schießen mit Pfeil und Bogen.
Und keinen kommt das Fürchten an,
sprengt in wirbelndem Staub der Feind heran;
gleich wird vom Leder gezogen.
Dort herrscht ein kriegerischer Sinn,
und alle Waffen tragen.
Trifft man den Feind, erschlägt man ihn,
oder man wird erschlagen.

Seitdem die Majestät geruht,
in Schandschou mit unseren Feinden
ein Bündnis zu schließen, fließt kein Blut;
nur zahlen die Grenzgemeinden
seither auch doppelten Tribut –
nach Norden und nach Süden,
dem Kaiser und dem Barbarenkhan;
und überall herrscht Frieden.
Die Beamten halten zur Ruhe an
das Volk und erzählen leise,
der Kaiser hätt seinen eigenen Plan,

weitsichtig und sehr weise,
weshalb sich äußerste Vorsicht lohnt.
Ihm kann der Feind nicht entwischen …
Und wenn einer heut auch am Grenzfluß wohnt,
er wagt's nicht, im Grenzfluß zu fischen.

Ou Yang-hsju

Frühling am Westsee

Nichts schöner, als im leichten Kahn
schwebend dahinzugleiten.
Die grünen Wellen seidenweich,
ein herber Duft von Gras am Deich.
Aus Busch und Rohr den See entlang
Schalmeienklänge und Gesang
den Ruderschlag begleiten.

Und hat der Frühlingswind genug
vom sanften Wellenwiegen,
wie Glas so glatt, so hell und rein
wie ein geschliffner Edelstein
die grünen Fluten liegen.
Streift raschelnd durch das Schilf der Bug,
siehst schwirrend du im Flatterflug
das aufgeschreckte Vogelvolk
ins Uferdickicht fliegen.

Wang An-schi

Am Strom

Über den Strom der Westwind Blüten wehte,
und klatschend Wellen an das Ufer schlagen.
Mein Schmerz verhallt im sanften Klang der Flöte –
über die Berge weit hinweggetragen.

Wang An-schi

Pflaumenblüten

Über die Mauer hängen Pflaumenzweige
und blühen trotz der kalten Winterluft –
so weiß, man könnte sie mit Schnee verwechseln,
verriet sie nicht der zarte Blütenduft.

Wang An-schi

Eine Herbstlandschaft des Malers Hue-tschung, die mir mein jüngerer Bruder An-schang an einem schwülen Sommertag zeigte

Von den zahllosen Malern von einst und von heute,
deren Bilder zahllosen Menschen gefallen,
liebe ich einen aus jüngsten Zeiten,
Hue-tschung, den Mönch, am meisten von allen.

Wie Gespenster der Dürre ziehn Sommerwolken
träg übern Wald in dunstiger Schwüle.
Ein Blick – da spiegeln sich Inseln im Fluß:
Frisch weht der Wind in herbstlicher Kühle.

Vergilbendes Ried, die Häupter geneigt,
mit wehenden schneeigen Bärten.
Einsam am Ufer die Wildgans steht,
spähend nach den Gefährten.

Und was ich in früheren Tagen gesehn –
den Strand und die klaren Gewässer –
hier lern ich Gesehenes wiederzusehn –
stärker und tiefer und besser.

Ein Boot, von Dämmerung eingehüllt,
die Netze vom Dunkel getragen.
Ich lieg auf der Bank – da rauscht es entlang:
Ich höre die Ruder schlagen.

Ob der Mönch die Zauberkraft Buddhas besaß,
die Wunder der Welt zu erlangen!
Hier hat er den Klang und den Wind und das Naß
im Seidenquadrat eingefangen.

Dschü Ran hat Berge mit Farben gemalt,
die doch nicht ins Innerste dringen.
Wie anders der Pfirsichbaum Tsue Bais erstrahlt!
Da hört man die Knospen springen.

Und war er berauscht, dann malte er hin
den Frühlingswind mit ein paar Strichen.
Da sah man die rosigen Blüten verblühn,
als wären sie im Winde erblichen.

Vorm Pfirsichbaum Tsue Bais die Amsel sang –
und fand keinen Zweig, der sie hielt;
die Biene vergeblich die Flügelchen schwang,
umsummend die Blüten im Bild.

Doch niemand wußte zu ihrer Zeit
Tsue und den Mönch zu ehren.
Sie liefen herum in zerschlissenem Kleid
und ritten auf klapprigen Mähren.

Und die Reichen vergeuden für nichts und nichts
den Reichtum, den sie erworben,
und klagen allen betrübten Gesichts,
die Kunst wäre ausgestorben.

Su Dung-po

Herbstnacht

Des Hügels Höhe gab den Blick mir frei:
der Himmel höher, weiter ausgespannt;
kein Flöckchen Wolkenflaum.
Auffunkelnd stieg der Mond,
ein Diamant.
Von seinen Strahlen übersprüht,
lag hell das Land;
wie Jade Strauch und Baum;
ein jedes Hüttchen feenhaft erhellt
wie ein Palast;
und Fluß und Berg in Glimmerglanz gefaßt;
und Feenvögel schwebten durch den Raum
in einer kühlen seligklaren Welt.

Ich sang ein Lied, berauscht vom Wein,
und hob den Becher, um den Mond zu bitten,
für diese Nacht mein hoher Gast zu sein;
und fröhlich tanzend lud ich mir als Dritten
den Schatten ein.
Nicht jede Nacht ist so voll Leben.
Was brauch ich denn noch Feenvögel,
um in den Himmel hochzuschweben!
Hier nehm ich mir den Wind als Segel
und schwing mich auf ins All –
Hoch, hoch im Monde find ich Widerhall:
die seligklaren Klänge meiner Flöte
durchtönen hell die Hallen aus Kristall.

Su Dung-po

In einer Winternacht träumte ich von meiner verstorbenen Frau

Der Tod nahm dich. Zehn Jahre flossen unterdessen
ins Meer der Zeit. Wer kann Gedanken messen!
Nie hab ich dich vergessen!
So fern dein Grab in öder Einsamkeit!
Kann meine Stimme dir denn Trost noch bringen?
Und sollt es mir gelingen,
daß ich dich wiederseh nach manchem Jahr,
erkenn ich dich doch nicht:
Erde dein Angesicht
und Frost dein Haar.

Mein Traum trug mich zurück in unsern Heimatort.
Beim Fensterchen sitzt du und kämmst dich dort
und blickst mich an und sprichst kein Wort.
Nur über deine Wangen fließt
ein Tränenstrom in einem fort.
Weiß ich doch, wo mein Kummer wohnt,
mein Schmerz zu Hause ist:
Ein Fichtenhügel, den der Mond
mit frostigkaltem Schein
in tiefer Stille übergießt
jahraus, jahrein.

Su Dung-po

Im Hsilin-Kloster auf dem Luschan zur Erinnerung an die Wand geschrieben

Waagrecht betrachtet, werden Gipfel Kämme –
und Kämme Gipfel, senkrecht angesehn.
Und Ferne, Nähe, Tiefe oder Höhe
lassen ein immer neues Bild entstehn.
So kann ich nicht ihr wahres Antlitz sehn,
weil ich inmitten dieser Berge stehe.

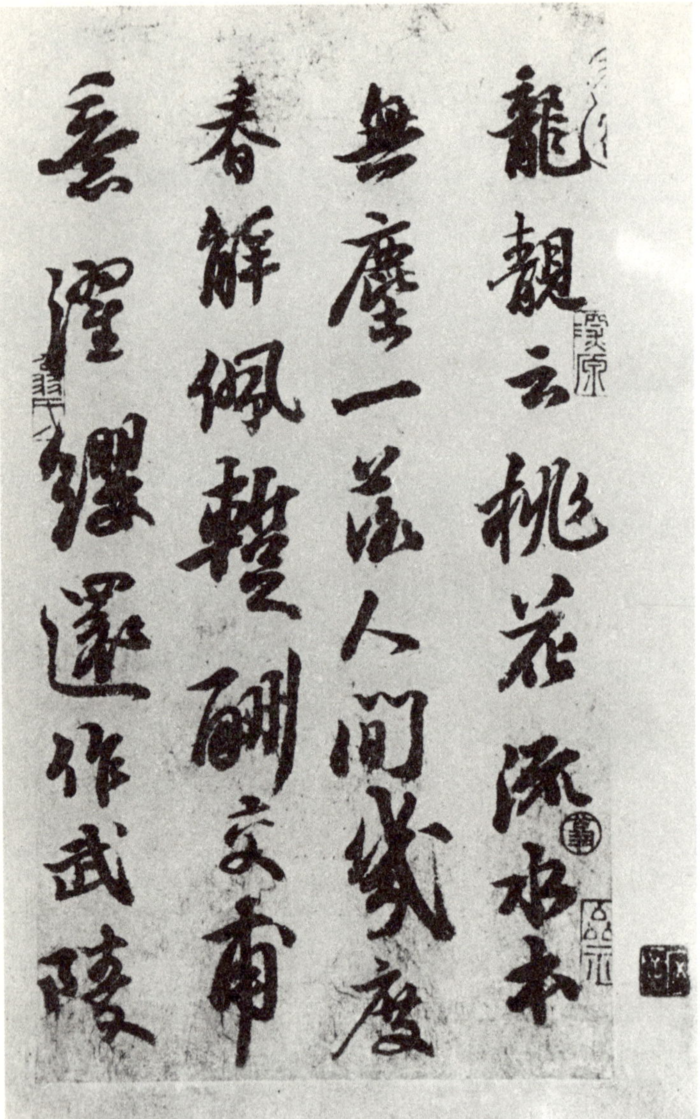
龍靚云桃花流水本
無塵一落人間幾度
春解佩輕酬交甫
意濯纓還作武陵

Su Dung-po

Im Pavillon „Seeblick“ am siebenundzwanzigsten Tage des sechsten Monats im Rausche geschrieben

Die Wolken – verschüttete Tusche,
die fließend die Berge verschlingt;
ein Perlenschauer der Regen,
der über den Bootsrand springt.

Der Wind kommt dahergestoßen,
jagt Wolken und Regen davon.
Wie der Himmel, herabgeflossen,
der See vor dem Pavillon.

Su Dung-po

Heimkehr um Mitternacht

Ich trank mich nüchtern, und ich trank mich trunken,
und als ich heimkam, war es Mitternacht.
Die Diener schnarchten, längst in Schlaf versunken.
Ich pochte. Keiner hat mir aufgemacht.
Da stand ich, auf den Stab gestützt, und lauschte
dem ruhelosen Wellengang
des Großen Stroms, der breit vorüberrauschte.

Wie haß ich dieses Leben – angekettet,
verstrickt in eitlem sorgenvollem Tun!
Die Nacht vergeht. Der Strom hat sich geglättet.
Des Windes aufgeregte Schwingen ruhn.
So lös die Kette! Laß den Kahn entgleiten,
verströme deines Lebens Rest
dort, wo die Flüsse sich zu Meeren weiten.

黄文節

公赴鄉舉。詩題出野無遺賢。廬陵李洵讀先生詩中二句云。渭水空藏月。傳巖深鎖煙。擊節稱賞。云此人不惟文理冠場。異日當以詩名擅天下。遂膺首選。

Su Dung-po

An den Mönch Tsan Ljau

Suchst du der Dichtung erhabenste Sphäre,
scheu nicht die Stille, fürcht nicht die Leere.
Die Stille der Regungen Rätsel entsiegelt –
nichts, das die Leere des Spiegels nicht spiegelt.

Huang Ting-dschjän

Der Frühling und die Amsel

Wohin mag der Frühling gegangen sein?
Er ging ohne Spuren und ließ mich allein.
Kennt einer vielleicht sein neues Quartier?
Dann hol er ihn her, und wir halten ihn hier!

Ohne Spuren verschwand er. Wer weiß wohin!
Die Amsel? Vielleicht sah die Amsel ihn ziehn?
Ich frag sie. Sie zwitschert. Das gibt keinen Sinn,
den der Mensch versteht.
Da flattert sie auf, und schon hat sie der Wind
über die Heckenrosen hin
weggeweht.

Tschin Guan

Nacht auf der Poststation

In tiefer Einsamkeit ertrinkt
die Poststation im Meer der Nacht.
Im Sparrenwerk der Sturmwind singt.
Und als ich aus dem Schlaf erwacht,
stieren mir Ratten ins Gesicht.
Der Kerzenstumpf war abgenagt.
Flackernd erlischt das Kerzenlicht.
Ich träume nur, ich schlafe nicht.
Ob es bald tagt?

Unter die Decke kriecht zu mir
der Morgenfrost. Und nach und nach
Pferdegewieher vor der Tür.
Getrappel. Schritte. Stimmen werden wach.

Tschin Guan

Abschied des Weiberhelden

Der Berg, von einem Wölkchen überstrichen.
Am Himmelssaum klebt dürres Gras verblichen.
Vom Wachtturm gellt von Zeit zu Zeit
ein Hornstoß.
Und ich weiß, bald fährt
das Schiff, und alles ist bereit.
So wartet bloß,
bis wir geleert
den Abschiedstrunk!
Erinnerung –
Traum der Vergangenheit,
der feenzart die Gegenwart beschwert.
Ich seh noch, wie sich Nebel senkt –
dort, wo die Abendsonne sinkt,
ein Rabenschwarm
wie schwarze Pünktchen, wirr versprengt.
Das Dorf umschlingt
ein Bach mit sanftem Arm.

Ich denk noch oft daran zurück,
wie sie mit heimlich zarter Hand
das Täschchen löste und ihr Seidenband.
Mir war's in diesem Augenblick,
als ob die Welt vor meinen Sinnen schwand.
Was blieb zurück?
Man hat mich Weiberheld genannt,
so unbeständig wie das Glück.
Werd ich sie jemals wiedersehn?
Noch fühl ich ihre Tränen auf dem Kleid.

Ach, wieviel Leid
ist uns geschehn!

Ich seh die hohen Mauern kaum –
so weit, so weit
liegt schon die Stadt,
fern wie ein Traum!
Die Nacht sinkt. Lichter müd und matt
verzittern in der Dunkelheit.

Li Tsching-dschau

Abschied

Zu Asche zerfallen
die Weihrauchkerze im goldenen Becken.
Aufgewühlt wie Wogen im Sturm
die rotseidenen Decken.
Lässig leg ich den Kamm aus der Hand.
Wozu die Frisur?
Soll sich nur
meinetwegen
Staub aufs Putztischchen legen
und die Sonne hochklettern die Vorhangschnur.

Kann's nicht ertragen,
das Alleinsein.
Will manches sagen
und laß es doch ungesagt.
Denk nicht, es müsse vom Wein sein
oder weil Krankheit mich plagt,
der Herbst mich traurig macht,
daß ich so mager ward,
so hager
über Nacht.

Geh!
Sag ich auch tausendmal dir noch,
du tust mir weh,
du gehst ja doch,
irrst deinem Glücke nach,
und mich
schließt nun der Herbst in Nebelschleier ein,

verhängt ringsum das einsame Gemach.
Daß ich an dich,
an dich gedacht
die ganze Zeit
weiß nur der Bach
vorm Fenster –
unentwegt
schau ich hinab –
weiß auch, daß sich ein neues Stückchen Leid
fortan in seine Wellen prägt.

Yüe Fe

Jäh schwillt in mir die Wut empor

Jäh schwillt in mir die Wut empor.
Die Faust umspannt
den Balustradenrand.
Der Regen tropft sich mählich aus.
Zum grauen Himmel blick ich auf.
Weit hallt mein Lied ins Land hinaus.
Erst dreißig und die Brust von Kraft geschwellt.
Was sind die Ehren dieser Welt?
Asche und Staub.
Und was die Meilen ohne Zahl,
die kämpfend wir zurückgelegt?
Wie Wolkendunst, wie Mondenstrahl
im Wind zerfegt.
Doch nicht ergrauen soll mein Haar
in Tatenlosigkeit,
daß mir das Alter Jahr für Jahr
nur Reue bringt und Leid.

Noch ungerächt ist sie, die Schmach,
die unserm Land geschehn.
Wann wird die haßzerwühlte Brust
den Tag der Rache sehn?
Des Feindes höchste Gipfel will
ich niedertreten, niedermähn;
wenn hungrig wir, im Siegesmut
der Hunnen Fleisch verzehren;
wenn durstig wir, der Hunnen Blut
lachend aus Bechern leeren.
Aufs neue soll das Reich erstehn.

Laßt mich zu Felde ziehn!
Dann breit ich Berge, Flüsse, Seen
dem Kaiser vor die Füße hin.

Dschu Dun-ru

Phantasie

Marschall im Himmelreich bin ich –
obzwar ich von Natur recht liederlich.
Wie zu verteilen Tau und Wolken sind,
welch Maß an Mondenschein und wieviel Wind
bestimmt für jeden Himmelsstrich,
bestimme ich.

Gedichte schreib ich gleich zehntausend Stück.
Wein – nur gallonenweis! Nichts bringt zurück
zur Hauptstadt mich, zu Ihro Majestatis Residenz.
Bin auch zu faul dazu. Und Exzellenz,
Durchlaucht – solch Titelchen hör ich nicht gern.
Da spiel ich lieber, jedem Übel fern,
umschleiert sanft von Seligkeit und Wein,
mit Pflaumenblüten zart und unschuldsrein.

Dschu Schu-dschen

Neujahrsnacht

Hell wie am Tag der Marktplatz war,
im Licht der Lampions erwacht,
im vorigen Jahr
in der Neujahrsnacht.
Der Mond schwang sich mit kühnem Schwung
hoch ins Geäst.
Wir hatten ausgemacht:
Am Baum dort, in der Dämmerung,
beim Fest.

Auch heut ist alles, wie es war:
Der Marktplatz in der Neujahrsnacht,
im Licht der Lampions erwacht,
hell wie am Tag auch dieses Jahr –
Der Mond durchflicht
mit Silberlicht
der Bäume rippiges Geäst.
Nur eines, das mich traurig macht:
Am Baum dort – jenen vom vergangnen Jahr,
den seh ich nicht
beim Fest.

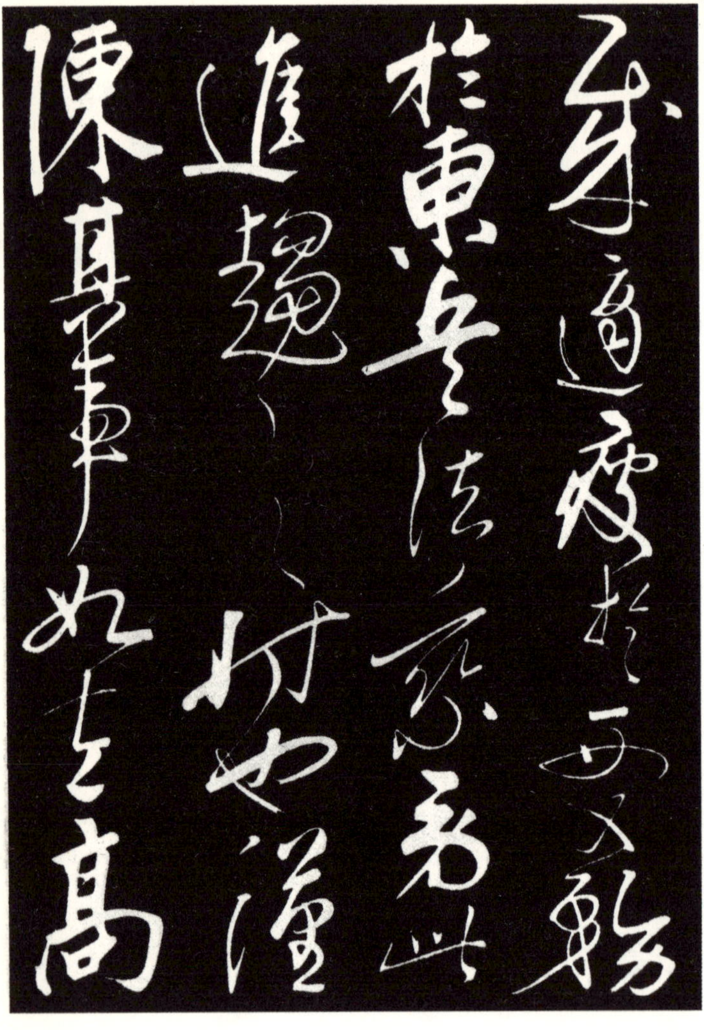

Guo Hsjang-dscheng

Das Westdorf

Wohin man blickt: Klöster, Einsiedelein.
Das Dorf ist arm: acht Hütten oder neun.
Eh du hier Fische fängst, die keiner kauft,
trink lieber still im Röhricht deinen Wein.

Yang Wan-li

Am Deich

Jedesmal, wenn der Deichgraf ruft,
dann kommen die Bauern sogleich
und häufen in Körben die Erde auf
und stampfen die Erde zum Deich.
Bei diesem Kampf ist ein jeder dabei!
Ins dumpfe Gestampf mischt sich Jubelgeschrei.

小僊

Yang Wan-li

Schmetterlinge

Entlang den Zaun mit halbvermorschten Latten
ein Pfad. Die Blüten fallen in den Staub.
Nur spärlich malt die Frühlingssonne Schatten:
zu jung die Bäume und zu jung das Laub.

Die Kinderschar ist guter Dinge,
läuft lachend hinter Schmetterlingen her.
Fliegn ins Gemüsebeet die Schmetterlinge,
dann sucht sie nur! Ihr findet sie nicht mehr.

Lu You

Gebet im Frühling

Die Liebe zu den Blumen macht mich schier verrückt.
Ich sorg mich, daß ein Sturm die roten Knospen
knickt.
Nachts schrieb ich an den Jadeherrn im Himmelreich,
daß er mir gnädig Schutz für die Begonien schickt.

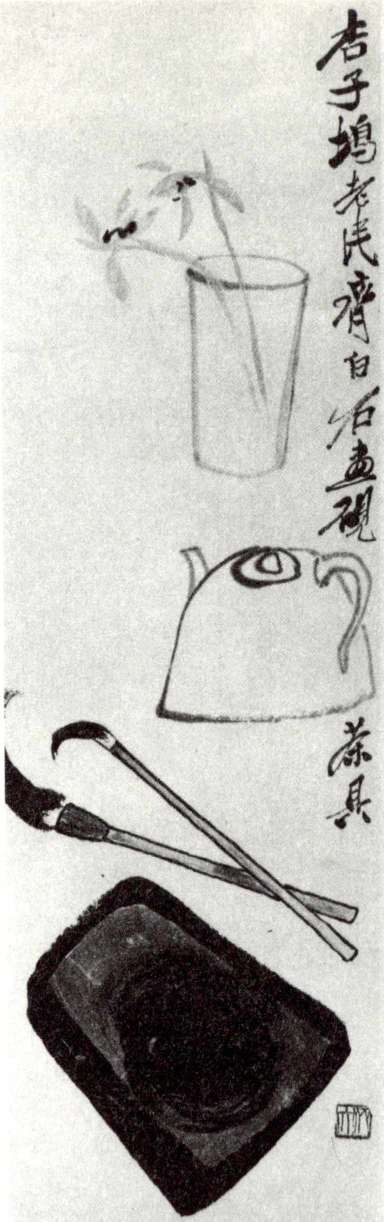

笔砚蘭花　齐白石約八十岁作

Lu You

Lied vom wildgewordenen Pinsel

Und tränke ich auch tausend Krüge Wein,
sie löschten diesen Brand im Herzen nicht.
Den Pinsel her! Mir ist die Welt zu klein.
Die Kreuz und Quer mit flammendem Gesicht
male ich Zeichen hin, mir kaum bewußt
der Riesenkraft, die in mir tobt, geballt
wie Wolken, wie ein Sturm in meiner Brust –
So treibt zum Werk mich die Naturgewalt.
Verkrallt im Kampfe bäumen wutentbrannt
sich Drachen auf in blutigwildem Tanz.
Gebirge stürzen, von Dämonenhand
zerschmettert; überdüstert lischt der Glanz
des Mondes. Hier im Tuschetrümmerfeld
hab ich verjagt den Kummer – endlich frei,
die Kehle nicht mehr zugeschnürt. Nichts hält
mich jetzt umkrallt. Ich brülle, singe, schrei,
zerhämmre mit der Faust mein Bett. Es fällt
die Kappe mir vom Kopf. Was kümmert's mich!
Wo find ich nur Papier in dieser Welt,
das groß genug für meinen Pinselstrich?
Die Halle dort! – He, Pinsel! nun zerwühl
die Wand! – Hoch! – Höher! Bis ins Dachgestühl!

Lu You

Abend an der Weidenbrücke

Im stillen Wasser plätschernd Fische springen.
Der Kranich fliegt zum Wald mit schrillem Schrei.
Und Wolken, die doch keinen Regen bringen,
segeln an grünen Gipfeln satt vorbei.

Lu You

An meine Söhne

Ich weiß, daß alles von mir fällt,
was mich bedrückt und mich bewegt –
die tausend Dinge dieser Welt,
wenn ihr dereinst ins Grab mich legt.
Und tut mir doch so bitter weh,
daß nimmer ich das Vaterland
geeint und frei und mächtig seh …
Wenn Seiner Majestät Armee
das Reich befreit aus Feindeshand –
Kinder, daß ihr dann nicht vergeßt,
den Sieg zu künden mir beim Totenfest!

Fan Tscheng-da

Der Wandersmann

Den Rock bestaubt, schweißüberströmt,
hielt er vor meinem Brunnen an,
wusch sein Gesicht, trank einen Schluck.
Ich bot als Sitz dem Wandersmann
den Stein vor meiner Tür – Nicht viel
für einen Müden. Doch ich weiß:
Unter den Weiden ist es kühl,
scheint mittags hier die Sonne heiß.

Fan Tscheng-da

Winter

Der Wind hat sich gelegt. Die Luft ist kalt.
Mein Boot zieht still dahin, weit vom Gestade.
Rings Hügel, weißbestäubt der Winterwald.
Ein Ruderschlag. Ein Klirren hell wie Jade.
Aus meinen Träumen ward ich so geweckt.
Da hat der See sich schon mit Eis bedeckt!

Hsin Tschi-dschi

Im Rausch

Froh möcht ich sein, solang der Rausch währt, lachen,
trotz Sorgen mir doch keine Sorgen machen.

Es scheint mir jetzt auch fast, als ob die alten
gelehrten Bücher zuviel Staub enthalten.

Den schluck ich nicht, bin nicht für trocknen Staub.
Glaub lieber keinem, eh ich allen glaub.

Im Rausche sank ich gestern hin bei einer Fichte.
„Hältst mich wohl für betrunken", rief ich, „Fichte, he?"
Da neigte schwankend ihre Zweige sie,
als wär ich schon zu schwach, daß ich mich selbst
aufrichte.
Empört stieß ich sie weg und schrie:
„Geh, Fichte, geh!"

Hsin Tschi-dschi

Das Frühlingsseidentüchlein

Noch gestern war der Frühling so berückend –
ein zartes Mädchen zärtlich mit geschickten
Fingern die kahlen Zweige bunt bestickend.
Der rauhe Regen und der rohe Wind
haben für soviel Feinheit keinen Sinn,
und sie zerdrückten und zerpflückten,
was ihre zarten Hände emsig stickten,
und achtlos warfen sie ihr buntes Seidentüchlein
zerknittert auf die Erde hin.

Hsin Tschi-dschi

Der Herbst ist kühl

Als Jüngling war mir Kummer unbekannt;
für alles Hohe war mein Herz entbrannt –
für hohe Türme; jeden Lug-ins-Land
stürmte ich hoch
mit glühendem Gefühl.
Und wenn ich doch
von Schmerzen sang,
es war nur Modezwang –
der Dichtkunst altes abgeschmacktes Spiel.

Heut kenn ich Kummer jeder Art,
kein Schmerz der Welt blieb mir erspart.
Doch wenn ich davon sprechen will,
so zögre ich, so halt ich still,
dann halt ich still – Und mein Gefühl
verdünnt sich in der Worte Spiel.
Und sprech ich doch, sag ich nicht viel:
Ein schöner Tag! Der Herbst ist kühl!

Hsin Tschi-dschi

Der alte General

Als mir der Wein zu Kopfe stieg,
da putzte ich den Lampendocht
und blickte lange auf mein Schwert.
Zu mancher Schlacht, zu manchem Sieg,
zu manchem Sieg, den ich erfocht,
war ich im Geist zurückgekehrt ...
Ein Hornstoß gellt – stahlblitzend steht
das Heer – Zelt dicht an Zelt gereiht.
Am Spieß ein ganzer Ochse brät.
Und Lautenspiel und Fröhlichkeit.
Obristen, Fähnrich. Becherklang.
Das Herbstmanöver ist im Gang.
Ich schreite stolz die Front entlang.

Blitzschnell mein Roß – und schneller noch
mein Pfeil – mein Schwert – hei! Sausend mäht
die Klinge, die den Sieg erfocht.
Befreit das Reich vom Feindesjoch
zum Ruhme Seiner Majestät –
befreit das alte Kaiserreich!
Ich weiß es wohl, mein Name steht
für ewig andern Helden gleich –
Doch warum ist mein Haar so bleich!

Liu Ang

Des ungelehrigen Schülers Freuden

Ein Buddhajünger riet mir: Trau
nur den Schriften der Zen-Buddhisten!
Ein Dauist wieder riet mir: Brau
das Arkanum der Alchimisten!
Ich nahm der beiden Rat nicht genau
und ließ mir die Freude nicht nehmen.
Der Westwind blies übern Gartenzaun,
und ich traute keinem und wollte nicht braun
und trank und war so herrlich blau
im Dufte der Chrysanthemen.

Dschjang Kue

Die Stadt Yangdschou, nachdem die Dschurdschen wieder abgezogen waren

Beim Bambushain stieg ich vom Pferde
in jener vielgerühmten Stadt am Huai.
Mannshohe Halme deckten grün die Erde;
und strich der Frühlingswind vorbei,
ging meilenweit ein Zittern – und sie bogen
die Köpfe müd, als knickten sie entzwei ...
Seitdem der Dschurdschen schwere Reiterei
mordbrennend hier vorbeigezogen,
zerfällt die alte Stadt am Huai.

Baum und Gestrüpp umwuchern die Ruinen.
Und keiner klagt, was er gelitten hat.
Das Abendrot zieht blutige Gardinen
über den Himmel, nie des Mordens satt.
Durch ausgestorbne Straßen, mondbeschienen,
hallt hohl das Wachthorn in der toten Stadt.

Huang Schang

Regen auf dem Westsee

Ein Windstoß biegt die Bambusbäume krumm.
Wirr trappeln Tropfen auf dem Dach herum.
Ich dreh mich um und will die Gipfel zählen:
Köpften die Wolken sie? – So viele fehlen!

Go Tjän-min

Frühlingsabend

Im Garten gurrte abends eine Taube.
Der Eremit erwachte und empfand
ein Glück, die Tiefen alles Seins beseelend.
Und da er nichts, es zu beschreiben, fand,
schritt er ums Haus, die Bambusstauden zählend.

Dschang Ljang-tschen

Der vornehme Pavillon

Erhabne Stille rings, die keiner stört ...
Wem wohl der Pavillon am Teich gehört?

Das Tor lackiert. Ich stehe stumm davor.
Wer wagt zu klopfen an ein solches Tor!

Ein Blütenmeer die Mauern überschwemmt ...
Wer ist so stark, daß er den Frühling hemmt?

Wu Dschung-fu

Am Ufer

Ich stand so müßig wie das Schilfrohr steht
am Rand des Wassers. Leicht ward mir und kühl
ums Herz; der Sorgen drängendes Gefühl
sank mit der Sonne – war im Wind verweht,
als jäh, wie ein schwarzsträhniger Komet,
ein Schwarm von Raben auf die Äcker fiel.

Liu Ko-dschuang

Der Feldherr

Im Lager ziehn die Wachen auf
mit Trommel und Hellebarde.
Des Feldherrn Zelt ist wohlbewacht,
in Reihen steht die Garde.

Der Feldherr ist von edlem Blut,
muß nicht im Panzer schwitzen.
Nachts schickt er seine Soldaten aus,
die Pässe zu beschützen.

Der Feind, sagt er, fürcht' ihn zu sehr,
als daß er den Angriff wage,
und fröhlich auf die Jagd zieht er
nach Wildbret fürs Gelage.

Wenn voll von Wein die Zecher im Zelt
halb schlafend nur mehr lallen,
schenkt er den Mädchen als Entgelt
Seide, wohl hundert Ballen.

Was kümmert's ihn, daß mancher Soldat,
im Kampf zerschlagen, zerschunden,
nicht Geld genug für den Feldscher hat,
noch Pflaster für seine Wunden.

Hsje Yü

Winteridylle

Öd ist das Dorf. Die Hütte schief und alt.
In meinem Öfchen sind die kargen Flammen
des dürren Laubs schon längst herabgebrannt.
Der Nachtwind säuselt durch die Fugen kalt.
Ich kriech schildkrötengleich in mir zusammen.
Wer hätte in dem Elendsbild erkannt
ein Herz, das alles Enge abgestreift –
weit wie der Himmel, strahlend ausgespannt!

Yo Le-fa

Ein grimmes Lied, ein bittres Lied

Laßt das Studieren sein,
die Bücher sein!
Fünf Karren voll in seinen Kopf hinein
stopfte einst Hue Schi – und wozu?
Zerhackt den „Kosmosplan" – den Taidschitu!
Verbrennt die „Elegien von Tschu"!
Wein her!
Sing euch ein grimmes Lied,
ein bittres Lied.
Hört zu!

Die hohen Herren im Höflingskleid
mit Seidengürteln ellenbreit,
die mit viel Geist und viel Geschick
zu preisen wissen Yau und Schun,
die weisen Herrscher der Vergangenheit –
ich frag euch, reichen sie heran
an den Soldaten, der mit hänfnem Strick
zu binden weiß den Hunnenkhan?

Der Literat, der ein Essay,
am Pinsel kauend dann und wann,
mit manchem Ach und manchem Weh
zusammenstoppelt – he, sagt an,
was ist er gegen den Reitersmann,
der peitschenschwingend im Karree
Attacken reiten kann?

Ist den hochedlen Herren etwa nicht bekannt,
daß vor zwei Jahren schon der Feind ganz Setschuan
überrannt,
in diesem Jahr auch noch Tschengdu im Sturme
nahm?,
Mann, Frau und Kind – die ganze Stadt dabei ums
Leben kam,
daß grausamer die Mörderbrut als Tiger und Schakal,
daß unser Land in Blut ertrinkt,
daß unser Glanz und Ruhm versinkt?
Wißt ihr denn gar nichts von des Volkes Qual?

Wer faßt die Verräter?
Wer peitscht sie aus?
Wer fängt die Töter?
Wer jagt sie hinaus?
Wer streckt sie nieder
mit eiserner Hand?
Wer gibt uns wieder
das Vaterland?

Den hohen Herren im Seidenhut
ist nur das Schwert als Zierde gut,
wogegen sie mit Hochgenuß
parlieren über Menzius,
Ethik, Ästhetik und Kosmologie,
und das ermüdet sie auch nie.
Kommt man doch damit zu Ämtern und Ehren.
Nur sagt mir, was nützen die schönsten Karrieren,
wenn die Feinde Provinz um Provinz verheeren?
So groß auch das Land, wenn sie China vernichten,
wie wollt ihr euch retten, wohin wollt ihr flüchten?

Gebt euer Gold und Geld heraus!
Gebt euer Eisen her!
Laßt Pfeile machen uns daraus
und schmieden Spieß und Speer!

Ich reich euch gern ein gutes Schwert,
das beste Schwert im Land,
und wünsch dafür mir ein Panier
von euch als Gegenpfand.

Was nützt es, wenn man rühmt und ehrt
Geschwätz der Literaten?
Fortan sei Ehre nur gewährt
dem, der den Pinsel tauscht fürs Schwert,
Phrasen für Heldentaten.

Nicht Lobeshymnen wollen wir
den alten Herrschern singen.
Erkämpfen wollen wir hinfür
Würden mit scharfen Klingen,

wie Dschu-Go Ljang, Konfuzius
weise und mutig ringen.
Und selbst, wenn uns der Tod hinrafft,
bleibt ungebrochen unsre Kraft,
und nichts wird uns bezwingen!

Ach, ist ein grimmes, bittres Lied,
gesungen aus des Herzens Pein.
So hört auf mich, oh, hört auf mich!
Laßt das Studieren sein,
die Bücher sein!

Yüan-Dynastie, Ming-Dynastie und Tsching-Dynastie

1271–1911

Ma Dschi-yüan

Am Ende

Ranken verdorren an verkrüppelten Bäumen.
Raben krächzen ihr Abendgebet.
Ein Steg. Ein Bach. Armselige Hütten.
Eisig der Westwind weht.
Die Sonne glanzlos niedertaucht.
Ein Mensch, von tausend Schmerzen verbraucht,
auf staubiger Straße, auf hagerem Pferde,
angelangt am Ende der Erde.

Guan Han-tsching

Halb und halb

Still ist's vorm Fenster, smaragdgrün verhangen.
Er kniet vor dem Bett, will mich stürmisch umfangen.
Brüsk dreh ich mich um und schelt ihn und schein
sehr böse auf den Bösen zu sein –
und wehr mich doch halb nur, halb willig ich ein.

Gung Su

Nachts am Ufer

Du legtest an bei Nacht. Bleich lag der Strand.
Der Mond zerfloß in wogendem Gefunkel …
Dort – auf der Düne, wo dein Boot entschwand,
steht reglos starr ein Kranichpaar im Dunkel.

Tau Kai

Die alte Hellebardenspitze

Ausgescharrt beim Pflügen hatte
eine Hellebardenspitze
kürzlich bei Tschangan ein Bauer.
Alt war sie, uralt, das sah man,
und sie trug auch noch die Spuren
einer längst zerfreßnen Inschrift.
Nutzlos lag sie da vor mir –
stumpf, verwittert, die einst blitzend
scharf im Waffenglanz zum Blutrausch
Krieger aufgestachelt hatte.
Doch mir war's als seh ich wieder
überm abendlichen Schlachtfeld
Nebel, und die spitze, kalte
Hellebarde glimmt im düstren
Mondlicht, das wie Reiterheere
drohend Wolken überziehn.
Tausend Jahre in der Erde
lag die Hellebardenspitze,
und im schartigen Metalle
schwelt der Haß, der Blutrausch weiter
unvergessen: auf dem alten
Schlachtfeld, wo sie einst gemordet,
heulen Nacht für Nacht der Toten
Geister schaurig in den Lüften.

Damals hat das Heer von Dschau
einer, der den Krieg sehr leicht nahm,
Dschau Kuo, der General,
zu der Schlachtbank hier getrieben.

In den Hinterhalt geraten,
mußte sich sein Heer ergeben;
und der General von Tschin
ließ sie alle niedermetzeln,
alle, die er hier gefangen –
viermalhunderttausend Mann.
Viermalhunderttausend Leiber –
viermalhunderttausend Häufchen
Staub und Erde! Und wie Staub
längst verweht sind auch die Reiche,
die einst Dschau und Tschin geheißen.
Und wie einst so sinkt auch heute
rot wie Blut die Abendsonne,
schräg die Trümmerstätte streifend.

Alte Hellebardenspitze!
Meine Finger streichen sinnend
über die zerwetzten Kanten.
Traurige Gedanken weckst du;
traurig, Hellebardenspitze,
ist das Schicksal des Metalles,
das dich einst zur Waffe formte.
Was hat Menschen denn bewogen,
daß sie, statt zur scharfen Waffe,
nicht gebraucht zum Guß von Glocken
dein Metall, nicht für den Frieden
heilige Gefäße formten?
Weißt du, Hellebardenspitze,
daß du heut in andern Zeiten
wiedersiehst das Licht der Welt!
Frieden herrscht im Reich, und Waffen
schmilzt man ein und formt zur Pflugschar,
was einst Pflüger hingemordet –
Schwert und Speer und Hellebarde.

Ach, ich wünschte, daß der Kaiser,
der uns Frieden brachte, tausend,
abertausend Jahre lebe;
daß die Menschen niemals wieder
mordend deinesgleichen brauchten,
alte Hellebardenspitze!

Tschen Do

Die junge Nonne

Sie nahm die Ringe aus dem Ohr,
die Spangen aus dem Haar;
ihr Köpfchen ratzekahl man schor,
und keusch zu sein die Arme schwor
dem Buddha am Altar.

Daß sie der Fleischeslust entwisch,
muß sie nun meditieren.
Zum Reis kommt nur mehr auf den Tisch
Gemüse; weder Fleisch noch Fisch
darf sie fortan berühren.

Nirwana bleibt Nirwana – leer,
Trugbild der Phantasie;
doch immer noch wirkt erdenschwer
die Sinnenwelt rings um sie her,
und nichts entsinnlicht sie.

Mit Liebeskummer, Liebeslust
kämpft selbst noch der Adept;
und gegen Sehnsucht in der Brust
hat bisher noch kein Arzt gewußt
ein passendes Rezept.

Kein Mittel treibt ihr aus dem Leib
die menschliche Natur.
Ich rat dir darum, Nönnchen, bleib
ein Weib wie jedes andre Weib –
frisiert, nicht mit Tonsur!

Tschen Do

Der Lastträger

Sein bester Freund der hänfne Strick,
der Bambustragstock ist sein Nächstverwandter.
Und blickt er auf ein Jahr zurück:
Dreihundertfünfundsechzigmal
die gleiche Last, die gleiche Qual,
die gleichen langen Straßen rannt er.
Und hat er einmal doch das Glück,
sich ein paar Extramünzen zu erlaufen,
eilt er zur Schenke, um sich zu besaufen:
Dann fällt die Last – für einen Augenblick.
Und weiter geht's, von bittrer Not getrieben.
Und hat er sich die Schultern wundgerieben,
was kann er sich für seine Schmerzen kaufen,
was ist der Lasten und der Leiden Preis?
Ein Bündel Brennholz, eine Handvoll Reis.

玉皇山
慧日峯
南屏小
鐘樓
淨慈寺

Liu Tschju

Bergdorf

Von Bach und Teich umgürtet fern ein Dorf.
Ein schmaler Pfad schräg in die Berge führt.
Wer weiß, ob nicht auch dort noch Hütten stehn,
wo sich der Wald in Dunkelheit verliert!

Tschen Fu

Abendglocken

Versteckt in tiefem Tale liegt
ein Kloster an den Berg geschmiegt,

verborgen ganz im Bambushain
und rings umrankt von wildem Wein.

Die Glocke schallt, die Glocke schweigt.
Aus tiefem Tal der Nebel steigt.

Vom Bergquell kehrt mit ruhigem Blick
ein alter Mönch zum Tor zurück.

Von Fichtenzweigen tropft der Tau,
wie Perlen schimmernd grünlich-blau.

Der letzte Glockenton verhallt.
Das Klostertor geht knarrend zu.
Die Vögel suchen sich zur Ruh
ein Ästchen nun im Wald.

Liu Dschi

Des Soldaten Abschied

Als er sein Weib verließ, sprach der Soldat:
„Willst du, daß ich im Grabe Ruhe finde,
schau, daß der Junge mehr vom Leben hat:
Gib alle deine Liebe unserm Kinde!"

Feng We-min

Lob des Lachens

Ich bin's nun einmal so gewohnt:
Die Sonne und der Mond,
die nimmer ruhn
und so geschäftig tun,
reizen mich nur zum Lachen.
In wilden Wogen wälzt sich her die Zeit.
Die Gegenwart verschäumt
und wird Vergangenheit.
Tja!
Sagt mir, was ein Mensch versäumt,
wenn ihn die Welt, die sich gewaltig spreizt,
doch nur zum Lachen reizt?
Ein Traum ist sie, den ein Betrunkner träumt.

Hsje Lun-dau

Die unbeantwortete Frage

Der Held trotzt dem peitschenden Regen
und trägt als Mantel den Sturm.
In Staatskarossen fahren
sah ich manch elenden Wurm.

Wer weiß, ob der Pflugochs morgen
noch Futter zu fressen hat?
In des Kaisers Speichern fressen
sich fröhlich die Ratten satt.

Was der Himmel damit bezweckte?
Ich fragte ihn seufzend danach.
Worauf er sich grollend bedeckte
und nicht ein Wörtchen sprach.

Dschu Dsai-yü

Über den großen und den kleinen Menschen

Ein großer Mensch, des eignen Werts bewußt,
erträgt gefaßt das größte Mißgeschick;
der kleine Mensch, winkt ihm von fern das Glück,
wirft sich sofort gewaltig in die Brust.

Und wenn der Ehrgeiz auch das Maultier treibt,
sich wie ein stolzer Rappe zu gebärden –
ein Maultier wird doch nie ein Rappe werden,
da es dem Wesen nach maultierisch bleibt.

Dschu Dsai-yü

Über arm und reich

Ich rate dem Armen, nicht zu besuchen
Verwandte aus den höheren Ständen.
Er würde ja doch nur sein Schicksal verfluchen
und alle Liebesmüh nutzlos verschwenden.
Ich könnte ihm auch schon im voraus sagen,
wie man ihn aufnimmt, mit Wärme, mit Kühle:
Nach der Kleidung – neu oder abgetragen –
richtet das menschliche Herz die Gefühle.
Was du hast und bist, will der Hausherr wissen;
jung oder alt, das kümmert ihn nicht.
Du zählst nicht, sind deine Kleider zerschlissen:
ein vornehmer Rock verleiht dir Gewicht.

So scheint nun einmal die Welt zu sein.
Und denkt ihr, ich übertreibe vielleicht,
seht doch selbst: Bei jedem Mahl wird der Wein
ehrfürchtig zuerst dem Reichen gereicht.

Sun Wen-tschi

Vor einem alten Grabmal am Wegrand

Ein kahler Berg, um den ein Bach sich krümmt.
Ich machte halt vor einem alten Grab.
In morschen Fichten ächzt der Abendwind,
und faulig trieft ein trübes Naß herab.

Fragt hier der Wandrer nach dem tiefern Sinn,
der aus den Taten großer Männer dringt –
stumm starrt das Steinbild toter Dynastien
zur Sonne auf, die blutrot niedersinkt.

Yüan Hung-dau

Herbstabend

Wach träumend lag ich hinterm grünen Vorhang.
Da lugte hell der Mond zu mir herein.
Ich fragte ihn: Wann treffen wir uns wieder?
Wann? – In die Ewigkeit lud er mich ein.

Feng Meng-lung

Ich fiebre vor Angst, wenn du frierst

Liebster, ich bitt dich, fahr nicht hinaus!
Der Westwind rüttelt stärker am First.
Heut nacht gibt es Sturm. Mich schreckt das Gebraus.
Ach, kehr doch um, komm zurück in mein Haus!
Ich fiebre vor Angst, wenn du frierst.
Genieß noch die eine – nur diese Nacht!
Und hat morgen der Sturm sich gelegt,
dann laß ich dich ziehn, dann fahr hinaus.
Dann schlägt auch mein Herz, das sich Sorgen macht,
nicht mehr so aufgeregt.

Huang Tschun-yau

Eines Lümmels Klagelied

Dem einfachen Mann tut's von Herzen weh,
daß der Dienst so schwer in des Kaisers Armee:
Räuber im Süden und Räuber im Norden
plündern die Städte, sengen und morden.
Nördlich des Yangtse verhungern die Leute –
Und nachts teilen die Räuber heimlich die Beute
mit des Kaisers Soldaten, des Kaisers Obristen.
Die tun dann am Morgen, als ob sie nichts wüßten.
Die Dörfer sind leer, nur die Dorfstraßen säumen
bluttriefende Köpfe an allen Bäumen.

Dem einfachen Mann tut's von Herzen weh,
daß diesmal die Ernte schlechter denn je.
Das Land verdurstet, das wasserreiche:
Schon gräbt man Brunnen am Grunde der Teiche.
Den Bauern im Felde die Zunge verdorrt,
und die Heuschrecken fressen das Letzte noch fort.
Der Hof aber braucht noch mehr Steuern als früher.
Erbarmungslos sind die Steuereinzieher.
Du erkennst sie sogleich, begegnest du ihnen,
an den fürstlichen Kleidern, geldgierigen Mienen.

Dem einfachen Mann tut's von Herzen weh,
daß des Kaisers Minister schlimmer denn je.
Am Hofe wimmelt's von Klüngeln und Cliquen.
Die kriechen im Staube und krümmen den Rücken.
Doch fragt der Kaiser nach Mitteln und Wegen,
dann schweigen die Herren und hüsteln verlegen.

Dem Land ist ein rechter Mann vonnöten.
Am Himmel erscheinen schon drohend Kometen.
Die Sonne verfinstert sich düster am Himmel …
Ich möchte zwar gerne die Herren befragen,
warum sie nichts tun, doch fürcht ich, sie sagen:
Was kümmert denn das den Lümmel?

Dscha Schen-hsing

Gedanken nach dem Regen

Wenn einmal Regen fällt, dann glaubt man gleich,
das Jahr wird gut und jeder Bauer reich.

So sind die Menschen – sehn den Stern des Glücks
in der Befriedigung des Augenblicks.

Ich wünsch mir weniger noch als der Bauersmann:
Kühl sei die Nacht, daß ich gut schlafen kann.

Nalan Hsingde

Feldzug im Norden

An Bergen hin,
an Flüssen hin
zum Ulmen-Paß die Straßen ziehn.
Aus tausend Zelten Lichter glühn
bei Nacht.

Viel Stunden lang
der Schneesturm sang,
sang mir die Seele sehnsuchtskrank.
Hab nie gehört solch rauhen Klang
daheim.

Nalan Hsingde

Geschrieben, als ich im Schuanglin-Tempel übernachtete

Herabgebrannt zu Asche ist mein Herz.
Ein Mönch – das Haar noch ungeschoren.
Der Regen schwemmte fort, der Sturm vertrieb,
was mir vom Tod, was mir vom Leben blieb.
Der Leuchter nur – wie ich im dunklen Raum
verloren –
ein Fünkchen Licht – scheint mir verwandt.
Noch glimmt die Sehnsucht auf verworren
im Herzen, das zu Asche längst
herabgebrannt.

Yüan Me

Frühlingstag

Was die Natur dem Dichter bot
an Schönem, weiß er wohl zu hüten:
Zweige, übersät mit Blüten,
die im Frühlingsregen rot
zart durch Nebelschleier glühten.

Unbeweglich stundenlang
badet in der Sonne sich
jenes Wölkchen dort am Hang –
faul wie ich.

Yüan Me

Das Dichten

Denn Dichten ist, als ob man Laute spiele.
Aus jedem Klang erklingen die Gefühle
des Menschenherzens, das sich selbst erkennt,
und seine Sehnsucht, seine Ziele
ertönen auf der Seele Instrument.
Doch wenn das Herz in Ruhe sich befindet,
erlischt im Worte jener Feuerbrand,
der überspringend neue Flammen zündet.
Nur wenn es von Gefühlen übermannt,
von Schmerzen, die aus tiefer Seele dringen,
so wird der Schmerz, in Worten festgebannt,
auch andere zu Tränen zwingen.

Dschau I

Verirrt bei Nacht

Der Hahn hat noch nicht gekräht.
Der Mond ist untergegangen.
Wispernd der Wind aus dem Dunkel weht,
haucht kalt mir über die Wangen.

Ich stolpre im Finstern dahin,
rings von Schatten umdroht,
und aus dem Dunkel zwei Lichter glühn,
zwei Augen feuerrot.

Der Wind streicht eisigkalt
mir über Wangen und Haar.
Kann sehen nicht des Geists Gestalt,
seh nur das Augenpaar.

Mich Graukopf ficht nicht an
das Feueraug bei Nacht.
Ein rein Gewissen hält auch in Bann
der stärksten Geister Macht.

Und Wahrheit im Herzen ist
wie der Gott im Heiligtume,
vor dem der gräßlichste Spuk zerfließt
und wird zur Lotosblume.

Und als von Osten bleich
die ersten Strahlen kamen,
sah ich ein geborstenes Epitaph
mit längst verblichenem Namen.

Und als das Dunkel wich,
der Morgen dämmerte blaß,
da sah ich Gräber rings um mich
und hohes dürres Gras.

Wang Dschung

Der Räuber

Die Geschichte vom Räuber Tschju im Buch „Liezi"
machte einen so tiefen Eindruck auf mich,
daß ich die folgenden Zeilen niederschrieb:

Es war einst ein Räuber aus Hufu,
Tschju ward er genannt,
der hatte sich sattgegessen
und ruhte am Straßenrand.

Da kam ein Mann von Osten,
Yüan Dsching-mu hieß er,
die Straße dahergestolpert
und konnte nicht weiter mehr.

So ausgemergelt war er,
so müde und so schwach;
er wankte und er schwankte,
bis er zusammenbrach.

Der Räuber sah auf ihn nieder
und dachte still für sich:
Du bist kein Freund, kein Verwandter,
wer bist du schon für mich!

Was nützt das Menschsein dem Menschen,
hat ihn die Not verbraucht!
Der Hunger frißt dich wie Feuer,
bald hast du die Seele verhaucht.

Mich jammert dein Elend, wenn ich
auch schuld nicht daran bin.
Er gab aus dem Korb ihm zu essen
und reichte den Krug ihm hin.

„Wer zu essen hat, lebt", so sprach er,
„wer nicht, den frißt die Not.
Ein dürftiger Happen entscheidet
oft über Leben und Tod."

„In dieser Welt", sprach der andre,
„ist keiner mir gut gesinnt.
Nur du, ein Räuber, umsorgst mich
wie eine Mutter ihr Kind;

und holst dir doch Trank und Speise
mit Mühen und mit Gefahr,
trotzt dem Kaiser und seinen Soldaten
und der Gier der eigenen Schar.

Auf dich lauert mancher und wetzt schon
sein Schwert zum Todesstoß.
Gerichtet nach strengen Gesetzen
wirst du erbarmungslos.

Du aber hast vergessen
Sorgen und Mühn und Gefahr
und geteilt dein Mahl mit einem,
der dir ein Fremder war.

Was wäre dir schon geschehen,
hättst du es nicht getan!
Wer rechnet ein gutes Werk denn
dem Vogelfreien noch an!

Dich trieb das Mitleid im Herzen,
und willig halfst du mir.
O Räuber, großzügiger Räuber,
wer gleicht an Güte dir!

Einem, ins Elend verstoßen,
reichtest die Hand du hin.
Du könntest mit deinen Händen
die Welt aus dem Sumpfe ziehn,

die Menschheit vom Elend erlösen,
erheben den niedrigen Sinn! ..." –
Gern wär ich selbst Räuber gewesen,
gäb es noch Räuber wie ihn.

Huang Dsun-hsjän

London im Nebel

Ein Land, das die Sonne verloren hat,
ein dämmriges, schummriges, schlummriges Land.
Seit Monaten sitz ich in dieser Stadt
in meinem Stübchen und bet an der Wand
den Buddha des Lampenlichts an.
Hier spenden nur noch die Lampen Licht.
Ob es draußen Nacht, ob der Tag schon begann,
wo Norden, wo Süden, wo Osten und Westen,
das merkt man im Qualme der Nebel nicht,
die rauchig die Stadt verpesten.
Mühselig ist's, auf den Straßen zu gehn.
Kaum wagt man darüberzuschreiten.
Die Wagen wie Kücken beisammenstehn.
Geläut und Geklingel von allen Seiten.
Und öffnet im Nebel sich plötzlich ein Spalt,
erscheint wie ein düsteres blutrotes Rad
die Sonne – glanzlos und frierend kalt –
über der rauchigen Stadt.
Man sagt, daß die Erde die Sonne umkreist,
daß auf allen fünf Kontinenten
die Sonne auf Englands Besitzungen gleißt,
daß in dem Reiche, das England heißt,
der Sonne Strahlen nie enden.
Wer hätte gedacht, daß diese Stadt,
die fünf Kontinente knebelt,
so wenig Licht und Wärme hat
und so rauchig ist und vernebelt!

Tan Si-tung

Der Knabe mit dem Treidelseil

Der Nordwind kämmt
den Strom
mit wildem Geheul.
Schon hat die Wogenwand
das Boot vom Ufer hinweggeschwemmt.
Ein Knabe hält das Treidelseil –
keuchend angespannt,
sein schmaler Körper gegen den Sturm gestemmt.
Und die Männer im Boot
zittern und beben.
In eines Knaben Hand
liegt ihr Leben –
ihr Leben
und Tod.

Er fällt,
rafft sich auf mit Entsetzen,
kämpft mit dem Sturm
ungebrochen.
Fleisch hängt in Fetzen
am Seil.
Bis zum Knochen
zerrissen die Hand.
Seine Hand ist zerrissen –
Heil
kam das Boot an Land.

Weine nicht, Knabe, um deine Hand,
zerschunden, zerfetzt, zerrissen!
Weißt du, wieviel wir ertragen müssen
mit Zähnen zusammengebissen,
verschlossenem Mund!
Wär's nicht um deine Wunden,
lägen jetzt viele dort unten,
dort unten
auf dem Grund.

Anhang

Zeittafel der chinesischen Dynastien

Schang-Yin	etwa 17.–11. Jh. v. u. Z.
Dschou	etwa 11. Jh.–249 v. u. Z. (403–221 v. u. Z. die Periode der Streitenden Reiche)
Tschin	221–206 v. u. Z.
Han	206 v. u. Z.–220 u. Z.
Periode der Drei Reiche	220–266
Westliche Dschin	266–316
Östliche Dschin	317–420
Periode der Südlichen und Nördlichen Dynastien	420–589
Sue	581 (zuerst im Norden errichtet) –618
Tang	618–907
Periode der Fünf Dynastien	907–960
Nördliche Sung	960–1127
Südliche Sung	1127–1279
Yüan	1271 (zuerst im Norden errichtet) bis 1368
Ming	1368–1644
Tsching	1644–1911

Über die Dichter

BAI DSCHÜ-I (Bai-Chü-i*; 772–846) stammte aus einer armen Beamtenfamilie. Er erlangte den Dschinschi-Grad und bekleidete mehrere hohe Ämter in der Hauptstadt Tschangan, geriet eine Zeitlang in Ungnade und wurde verbannt, war dann Präfekt von Hangdschou (vgl. Su Dung-po) und Sudschou und brachte es schließlich bis zum Justizminister. Seine Dichtungen zeichnen sich durch Wirklichkeitsnähe und Zeitbezogenheit aus. In einem berühmt gewordenen Brief an seinen Freund Yüan Dschen stellte er ein literarisches Programm auf, das zu den interessantesten Dokumenten der chinesischen Literaturgeschichte zählt. Hier stehen Inhalt, Aktualität und sozialer Effekt an erster Stelle: Dichtung wird zum bewußten Sprachrohr einer sozialen Mission. Das erklärt auch, warum Bai Dschü-i zu einem in der Literatur Chinas ziemlich vernachlässigten Genre griff – zur Ballade. Dieses balladeske Element und einen volksliedhaften Ton finden wir auch oft in seinen kürzeren Gedichten. Nach der Überlieferung soll Bai Dschü-i seine Gedichte erst einer ungebildeten alten Dienerin vorgelesen haben, um zu sehen, wieweit sie auch dem Volke verständlich wären. Jedenfalls bemühte er sich, auf weitere Kreise, nicht nur auf die Gelehrten- und Beamtenschicht, einzuwirken.

BAU DSCHAU (Pao Chao; 416?–466) stammte aus kleinen Verhältnissen, wahrscheinlich aus einer armen Bauernfamilie. Verbittert auf sein Talent pochend, arbeitete er sich – von Prinzen des Herrscherhauses gefördert – zu höheren Ämtern empor. Doch offenbar gelang es ihm nie, das „Schandmal" des Emporkömmlings abzustreifen. Aus der Spannung zwischen seiner niederen Abstammung und seinen hohen Ambitionen ergab sich der betont sozialkritische Charakter seiner Dichtung – eine Seltenheit in der Literatur jener Epoche. Nicht

* In Klammern werden die Dichternamen in der englischen Umschrift nach Wade wiedergegeben.

nur in seinen Anschauungen zeigte sich eine rebellische Note; Bau Dschau durchbrach auch oft das Metrum der fünfsilbigen Zeile und schlug einen volksliedhaften Ton an, der, den Gefühlen freien Lauf gebend, zu variierenden Zeilenlängen führte. Aus seinen Liedern spricht echtes Gefühl – damals auch eine Seltenheit – und eine Impulsivität, die über alles Persönliche hinaus dem aufgespeicherten Haß des Geknechteten allgemein künstlerischen Ausdruck verleiht. Er wurde von plündernden Soldaten erschlagen.

„BUCH DER LIEDER“ (Schidsching; Shi-ching) wird eine Sammlung von rund dreihundert wahrscheinlich aus dem ersten Drittel des 1. Jahrtausends v. u. Z. stammenden Gedichten (die ursprünglich gesungen wurden) genannt, deren Redaktion später Konfuzius zugeschrieben wurde und die daher den Rang einer kanonischen Schrift erhielt. Wir finden darin Gedichte verschiedensten Inhalts – vom einfachen Volkslied bis zur Hymne und zum Ritualgesang des Hofes –, die sprachlich überarbeitet und bis zu einem gewissen Grad stilistisch vereinheitlicht zu sein scheinen. Die Einteilung der Lieder in die drei Gruppen „Feng“, „Ya“ und „Sung“ mag ursprünglich nach verschiedenen Typen von Melodien vorgenommen worden sein, obgleich in dem ersten Abschnitt (Feng) hauptsächlich Volkslieder, im dritten Abschnitt (Sung) nur Hymnen zu finden sind, also auch eine Einteilung nach Genres nicht auszuschließen ist. Doch Genre und Melodie standen einst sicher in engem Zusammenhang. Sehr heterogen ist der Inhalt des mittleren Abschnitts „Ya“, der noch in zwei Unterabschnitte – „Großes Ya“ und „Kleines Ya“ – zerfällt. Hier finden sich Ritualgesänge wie zum Beispiel die in unserer Sammlung übersetzten Ausschnitte aus zwei Ya-Liedern („Gesang von den illustren Ahnen des Königshauses der Dschou“) neben Liedern eines eher volksliedhaften Typus. Die Melodien sind schon sehr früh verlorengegangen. Einstmals waren sie zweifellos ebenso wichtig, wenn nicht wichtiger als die Texte. Neben den Aussprüchen des Konfuzius und Menzius gehörte auch das „Buch der Lieder“ bis vor kurzem zu jenem Bildungsgut der Feudalherren, das man unbedingt auswendig kennen mußte. Das erklärt den über zwei Jahrtausende währenden ungeheuren Einfluß dieser Lieder auf das Denken und Dichten Chinas.

„BUCH DER WANDLUNGEN“ (I-Dsching; I Ching) ist eine Art Handbuch für Wahrsager, das aus vierundsechzig sogenannten Gua

(Hexagramme: Kombinationen von sechs gebrochenen bzw. ungebrochenen Strichen) und einer Reihe von Kommentaren besteht, die sich im 1. Jahrtausend v. u. Z. um diese Gua angehäuft haben. Wahrscheinlich wurden zur Erklärung auch sehr alte Sprüche und Bruchstücke von Liedern herangezogen. Da man später die „Zehn Flügel" (oder „Zehn Anhänge": Kommentare, die eine philosophische Exegese anstreben) Konfuzius zuschrieb, wurde das „Buch der Wandlungen" in die kanonischen Schriften der Konfuzianer aufgenommen.

BUCH „LAUZI". Lauzi (Lao Tzu; Laotse; wahrscheinlich 5. Jahrhundert v. u. Z.) heißt wörtlich „Alter Meister" oder einfach „Alter". Der erste Biograph Lauzis, Si-ma Tschjän (um 100 v. u. Z.), gibt in seinem Werk „Historische Aufzeichnungen" recht deutlich zu verstehen, daß er sich eher auf legendäres als auf glaubwürdiges Material stützte, als er über jenen „Alten" schrieb, der angeblich mit dem Familiennamen Li und seinem persönlichen Namen Er (Ohr) geheißen haben soll. Daß der Autor des Buches „Lauzi" – wie Tschü Yüan (s. d.) – aus dem südlichen Königreich Tschu stammte, ist nicht unwahrscheinlich, da sich im Text des nur etwa fünftausend Schriftzeichen umfassenden Büchleins manche dem Tschu-Dialekt verwandte Ausdrücke finden. Lauzi soll Archivar am Hof der Dschou-Könige gewesen und von Konfuzius persönlich aufgesucht worden sein, der – und das klingt beinahe wie ein Treppenwitz der chinesischen Geistesgeschichte – sich bei ihm Auskunft über Fragen des Rituals holen wollte. Lauzi haßte nämlich nichts mehr als die „Riten" und die „Namen" (Hierarchie; Adelskaste), was jedem Leser des Buches „Lauzi" unweigerlich als eine seiner Grundtendenzen auffallen muß. Das philosophisch-soziale Anliegen des Buches „Lauzi" gipfelt in dem Gedanken einer Rückkehr der Menschheit und der Natur zu einem Goldenen Zeitalter ohne Differenzierung zwischen hoch und niedrig, arm und reich. Dem Weisen obliegt es, eine teils von philosophischen, teils aber auch noch von magischen Vorstellungen durchdrungene mystische Vereinigung mit dem Dau zu erzielen – daher auch der Name der Schule: Dauismus (Taoismus) – und durch sein Beispiel jene allgemeine Rückkehr anzuregen.

DSCHANG DSCHI (Chang Chi) erlangte 753 den Dschinschi-Grad und erwarb sich als Beamter in höheren Funktionen den Ruf großer Ehrlichkeit und Tüchtigkeit. Zugleich war er ein Gelehrter von Rang und ein begabter Redner. Seine Gedichte sind sprachlich schlicht, kräftig gezeichnet und von einprägsamer Bildhaftigkeit. Das in unsere Sammlung aufgenommene Kurzgedicht gehört bis heute in China zu den beliebtesten Werken der klassischen Lyrik.

DSCHANG DSCHIH (Chang Chi; um 768–830) erlangte den Dschinschi-Grad und bekleidete mehrere hohe Ämter, darunter auch eines im Ministerium für Wasserbauten. Er stammte aus einer armen Familie und litt an einer Augenkrankheit, weshalb ihn der Dichter Meng Dschjau den „armen blinden Dschang" nannte. Ähnlich wie Bai Dschü-i (s. d.) legte auch er großen Wert auf den sozialen Effekt – eine didaktische Wirkung der Poesie. In manchen seiner Gedichte enthüllt er mit unverhohlener Sympathie das Schicksal der Frau in der feudalistischen Gesellschaft. Dschang Dschih liebt keine starken Farben. Er erzielt seine Effekte eher durch Schärfe der Konturen und durch allmähliche Steigerung.

DSCHANG HSJÄN (Chang Hsien; 990–1078) war wie Liu Yung (s.d.) einer jener Dichter der Nördlichen Sung, die durch ihre Werke den Übergang von der kürzeren und kleineren Hsjauling-Form zur längeren („langsamen") Man-Form (vgl. Liu Yung) einleiteten. Auch er erwarb den Dschinschi-Grad und diente als Beamter am Hof, zog sich aber in späteren Jahren zurück und lebte auf dem Lande. Ein Verdienst Dschang Hsjäns besteht darin, daß er den Gebrauch einzelner Wörter in einem bestimmten Zusammenhang zu einer ungewöhnlichen Intensität und Dynamik zu steigern vermochte. So auch in „Frühlingsnacht" in der Zeile „Die Blumen nicken ihrem Schatten nach", die im Original durch die zugleich ungewöhnlich und doch selbstverständlich anmutende Verwendung des Schriftzeichens „nung", was „machen" oder „tun" heißt (hier also „Schatten machen" – aber viele Beibedeutungen kommen noch dazu: „sich spreizen", „kokett auf- und niederwippen" und so weiter), einen für den chinesischen Leser unvergeßlich schönen Eindruck erwirkt. An Thematik hat Dschang Hsjän allerdings so gut wie nichts Neues zu bieten. Bacchus und Amor sind die ausschließlichen Beherrscher seines dichterischen Pantheons.

DSCHANG LJANG-TSCHEN (Chang Liang-ch'en), Verfasser der „Kleinen Sammlung vom schneebedeckten Fenster", lebte um 1200.

DSCHA SCHEN-HSING (Cha Shen-hsing; 1650–1727) soll schon mit fünf Jahren Verse geschrieben haben. Er war ein vielseitiger Gelehrter, erlangte den Dschinschi-Grad und wurde Historiograph am Tsching-Hof. Die Frische seiner Landschaftsdichtung und die Klarheit der im Stil der besten Sung-Lyrik gezeichneten Vignetten aus dem Leben seiner Zeit stehen in einem merkwürdigen, aber sehr verständlichen Gegensatz zu den öden und steifen Panegyriken, mit denen der alternde Dichter wahrscheinlich seine Position zu stützen suchte.

DSCHAU I (Chao I; 1727–1814)erlangte den Dschinschi-Grad und zog sich nach einer erfolgreichen Beamtenkarriere zurück, um sich ganz seinen Studien hinzugeben. Die Ergebnisse seiner historischen Forschungen sind bis heute von Bedeutung. In seinen Gedichten neigt er oft zum Argumentativ-Didaktischen, doch hatte er im Gegensatz dazu auch einen ausgeprägten Sinn für das Humorvolle und bedachte die Spießer und Kriecher seiner Zeit mit Versen voll beißenden Spotts. Die übliche Tendenz der Literaten zur Nachahmung alter lyrischer Vorbilder verurteilte er scharf.

DSCHJA I (Chia I; 201–169 v. u. Z.) erhielt mit kaum mehr als zwanzig Jahren die Literatenwürde und diente in hohen Stellen am Hof des Han-Kaisers. Da er vorschlug, die Macht der Fürsten zugunsten der Zentralmacht zu beschränken, und für die Interessen der Bauernbevölkerung eintrat, wurde er vom Hof verdrängt und auf einen Hofmeisterposten bei Prinzen in der Provinz versetzt. Die Degradierung und erzwungene politische Untätigkeit bedrückten den sensitiven Künstler. Dschja I schrieb neben sieben Fu eine Reihe von Eingaben an den Thron und andere Prosastücke. Das bekannteste darunter ist sein Essay „Über die Fehler der Tschin-Dynastie", das nicht nur als klassisches Beispiel der historisch-politischen Analyse, sondern zugleich auch als sprachliches Meisterwerk bis in die Gegenwart zur Pflichtlektüre jedes einigermaßen Gebildeten in China gehörte.

DSCHJANG KUE (Chiang K'ui; 1155?–1235?) errang nicht nur als Tzi-, sondern auch als Schi-Lyriker sowie als Musiktheoretiker und Komponist einen Namen, der die Jahrhunderte überdauerte. Er hatte kein Glück in der Beamtenlaufbahn. Meist lebte er von der Gastfreundschaft seiner beamteten Dichterfreunde, unter denen sich die

Größten seiner Zeit befanden – Fan Tscheng-da, Yang Wan-li, Lu You, Hsin Tschi-dschi. Als er 1197 dem Sung-Kaiser Ningdsung eine Abhandlung über Musik (Musik spielte eine wichtige Rolle im Hofzeremoniell und bei Ritualhandlungen) überreichte, taten die neidischen Höflinge sogleich das Ihrige, um dem Talent den Weg nach oben zu verlegen. Im Jahre 1199 reichte er beim Thron zwölf panegyrische Gesänge ein. Als besondere Gunst gewährte ihm der Kaiser das Anrecht auf eine Prüfung im Ministerium der Riten: Dschjang Kue fiel durch. So trug er bis zu seinem Lebensende den „Kittel des Gemeinen" und wurde zu einem Musterbeispiel des Bohémien chinesischer Prägung. Er lebte meist als „Gast", reiste viel, unterhielt romantische Verhältnisse mit Künstlerinnen und glänzte als Polyhistor und vor allem als Dichter. Er heiratete die Tochter seines Poesielehrers Hsjau Dung-fu. Als er starb, hinterließ er nichts als seine Gedichte: Die Kosten für sein Begräbnis trugen Freunde. Dschjang Kue hatte ein feines Ohr für tonale Unreinheiten in den herkömmlichen Tzi-Melodien, die er korrigierte und in seinen eigenen Werken peinlichst vermied. Er komponierte auch eigene Melodien zu seinen Tzi-Dichtungen, von denen noch siebzehn in seiner besonderen Notenschrift als Marginalien zu den Liedtexten erhalten geblieben sind. Seine literaturtheoretischen Ansichten legte er in seinen Thesen „Über Poesie" nieder. Sein Gedanke, daß „wunderbare Höhen" im Gedicht zu erreichen seien, führte zu einer esoterischen Auffassung der Dichtkunst. Sein jüngerer Zeitgenosse Yän Yü nahm den Gedanken auf und postulierte als Nonplusultra der Dichtkunst eine Synthese von Zen-buddhistischer Meditation und künstlerischer Inspiration. Der Gedanke wirkte weiter. Das von Yüan Me bekämpfte Ideal „spiritueller Schönheit" Wang Schi-dschens (vgl. Yüan Me) leitete sich auf Umwegen von Dschjang Kue her. Zum Unterschied von seinen Tzi-Dichtungen, die oft allzu befangen im Suchen nach sprachlicher Schönheit und Musikalität ins Dunkle, Schwerverständliche hineingleiten und den Anspielungsmöglichkeiten des Zitats verfallen, erreichen Dschjang Kues kürzere Schi-Dichtungen oft tatsächlich „wunderbare Höhen".

DSCHU DSAI-YÜ (Chu Tsai-yü; geb. 1536) war ein Kollateralverwandter des regierenden Kaiserhauses. Sein Vater, erblicher Prinz von Dscheng, wurde wegen angeblicher verschwörerischer Umtriebe schuldlos ins Gefängnis geworfen, wo er nach neunzehnjähriger Haft starb. Dschu Dsai-yü weigerte sich, den erblichen Prinzentitel weiterzuführen, zog sich zurück und widmete sich der Musik und Dichtkunst. Er schrieb ein bedeutendes theoretisches Werk über Musik. Seine Lieder wurden im Gebiet der Provinzen Honan und Schansi eifrig kopiert und gesungen. Ihre erste Auflage im Druck erlebten sie allerdings erst 1821.

DSCHU DUN-RU (Chu Tun-ju) ist einer von jenen Dichtern der Sung-Dynastie, die den Einfall der Dschurdschen und den Verlust der nördlichen Gebiete Chinas miterlebten. Den Dschinschi-Grad erhielt er um 1135 und bekleidete mehrmals hohe Regierungsämter. Neben leichtfertig klingenden Versen schrieb er auch kräftigere Tzi-Dichtungen, in welchen er ergreifend die Besetzung des Nordens durch den Feind beklagt.

DSCHU SCHU-DSCHEN (Chu Schu-chen; um 1170) gilt neben Li Tsching-dschau als begabteste Dichterin der Sung-Dynastie. Sie lebte in Hangdschou, der Hauptstadt der Südlichen Sung (1127 bis 1279), deren Reich auf die südlichen und westlichen Provinzen Chinas zusammengeschmolzen war. Der Überlieferung nach soll sie einem nichtswürdigen Mann angetraut worden sein und ihr eheliches Mißgeschick Thematik und Tenor ihrer Dichtung bestimmt haben.

DSENG GUNG-LJANG (Tseng Kung-liang; 998–1078) soll als Präfekt von Dschengdschou so gut regiert haben, daß man „nachts die Tore nicht mehr zu verriegeln brauchte“. Seine hervorstechendsten Eigenschaften scheinen ein ernstes, würdevolles Gebaren und ein ungewöhnlicher Geiz gewesen zu sein.

DU FU (Tu Fu; 712–770) stammte aus einer alten Beamten- und Gelehrtenfamilie mit streng konfuzianischer Tradition, genoß eine sorgfältige Erziehung, fiel aber trotzdem 735 bei der Prüfung in der Hauptstadt Tschangan durch. Nach einigen Wanderjahren traf er 744 in Loyang mit Li Tai-bo (s. d.) zusammen. Das Erlebnis blieb für Du Fu unvergeßlich. Nach kurzer Zeit trennten sie sich, da Du Fu zum zweitenmal sein Glück bei den kaiserlichen Prüfungen in Tschangan versuchen wollte: Er fiel wieder durch – infolge einer Intrige des allmächtigen Kanzlers Li Lin-fu, der allen Talenten den Weg zu höheren Ämtern verlegen wollte. Der Ehrgeiz hatte Du Fu so stark gepackt, daß er zehn Jahre in der Hauptstadt ausharrte, um doch noch einen Grad zu erlangen. Seine Bemühungen, das Herz der

Hofschranzen mit Gedichten zu erweichen, schlugen fehl. Verarmt und enttäuscht, schrieb er:

Ich klopfe an der Reichen Tür,
trab hinter fetten Hengsten her.
Als Gnadenbrot zum Dank dafür –
der Bratenrest, ein Glas, halb leer.
Doch nie noch sah man mich verzagt,
und keinem zeige ich, wie sehr
die Schmach an meinem Herzen nagt.

Im Jahre 755 brach die Revolte An Lu-schans aus. Die Hauptstadt fiel. Du Fu wurde auf der Flucht gefangen und zurückgeschleppt. Er floh ein zweites Mal und erreichte die provisorische Hauptstadt Fenghsjang. Der Kaiser empfing ihn gnädig und ernannte ihn zu einem Zensor seines zusammengeschmolzenen Hofstaats. Nach ein paar Monaten schon fiel er wegen allzu großer Aufrichtigkeit in Ungnade und wurde entlassen. Nach längerem Umherirren kam er mit seiner Familie nach Tschengdu (Provinz Setschuan), wo er fünf verhältnismäßig ruhige Jahre in seiner Strohhütte verbrachte. Dann starben nacheinander seine Gönner und Freunde. Er mußte sich abermals auf die Wanderschaft begeben. Von Gicht geplagt, „taub auf dem rechten Ohr, den linken Arm gelähmt", war er den Strapazen der Heimreise nicht mehr gewachsen und starb in einem Boot auf dem Hsjang-Fluß in Hunan. Von Du Fu sind uns etwa 1500 Gedichte erhalten geblieben, die in ihrer Thematik so viel vom Zeitgeschehen und vom Leben der höheren Stände und des Volkes enthalten, daß man Du Fu später den „lyrischen Historiographen" nannte. Er verstand es wie kein zweiter, persönliche Erlebnisse – wie zum Beispiel in dem Gedicht „Rekrutenjagd" – bei aller Konkretheit der Darstellung so zu verallgemeinern, daß sie zeitlos und doch immer „persönlich" an das menschliche Empfinden zu rühren vermögen. In dieser Hinsicht übertrifft er auch Bai Dschü-i (s. d.); denn Du Fus besten Gedichten fehlt alles Gewollte und Didaktische: Sie strömen durch die Natürlichkeit ihrer Bilder unmittelbar in die Gefühlswelt des Lesers über.

DU MU (Tu Mu; 803–852) wurde der „kleine Du Fu" genannt, was insofern berechtigt war, als auch er in manchen seiner Gedichte und Prosaschriften scharfe Kritik an den Mißständen seiner Zeit übte. Er selbst hatte eigentlich viel Glück in seiner Beamtenlaufbahn, durchschaute die wahre Lage der Dinge und erkannte zugleich seine eigene Hilflosigkeit, den allgemeinen Verfall aufzuhalten. Daraus erklärt sich vielleicht auch seine zeitweilige Flucht in die Sphäre „Wein, Weib und Gesang", die in nicht unmäßig frivolen Gedichtchen ihren poetischen Niederschlag fand.

FAN DSCHUNG-YÄN (Fan Chung-yen; 989–1052) erwarb sich als hoher Beamter Verdienste um die Festigung der Reichsgrenzen gegen Einfälle von Fremdvölkern. Er war eine führende Gestalt in einer politischen Reformbewegung seiner Zeit. Der tiefe Ernst seiner konfuzianischen Ethik kommt am klarsten zum Ausdruck in den kraftvollen Schlußzeilen seines vielgerühmten Essays „Inschrift für den Turm am Yüeyang-See": „Früher als die ganze Welt sich Sorgen macht, sich sorgen; später als die ganze Welt sich freut, sich freuen" – für ihn Maßstab und Motto eines wertvollen Menschen. Für einen Dichter von so hohen ethischen Idealen taugte die für ernstere Stoffe viel geeignetere Schi-Form besser als die leichtfüßige Tzi-Strophe. So hat auch Fan Dschung-yän weitaus mehr Schi- als Tzi-Lyrik geschrieben und oft überhaupt Prosa vorgezogen. Das in dieser Anthologie wiedergegebene Tzi-Gedicht „Herbst an der Nordwestgrenze" zählt neben dem bereits erwähnten Essay zu jenen Werken Fan Dschung-yäns, die jeder gebildete Chinese kennen mußte.

FAN TSCHENG-DA (Fan Ch'eng-ta; 1126–1193) erlangte in jungen Jahren den Dschinschi-Grad, diente erst als Präfekt und wurde später zum Oberkommandierenden der kaiserlichen Truppen in Setschuan (vgl. Lu You) ernannt. 1170 ging er als Gesandter an den Hof der Dschin-(Dschurdschen-)Dynastie, wo er beinahe ermordet worden wäre. Im Jahre 1178 wurde er Vizekanzler, mußte jedoch wegen Meinungsverschiedenheiten mit dem Kaiser aus dem Dienst scheiden und lebte bis zu seinem Tod zurückgezogen auf seinem Gut Schihu (Steinsee), nach dem er sich auch „Einsiedler vom Steinsee" nannte. Fan Tscheng-da hat etwa zweitausend Gedichte im Schi-Stil hinterlassen, von welchen die in seinem Alterswerk „Ländliche Impressionen der vier Jahreszeiten" gesammelten einen großen Einfluß auf die Idyllendichtung der folgenden Jahrhunderte ausübten. Zum Unterschied von früheren und zeitgenössischen Idyllendichtern sieht Fan Tscheng-da auch das Elend der Landbevölkerung mit wachem Blick. In der Vielfalt seiner Beobachtungen des Landlebens übertrifft er sogar Tau Yüan-ming. Sein Engagement im Leben, seine doch recht erfolgreiche Karriere haben es vielleicht mit sich gebracht, daß Fan Tscheng-da in seiner Dichtung distanziert erscheint. Sein Interesse liegt mehr im Objekt: Das Subjekt fand genug Ausdruck im Leben. Hier unterscheidet sich seine Idyllendichtung sehr von der Tau Yüan-mings.

FENG MENG-LUNG (1574–1646) ist hauptsächlich als Kompilator und Redakteur alter Novellen und Opern bekannt. Er war eine sehr unkonventionelle Persönlichkeit, gab unter anderem auch „Berglieder" (vgl. Huang Dsun-hsjän) heraus und schrieb selbst Gedichte im volkstümlichen Tschü-Stil, gesammelt unter dem Titel „Sanfte Lieder", die leider bisher noch nicht aufgefunden werden konnten. Feng Meng-lung erhielt erst mit siebenundfünfzig Jahren einen niederen Grad bei den Prüfungen; mit einundsechzig wurde er Präfekt und soll sich durch Rechtschaffenheit und Milde ausgezeichnet haben. Noch mit einundsiebzig übte er eine rege politische Tätigkeit gegen die einfallenden Mandschus aus. Er starb nach dem Fall der Ming-Dynastie.

FENG WE-MIN (Feng Wei-min; um 1511–1590) erhielt 1537 einen hohen literarischen Grad und diente als Distrikt-Präfekt, später als Vizegouverneur. Er und seine beiden Brüder hatten sich schon zu ihrer Zeit durch ihre Lyrik und Prosa, insbesondere aber durch ihre Tschü-Dichtungen, einen Namen gemacht. Feng We-min übte in seinen Gedichten scharfe Kritik an der Verkommenheit des Beamtenstandes. Er schrieb einen leicht verständlichen, der Volkssprache angenäherten Stil. Im Jahre 1571 zog er sich in seinen Heimatort zurück. In erschütternden Bildern schilderte er das Elend der Bauernbevölkerung. Wegen der Wucht seiner Sprache wurde er später „Hsin Tschi-dschi (s. d.) der Tschü-Lyrik" genannt.

GAU SCHI (Kao Shi; 702–765) stammte aus armen Verhältnissen und führte in jungen Jahren das Leben eines gelehrten Bettlers und verkannten Genies, bis es ihm gelang, die Bekanntschaft des berühmten Generals Go Schu-han zu machen und dessen Sekretär zu werden. Hernach brachte er es zu hohen zivilen und militärischen Ämtern. Ebenso wie Tsen Schen (s. d.) fesselte auch ihn das bewegte Leben des Soldaten im Grenzland, für dessen Heldenmut und Leiden er Achtung und Sympathie empfand. Gau Schis Bilder erscheinen oft gegen einen weiten Hintergrund gemalt, so daß sie große, bedeutungsvolle Zusammenhänge erahnen lassen. Gelegentlich erfaßte auch ihn die Kriegsbegeisterung; dann pries er überschwenglich die nicht immer moralisch entschuldbaren Waffentaten der Tang-Armeen. Aber die Leiden seiner jungen Jahre scheinen ihm auch im späteren Wohlstand die Augen für das elende Leben der Bauern und Soldaten offengehalten zu haben.

GO TJÄN-MIN (Ko T'ien-min; um 1200) war anfangs buddhistischer Mönch, legte später die Kutte wieder ab, ohne sich jedoch um eine Beamtenkarriere zu bemühen. Viele seiner berühmten Zeitgenossen schätzten ihn als Dichter.

GUAN HAN-TSCHING (Kuan Han-ch'ing; um 1220–1300) stammte aus Dadu, wie Peking zur Zeit der mongolischen Yüan-Dynastie genannt wurde. Aus seinen Tschü-Dichtungen entnehmen wir, daß er trotz großen Wissens und vielseitiger Begabung nicht die Beamtenkarriere erstrebte, sondern sich in den „niederen" Regionen des städtischen Lebens – unter Schauspielern, Sängerinnen, Geschichtenerzählern – heimisch machte, in allen Künsten des Schauspielers selbst bewandert war und die Opernbühne sowohl als Mittel zur Selbstbehauptung wie auch als Plattform für eine wirkungsvolle Kritik an der bestehenden Ordnung gebrauchte. Erschütternd ist der bittere Humor seines berühmten Gedichts „Ich beuge mich dem Alter nicht", das ein wenig an den französischen Dichter François Villon erinnert. Er schrieb über sechzig Opern, von welchen nur vierzehn erhalten geblieben sind. Wie in seinen Opern zeigt er auch in seinen Tschü-Dichtungen ein tiefes Verständnis für die Seele der Frau. Sein bekanntestes Libretto „Justizverbrechen an Dou O" ist ein unmißverständlicher Angriff gegen das Beamtentum und damit gegen das Regime.

GU HSÜAN (um 935) war Marschall im Königreich Schu (in der heutigen Provinz Setschuan). Von seinen Tzi-Gedichten, die sich durch Zartheit und zugleich Tiefe des Gefühls auszeichnen, sind nur fünfzehn erhalten geblieben.

GUNG SU (Kung Su; um 1270) verschmähte es, nach dem Fall der Sung-Dynastie den mongolischen Eroberern (Yüan-Dynastie) zu dienen. Er und sein Bruder galten als bedeutende Gelehrte und Dichter.

GUO HSJANG-DSCHENG (Kuo Hsiang-cheng; um 1080) hatte sich schon in jungen Jahren einen Namen als Dichter erworben. Er erlangte den Dschinschi-Grad und bekleidete das Amt des Präfekten im Distrikt Wugang.

HAN-SCHAN-DSI (Han-Shan-tzu; dieser Beiname heißt „Meister vom Kalten Berg"; der wirkliche Name ist unbekannt; um 680 bis um 790) soll ein buddhistischer oder dauistischer Mönch gewesen sein. Er lebte sicher eine Zeitlang im Tjäntai-Gebirge (Provinz Tschekiang). Ebenso wie sein Freund, ein dichtender Mönch namens Schide, und Wang Fan-dschi (s. d.) verwendet Han-Schan-dsi in seinen Gedichten zum Unterschied von der Literatendichtung ein einfaches, leicht ins Ohr gehendes, volkstümliches Idiom. Buddhistische und dauistische Anschauungen fließen in seinen Gedichten unwillkürlich zusammen.

HAN YÜ (768–824) erlangte den Dschinschi-Grad und war kaiserlicher Zensor und Lehrmeister an der höchsten staatlichen Schule. Infolge einer Eingabe an den Thron, in der er von der kostspieligen Überführung einer Reliquie Buddhas in die Hauptstadt abriet, wurde er degradiert und in die Provinz verbannt. Han Yü ist als Hauptvertreter der sogenannten „Bewegung für die Wiedereinführung der alten Literatur" bekannt, einer Reformbewegung, die mehr als rein literarische Ziele hatte: ein endgültiges Loskommen von dem manieristischen und formalistischen Stil der Periode der Sechs Dynastien (etwa 4.–7. Jahrhundert) und die Forderung nach einer ethischen (im Sinne des Konfuzianismus) Aussage. Han Yü war auch bemüht, einen eigenen Stil zu finden, was ihn oft zu Bizarrerien verleitete. Im allgemeinen ist er als Verfasser von Prosaschriften mit streng logischer Gliederung, kraftvoller Darstellung und zugleich starker Emotionalität bedeutender denn als Lyriker.

HO DSCHI-DSCHANG (Ho Chih-chang; 659–744) erlangte den Dschinschi-Grad und stieg unaufhaltsam aufwärts zu den höchsten Ämtern. Als er in hohem Alter aus dem kaiserlichen Dienst schied, um ein dauistischer Priester zu werden, gaben ihm sämtliche Prinzen und Würdenträger des Hofes das Ehrengeleit. Er war eine unkonventionelle Gestalt, natürlich und unverfälscht trotz seines langjährigen Dienstes am Hof. Mit Li Tai-bo (s. d.) verband ihn die Freundschaft wesensverwandter Geister. Von seinen Gedichten sind vor allem die

Vierzeiler durch ihre natürliche Frische und zugleich Eigenwilligkeit des Stils beliebt. Ho Dschi-dschang war auch ein berühmter Kalligraph und wie sein Freund Li Tai-bo dem Weine sehr ergeben.

HSIN TSCHI-DSCHI (Hsin Ch'i-chi; 1140–1207) wurde in der von den Dschurdschen besetzten Stadt Dschinan (heutige Provinz Schantung) geboren. Im Jahre 1161 scharte er über zweitausend Freiwillige um sich, mit denen er in das Heer Geng Dschings eintrat, der sich gegen die Herrschaft der Dschurdschen erhoben hatte. Ein Jahr darauf ging er im Auftrag Geng Dschings mit einer Botschaft an den Hof des chinesischen Kaisers Gaudsung (Südliche Sung-Dynastie), der vor den Dschurdschen südwärts geflohen war. Nach dem Zusammenbruch des Aufstands trat Hsin Tschi-dschi in den unmittelbaren Dienst des Sung-Hofs, wo er trotz seiner Verdienste und seiner überschäumenden Begeisterung für die Sache der Befreiung des Vaterlandes mit Mißtrauen und Vorsicht behandelt wurde; die Sung-Kaiser zogen nämlich ein ruhiges und vergnügliches Leben im sonnigen Süden ihres zusammengeschmolzenen Reiches den Störungen des Krieges vor. Nur zweimal wurden Hsin Tschi-dschi noch wichtigere Ämter anvertraut – mehr, um sein Ansehen auszunutzen, als um ihm eine politisch-militärische Chance zu geben. Von den mehr als vierzig Jahren, die er im Reiche der Sung-Kaiser verlebte, war er etwa zwanzig Jahre ohne eigentliche amtliche Tätigkeit. Man geizte nicht mit Sinekuren, solange er sich ruhig verhielt und nur Gedichte machte. So wurde Hsin Tschi-dschi einer der fruchtbarsten Tzi-Dichter Chinas aus Seelennot, da er sein großes militärisches und politisches Talent, das er im Kampf, in einer Unzahl kluger Vorschläge und Denkschriften und auch in seiner zivilen Amtstätigkeit immer wieder bewiesen hatte, nutzlos vergeudet sah. Ebenso wie Lu You (s. d.) lebte er nur für das eine Ziel: China vom Feindesjoch zu befreien. Er suchte nicht die für den enttäuschten Literaten übliche Flucht in ein mehr oder minder gespieltes Eremitendasein. Immer wieder spricht er mit Stolz und Wehmut von seiner Jugend; damals war ihm im unmittelbaren Erlebnis des Kampfes der Sieg über die Dschurdschen greifbar nahe erschienen. Der Sung-Hof hatte alsbald alle seine Hoffnungen zertrümmert. Zwei Jahre vor seinem Tode wurde er unter Anklage gestellt und aus dem Amt geworfen. Man beschuldigte den sechsundsechzigjährigen Dichter der „Lüsternheit, Bestechlichkeit, Grausamkeit ...“, alles Eigenschaften, die er wohl mit viel mehr Recht seinen Anschuldigern hätte vorwerfen können.

Hsin Tschi-dschi schrieb auch eine ausgezeichnete Prosa. Seine Eingaben an den Thron sind Meisterwerke ihrer Art und zeugen von der Weite und Schärfe seines Geistes. Doch ist er vor allem als Tzi-Lyriker des „kraftvoll-erhabenen“ Stils einer der gefeiertsten Dichter Chinas. Er war ungeheuer belesen und hatte ein so ausgezeichnetes Gedächtnis, daß er Zitate gleichsam aus dem Ärmel schütteln konnte. Aber merkwürdigerweise wirken sie bei ihm selten störend, ja sie erscheinen meist sogar geradezu notwendig. Denn Hsin Tschi-dschi suchte offensichtlich nicht nach gekünstelten Redeformen: In der Glut seiner leidenschaftlichen Seele vermochte er selbst den Schrott der Vergangenheit umzuschmelzen und in seine ehernen Verse einzuschmieden.

HSJAU GANG (Hsiao Kang; als Kaiser Dschjän Wen bzw. Chien Wen genannt; 503–551) war der dritte Sohn des ersten Kaisers der Ljang-Dynastie (502–557). Er regierte selbst nur zwei Jahre; ein rebellierender General räumte ihn beiseite. Als Kronprinz bewegte er sich gern in Dichterkreisen. Er gilt als ein prominenter Vertreter des „Palast-Stils“. In seiner Biographie lesen wir, daß er schon „mit sieben Jahren eine Schwäche für die Poesie zeigte, die auch nicht abklang, als er älter wurde“. Thematisch beschränkten sich seine Gedichte auf das Hofleben – mit einer ausgesprochenen Vorliebe für das Erotische.

HSJE LING-YÜN (385–433) stammte aus einem Adelsgeschlecht mit einer Reihe illustrer Ahnen. Er selbst bekleidete mehrmals höhere Ämter, darunter auch das eines Präfekten des landschaftlich schönen Distrikts Yungdschia (Provinz Tschekiang). Wanderlust und Liebe zur Natur bestimmten Hsje Ling-yüns Thematik. Er und einige andere Dichter seines Zeitalters bereiteten durch bewußte Abkehr von der spekulativ-philosophischen Richtung ihrer Vorgänger und durch ihr liebevolles Interesse für die Natur die große Epoche der chinesischen Landschaftslyrik vor, die in der Tang-Zeit ihren Gipfel erreichte. Hsje Ling-yün wurde getötet, nachdem er sich in einem bewaffneten Aufstand gegen die Sung-Dynastie erhoben hatte.

HSJE LUN-DAU (Hsieh Lun-tao; um 1530–1600) soll bereits mit acht Jahren schriftstellerische Begabung gezeigt haben. Obzwar er von Jugend an hinkte, erwählte er die militärische Laufbahn und brachte es bis zum General. Ungeachtet seiner Verdienste wurde er von der allmächtigen Eunuchenclique am Hof verdrängt und lebte fortan in Zurückgezogenheit in seinem Heimatort als „Marschall der Dichtkunst“. Mit volkstümlichen Tschü-Liedern unternahm er einen Frontalangriff auf eine Reihe sehr heikler Punkte in Staat und Gesellschaft.

HSJE TJAU (Hsieh T'iao; 464–499) diente schon jung in hohen Stellen am Hof der Tschi-Dynastie (479–502). Er selbst scheint Beamtenposten in der Provinz vorgezogen zu haben, vielleicht weil man sich dort den Gefahren der Hofintrigen besser entziehen konnte. Eine Zeitlang war er Präfekt in dem landschaftlich reizvollen Bezirk Hsüantscheng (Provinz Anhue). Li Tai-bo (s. d.), der ihn verehrte, verfaßte dort fast dreihundert Jahre später sein berühmtes „Abschiedslied, geschrieben im Pavillon des Dichters Hsje Tjau“. Aber schließlich wurde Hsje Tjau doch das Opfer einer Hofintrige und starb im Gefängnis. Hsje Tjau gewann der Natur, die Hsje Ling-yün und andere als Hauptthema in die Lyrik eingeführt hatten, neue Seiten ab. Die dritte Strophe des Gedichts „Auf dem Turm am Dschung-Berg bei Nanking“ mag jenes Neue, jene Freude, mit kargen ungekünstelten Strichen eine Fülle von Bewegung und Farbe wiederzugeben, illustrieren. Wo bei Hsje Ling-yün noch die Liebe zum Wort und zu unbestimmtem mystischem Dunkel überwog, bricht bei Hsje Tjau die Liebe zur Natur und zu natürlicher Klarheit hervor.

HSJE YÜ (Hsieh Yü) stammte aus dem landschaftlich schönen Distrikt Yungdschja in der Provinz Tschekiang (vgl. Hsje Ling-yün). Vielleicht auch aus Lokalpatriotismus bevorzugte er den Stil der Yungdschja-Schule, so genannt nach vier Dichtern der Sung-Zeit, die alle aus Yungdschja stammten und ihrerseits wieder den Stil zweier Dichter der Tang-Zeit – Yau Ho und Dschja Dau (um 800) – nachahmten. Im Jahre 1256 erlangte Hsje Yü den Dschinschi-Grad.

HUANG DSUN-HSJÄN (Huang Tsun-hsien; 1848–1904) stammte aus Südchina. Die „Berglieder“ (Wechselgesänge der Dorfjugend, bei der Arbeit im Hügelland gesungen; oft improvisiert) seiner Heimat dienten ihm als Modell für seine ersten Dichtungen und beeinflußten sein gesamtes lyrisches Schaffen. „Ich schreibe so, wie ich spreche“, lautete sein Motto. Obzwar er immer noch im klassischen Stil schrieb, hielt er sich nicht mehr streng an erstarrte tonale und metrische Muster und suchte vor allem inhaltlich der Lyrik neue Gebiete zu eröffnen. Dabei half ihm der Umstand, daß er als Diplomat Japan, England und Amerika kennenlernte und die Ereignisse seiner Zeit in einem größeren Zusammenhang sehen konnte als die meisten seiner dichtenden Zeitgenossen in China. An dem mißglückten Reformversuch Kang You-wes, der sogenannten „Hundert-Tage-Reform“ von 1899, nahm er aktiv teil. Unter anderem schrieb Huang Dsun-hsjän auch ein Prosawerk über Japan. Seine Bedeutung in der chinesischen Literatur liegt vor allem darin, daß er durch Beweglichkeit der Form und Erweiterung des Inhalts der vergreisenden klassischen Lyrik Chinas noch einmal jugendliche Kraft gab.

HUANG SCHANG (Huang Shang) erlangte 1182 den Dschinschi-Grad und wurde als prinzlicher Präzeptor bestallt. Nach dem Regierungsantritt des Kaisers Ningdsung (1195) leitete er das Ministerium der Riten.

HUANG TING-DSCHJÄN (Huang T'ing-chien; 1045–1105) galt zu seiner Zeit als höchste Autorität in der Domäne der Schi-Lyrik. Er verehrte unter allen Dichtern Chinas insbesondere Du Fu und suchte sich durch Nachahmung seinem großen Vorbild formal anzugleichen. Als Literaturtheoretiker empfahl er, „nicht ein Wort zu schreiben, das sich nicht (als Zitat) belegen läßt“. Da Huang Ting-dschjän aus der Provinz Kiangsi stammte, wurde die von ihm begründete Dichterschule „Kiangsi-Kreis“ genannt. Seine Voreingenommenheit für formale Aspekte des künstlerischen Schaffens übte angesichts seiner großen Popularität eine sterilisierende Wirkung auf die Gefühlswelt der Schi-Dichtung aus. Was Huang Ting-dschjän an dichterischer Kraft fehlte, scheint er als Kalligraph besessen zu haben; hier liebte er das Schroffe, ja Exzentrische. Als Tzi-Lyriker hat er ein paar Gedichte hinterlassen, die seinem theoretischen Konzept über die Dichtkunst glücklicherweise widersprechen.

HUANG TSCHUN-YAU (Huang Ch'un-yao; 1605–1645), geboren in der Gegend des heutigen Schanghai, erwarb den Dschinschi-Grad, trat aber nicht in den Beamtendienst ein. Als die Mandschu-Armee in seinen Heimatort einbrach, erhängte er sich gemeinsam mit seinem Bruder in einem Kloster. Seine Prosa ist sachlich und von einer schönen herben Schlichtheit. In vielen seiner Gedichte ahmt er gefühlvoll Tau Yüan-ming (s. d.) nach. Sein Stil ist knapp und klar. Von großer Kraft sind seine von Erbitterung getragenen Anklagen gegen die Mißherrschaft des Hofs und der Beamtenschaft.

LI DSCHING (Li Ching; 916–961) war der zweite Kaiser der Südlichen Tang und Vater Li Yüs (s. d.). Eigentlich waren er und sein Sohn auch dem Titel nach keine richtigen Kaiser mehr, denn Li Dsching zog einer kriegerischen Auseinandersetzung mit dem mächtigeren Dschou-Kaiser Unterwerfung unter dessen Oberhoheit vor. Viel erfolgreicher denn als Kaiser war Li Dsching als Tzi-Dichter; hier schuf er ein Imperium, das seinen Wert bis in unsere Tage erhalten hat – seinen eigenen Stil, unnachahmbar andeutungsvoll und doch zugleich deutlich; prägnant und präzise; schlicht, doch nicht einfach. Von seinen Gedichten sind nur vier erhalten geblieben – allerdings jedes davon ein Meisterwerk. Li Dsching starb im neunzehnten Jahr seiner Regierung.

LI HO (791–817) war ein Kollateralverwandter der regierenden Dynastie. Er konnte wegen familiärer Tabu-Rücksichten nicht zur Dschinschi-Prüfung antreten und scheint auch selbst keine große Lust für die Beamtenlaufbahn verspürt zu haben, obwohl er im Ministerium der Riten ein höheres Amt bekleidete. Neben Li Tai-bo (s. d.) ist er wohl der größte Romantiker unter den Tang-Dichtern, allerdings mit einem Hang zum Dämonischen, Unheimlichen, der bei anderen Dichtern seines Zeitalters sonst kaum zu finden ist. Diese transzendente Komponente in seinen Dichtungen überschattete aber nur selten seine zumindest ebenso starke rationelle und realistische Tendenz. Das Gedicht „Schamanin“ zeigt recht deutlich diese Zwiespältigkeit seines Wesens. Auch trug ihn seine Phantasie nicht so weit fort vom Leben, daß er die Unglücklichen seiner Zeit übersah. Davon zeugen Gedichte, die in der Thematik, weniger in der Diktion, an Bai Dschü-i (s. d.) erinnern.

LI HSÜN (um 855–930) diente am Hofe des Königs von Schu (heutige Provinz Setschuan). Seine Schwester zählte zu den Hofdamen höchsten Ranges. In Li Hsüns Tzi-Dichtungen steht der Dichter gewissermaßen über den Dingen und beobachtet scheinbar unbeteiligt. Dieser Geist war es vielleicht auch, der ihn zur Abfassung eines wissenschaftlichen Werkes – einer Heilmittelkunde – bewog.

LIN FU (967–1028) verzichtete auf eine Beamtenkarriere und lebte in Zurückgezogenheit auf einer Insel des Westsees bei seinem Heimatort Hangdschou. Er soll nicht geheiratet haben und seine „Pflaumenbäume wie eine Frau, seinen Kranich wie einen Sohn“ geliebt haben. Jedenfalls war er ein wenig exzentrisch. Seine Gedichte atmen eine ungekünstelt anmutende Ruhe aus; seine Bilder sind unaufdringlich, jeder Überfärbung abhold und nur auf die Feinheit der Konturen bedacht wie chinesische Tuschzeichnungen von Bambusstauden oder Pflaumenzweigen.

LI SCHANG-YIN (Li Shang-yin; 812–858?) erlangte den Dschinschi-Grad und bekleidete mehrere höhere Regierungsämter, wurde dann aber in Hofintrigen verwickelt und aus der Beamtenkarriere für immer hinausgedrängt. Die künstlerische Vollkommenheit von Li Schang-yins Versen hat ihn zu einem der am meisten nachgeahmten Vorbilder späterer Dichter und Dichterlinge gemacht. Von unübertroffener Schönheit sind seine landschaftlichen Stimmungsbilder. Der Schmerz und zugleich die Vorsicht, die sich aus seiner gewaltsam abgebrochenen Beamtenlaufbahn ergaben, mögen daran schuld gewesen sein, daß er oft zu künstlich verschleiernden poetischen Mitteln, einer Art Symbolsprache, griff und in eine gewisse L'art-pour-l'art-Tendenz verfiel. Viele seiner Gedichte tragen wohl absichtlich den Titel „Ohne Titel“.

LI TAI-BO (Li T'ai-pai; 701–762) war als Kind mit seinem Vater aus dem Westen (Turkestan?) nach Setschuan eingewandert. Wahrscheinlich waren seine Vorfahren um 600 dorthin verbannt worden. Seine Jugend scheint er mit eifrigen Studien, literarischen Versuchen, Fechten und Wandern verbracht zu haben. In seinem fünfundzwanzigsten Lebensjahr verließ er sein Vaterhaus, durchstreifte sodann mehrere Provinzen Chinas und heiratete die Enkelin eines früheren Kanzlers. Mit vierzig wurde er auf Empfehlung eines einflußreichen dauistischen Priesters in die Hauptstadt Tschangan berufen. Dort war er als eine Art literarischer Berater bei manchem Hofgelage des Kaisers Hsüendsung zugegen, wo er auch auf Befehl Verse schmieden mußte. Dem ungestümen, freiheitsliebenden Charakter Li Tai-bos lag dieses Leben nicht. Nach drei Jahren hatte er sich so viele Feinde gemacht, daß er die Hauptstadt wieder verlassen mußte. Seine ursprünglichen Erwartungen, aktiv in das politische Leben eingreifen zu können, waren in der schwülen Atmosphäre des

Hoflebens erstickt worden. Wieder nahm er sein Wanderleben auf. In Loyang traf er mit Du Fu (s. d.) zusammen. Die beiden Dichter fanden Gefallen aneinander, trennten sich aber wieder, da es Du Fu in die Hauptstadt zog, um an der kaiserlichen Prüfung teilzunehmen. Li Tai-bo reiste dann eine Zeitlang im Südosten, Norden und Westen Chinas umher. Inzwischen war der Aufstand An Lu-schans ausgebrochen. Li Tai-bo schloß sich in Anhue dem Prinzen Lin von Yung an, einem jüngeren Bruder des regierenden Kaisers, der Truppen gegen die Aufständischen zusammenzog. Der Kaiser jedoch verdächtigte Prinz Lin, selbst nach der Krone zu streben. Der Bruderzwist hatte für Li Tai-bo böse Folgen: Er wurde ins Gefängnis geworfen, dann in den fernen Süden verbannt. Auf dem Weg in seinen Verbannungsort erreichte ihn die Begnadigung. Er war bereits einundsechzig, als er sich plötzlich entschloß, mit dem General Li Guang-bi gegen die Rebellen zu marschieren. Auf dem Weg erkrankte er und starb. – Li Tai-bo ist neben Tschü Yüan vielleicht der phantasievollste Dichter Chinas. Auch er liebte es, in den Regionen der Feen und Geister umherzuschwärmen – aber darin erschöpfte sich sein Wesen nicht: In ihm trafen sämtliche Spielarten religiös-philosophischer Anschauungen mit traditioneller Gelehrsamkeit und dem Stolz, Wagemut und der ungestümen Lebensfreude eines fahrenden Ritters zusammen. Als eine Ausnahme unter den Dichtern Chinas hat Li Tai-bo sich nie als Kandidat bei den kaiserlichen Prüfungen gestellt. Hingegen gab er sich gern mit buddhistischen und dauistischen Einsiedlern ab und verteidigte in seiner Jugend mit dem Schwert in der Faust das Recht der Unterdrückten. Seine Dichtung ist ein gewaltiger Protest gegen die Niedrigkeit der Erhabenen seiner Zeit, um so gewaltiger, da er durch seine Gelehrsamkeit, Kühnheit und Phantasie alle Regionen – irdische und überirdische – in diesen Protest mit einbeziehen konnte.

LI TSCHING-DSCHAU (Li Ch'ing-chao; 1084–um 1151) ist eine der größten Dichterinnen Chinas. Ihr Vater, Li Go-fe, gehörte zu den bedeutendsten Gelehrten seiner Zeit. Ihr Gemahl Dschau Mingtscheng, dem viele ihrer Gedichte gewidmet sind, machte sich einen Namen als Sammler und Kenner chinesischer Altertümer. Als Tzi-Dichterin vertrat Li Tsching-dschau in der Praxis wie auch theoretisch – sie schrieb ein Traktat über die Tzi-Lyrik – die Ansicht, daß sich diese Form der Dichtung durch ihren melodiösen Charakter von der Schi-Lyrik zu unterscheiden habe. Die bis zur äußersten Gespanntheit prägnante und unmittelbare Wiedergabe ihrer Gefühlswelt – insbesondere nach dem frühen Tod ihres Gemahls – verleiht Li Tsching-dschaus Dichtung einen eigenartigen Reiz: einen Gefühlston, der, äußerlich eher sachlich wirkend, den Leser doch tiefinnerlich ergreift. In ihrer Schi-Lyrik, die nichts von ihrem persönlichen Schicksal zu verraten scheint, wendet sie sich den Geschehnissen ihrer Zeit zu.

LIU ANG erlangte 1175 während der Spaltung Chinas zur Zeit der Südlichen Sung als Untertan der fremdländischen Dschin-Dynastie den Dschinschi-Grad. Er stammte aus einem alten Beamtengeschlecht, in dem Gelehrsamkeit zur Familientradition gehörte. Er schrieb sowohl Fu- wie auch Schi-Gedichte – letztere mit bewußter Anlehnung an die Stilarten der späten Tang-Dynastie.

LIU DSCHI (Liu Chi; um 1495) schrieb mehrere gelehrte Werke, darunter einen Kommentar des Buches „Guanzi", eines philosophisch-politischen Traktats aus der zweiten Hälfte des 1. Jahrtausends v. u. Z. Er erlangte den Dschinschi-Grad und wurde Präfekt von Dschendschjang am Yangtse-Fluß unweit der Stadt Nanking.

LIU DSUNG-YÜAN (Liu Tsung-yüan; 773–819) erlangte den Dschinschi-Grad und war eine Zeitlang kaiserlicher Zensor. Da die Gruppe am Hof, der er sich angeschlossen hatte, in Ungnade fiel, wurde er verbannt. Als degradierter Beamter in der Provinz lernte er Leben und Leiden des Volkes aus eigener Anschauung kennen. In Prosastücken wie „Die Geschichte vom Schlangenfänger" enthüllt er mit kaum verdecktem Haß die Unmenschlichkeit des Kaiserhofs. Liu Dsung-yüan hat in Prosa und in Gedichten mit großer Anschaulichkeit landschaftliche Szenen festgehalten. In allen seinen Dichtungen, auch in seinen Fabeln, die mit Recht Berühmtheit erlangten, spielt das Moment des Unerwarteten eine große Rolle. Sein Stil ist knapp, geglättet und zugleich scharf und wendungsreich.

LIU KO-DSCHUANG (Liu K'o-chuang; 1187–1269) stammte aus einer Familie in der Provinz Fukien, die dem Kaiserhaus große Dienste geleistet hatte. So erhielt er den Dschinschi-Grad durch „besondere kaiserliche Huld". Er brachte es bis zum Hofarchivar und Schatzmeister und zog sich nach einer langen Beamtenlaufbahn erst zurück, nachdem er erblindet war. Liu Ko-dschuang schrieb mit gleicher Meisterschaft Schi- und Tzi-Lyrik. Das Vorgefühl des nahenden Untergangs des Sung-Reiches, das zehn Jahre nach seinem Tod von den Mongolen überrannt wurde, gibt seiner Dichtung zwar einen schmerzlichen Ton; doch war er eine zu kraftvolle Persönlichkeit, um resignieren zu können. Er hatte den Mut, der Wirklichkeit ins Gesicht zu sehen, und die künstlerische Fähigkeit, dem Leser Mut zum Hinsehen zu machen. In seiner Dichtung leben der Geist – wenn auch nicht die Leidenschaft – eines Lu You (s. d.) und die leichtbeschwingt scheinende Tragik eines Hsin Tschi-dschi (s. d.) weiter.

LIU LING (um 265) richtete eine Eingabe an Kaiser Wu der Dschin-Dynastie, in der er ernsthaft vorschlug, den Staat nach dem dauistischen Prinzip der Untätigkeit zu regieren. Daraufhin wurde er wegen „Nutzlosigkeit“ aus dem Dienst entlassen. Dem Wein scheint er tatsächlich sehr ergeben gewesen zu sein, doch in jenen Jahren waren Trunksucht und „Nutzlosigkeit“ wahrscheinlich auch der sicherste Weg, den Henkersknechten der mißtrauischen Kaiser zu entgehen.

LIU SCHEN-HSÜ (Liu Shen-hsü; 8. Jahrhundert) war Beamter in der Provinz und gehörte zu jenen Dichtern, die frische Landluft in die Schwüle der höfischen Lyrik der vorhergehenden Jahrhunderte wehen ließen. Von seinen Gedichten sind leider nur fünfzehn erhalten geblieben.

LIU TSCHANG-TSCHING (Liu Ch'ang-ch'ing; 709–780) erlangte 733 den Dschinschi-Grad. Charakterfestigkeit und Wahrheitsliebe brachten ihn mehrmals in ernste Konflikte mit den Mächtigen seiner Zeit: Er wurde ins Gefängnis geworfen und verbannt. Die Enttäuschungen seines Lebens konnten auch höhere Ämter in der Provinz nicht wettmachen: ein Gefühl tiefer Unzufriedenheit bestimmt sein Werk. Seine Zeitgenossen nannten ihn „Bollwerk des fünfsilbigen Vierzeilers“, obgleich er auch ein Meister des siebensilbigen Kurzgedichts war.

LIU TSCHJU (Liu Ch'iu) erlangte 1421 den Dschinschi-Grad und wurde kaiserlicher Sekretär. Der allmächtige Eunuch Wang Dschen verleumdete ihn. Mit einem gefälschten Dekret des Kaisers ließ er ihn in den Kerker werfen, wo er auch starb. Nach dem Tod des Eunuchen wurde er postum rehabilitiert (um 1452).

LIU YUNG erlangte um 1035 den Dschinschi-Grad, sonst wissen wir so gut wie nichts über die Daten seines Lebens. In seiner Beamtenkarriere scheint er wenig Erfolg gehabt zu haben. Dem Charakter seiner Dichtungen nach muß ihm das unstete Leben eines wandernden Poeten eine Art „Seligkeit des Schmerzes“ geboten haben. Da er sein Vokabular vielfach auch aus der Alltagssprache nahm, erwarb er sich mit seinen Tzi-Dichtungen eine ungeheure Popularität, vor allem außerhalb der Literatenkreise. Der Überlieferung nach soll man überall im Reiche seine Lieder gesungen haben. Er selbst hat zweifellos persönlichen Kontakt mit unmittelbaren Konsumenten seiner Dichtungen – mit Sängerinnen, Schauspielerinnen und sangesfreudigen Freudenmädchen – gehabt. In frühen Jahren schrieb er in einem Gedicht die Zeile „Den eitlen Ruhm tausch ich für Wein und Sang“. Als Liu Yung die Dschinschi-Prüfung bestanden hatte und der Kaiser seinen Namen auf der Liste der erfolgreichen Kandidaten sah, soll er gesagt haben: „Das ist doch wohl jener Liedchen verfassende Liu!“ und dann noch: „Wozu braucht denn der noch ‚eitlen Ruhm‘? Soll er doch nur seine Gedichtchen fabrizieren!“ Worauf sich Liu Yung prompt den Beinamen „Auf kaiserlichen Befehl Gedichte Fabrizierender“ beilegte. Liu Yungs literaturhistorisches Verdienst ist es, daß er mit seinen Werken die Tzi-Dichtung von der kurzen, der Hsjauling-Form, zu einer längeren und daher in den Ausdrucksmöglichkeiten reicheren, der Man-Form (wörtlich: der langsamen), weiterentwickeln half. Seine Zeit scheint ihm dieses historische Verdienst nicht vergolten zu haben; er starb mittellos: Freudenmädchen sollen Geld gesammelt und den Dichter beerdigt haben.

LI YÜ (937–978) war Kaiser eines Teilgebietes in einem geteilten Reich; mit ihm endete die Herrschaft seiner Dynastie – der Südlichen Tang. Ein paar Jahre lebte er noch als Gefangener des ersten Sung-Kaisers, bis er von dessen Nachfolger vergiftet wurde. Die sanften Töne seiner Dichtungen schlugen in eine viel gefühlsstärkere, oft erschütternde und durchaus nicht mehr nur kaiserliche Lyrik um, nachdem er ein „gefangener Kaiser“ geworden war. Li Yü ist hauptsächlich als Tzi-Dichter bekannt, obgleich er auch Schi-Gedichte (von denen nur achtzehn erhalten geblieben sind) und Prosa schrieb und dazu noch ein begabter Maler, Musiker und Kalligraph war.

LU TSCHJÄN-I (Lu Ch'ien-i; um 960) war ein Vertrauter und Freund des letzten Königs von Schu, dem er auch nach dem Fall der Dynastie (965) insofern die Treue hielt, als er keinen Beamtenposten unter dem neuen Herrscher annahm. Lu Tschjän-i unterscheidet sich von anderen Dichtern jener Periode durch eine viel kraftvollere Linienführung. Seine Bilder sind trotz ihrer emotionalen Eindringlichkeit klarer und schärfer umrissen, als es in der höfischen Dichtung üblich war.

LU YOU (1125–1210) stammte aus einer alten Beamtenfamilie, die sich seit Generationen auch literarisch ausgezeichnet hatte. Seine Jugend fiel in jene unruhigen und gefahrvollen Zeiten, als die Dschurdschen nach der Eroberung Kaifengs (1127), der Hauptstadt der Nördlichen Sung noch weiter gegen Süden vordrangen, um das restliche Sung-Reich (Südliche Sung) zu vernichten. Die Eindrücke, die sich dem jungen Lu You auf der Flucht mit seinen Eltern einprägten, bestimmten für immer seine Haltung und Dichtung: Befreiung ganz Chinas von dem Joch der Barbaren wurde das Ziel seines Lebens. Schon mit zwölf Jahren zeichnete er sich in Prosa und Vers aus. Aber trotz seiner auch dem Hof bekannten Fähigkeiten hatte Lu You wenig Glück in seiner öffentlichen Laufbahn. Immer wieder entlassen, verbrachte er viele Jahre in seinem Heimatdorf bei Schauhsing (heutige Provinz Tschekiang). Er war schon in mittleren Jahren, als sein Freund, der berühmte Dichter Fan Tscheng-da (s. d.) Oberkommandierender der kaiserlichen Truppen in Setschuan wurde und ihn einlud, sich seinem Stab anzuschließen. Fan Tscheng-da behandelte ihn nicht als Untergebenen, sondern als Freund und Dichter. Aber böse Zungen ließen ihm auch hier keine Ruhe: Man warf ihm ungebührliches Betragen vor. Um seine Unkonventionalität zu unterstreichen, nannte sich Lu You fortan Fang-weng, was man mit „über die Stränge hauender Alter" wiedergeben könnte. Im Jahre 1172 hatte Lu You Gelegenheit, das Militärleben an der Grenze kennenzulernen. Bis ins hohe Alter, ja selbst in seinen Träumen begeisterte ihn der Gedanke an ein aktives Eingreifen in den Befreiungskampf. Die Traumgedichte Lu Yous haben eine nahezu magische Gewalt. Er war ein leidenschaftlicher Mensch, stets bereit, für sein Ideal zu sterben. Landschaftliche und menschliche Schönheit konnten ihn in helle Begeisterung versetzen. In den Jahren des Eremitendaseins in seinem Heimatdorf fand er den Weg zum Bauernleben und besang in ebenso begeisterter Weise die Freuden, beklagte die Leiden seiner einfachen Mitmenschen. Lu You hat nahezu zehntausend Gedichte hinterlassen, dazu noch eine Reihe von Prosaschriften. Während der ihm geistig verwandte Hsin Tschi-dschi (s. d.) durch seine Tzi-Dichtungen bekannt ist, liegt Lu Yous Ruhm vornehmlich in seinen Schi-Gedichten. Aber zumindest eines seiner Tzi – ein Liebesgedicht – gehört heute noch zu den meistgelesenen Gedichten der klassischen Literatur Chinas.

MA DSCHI-YÜAN (Ma Chih-yüan; um 1265–1325) stammte aus Dadu, dem heutigen Peking. Nach einem Debüt als Beamter in der Provinz zog er sich, wahrscheinlich gezwungenermaßen, für immer zurück und widmete sich der damals ihrer Blütezeit entgegenreifenden Oper nördlichen Stils. Sieben seiner Librettos sind erhalten geblieben. Im Gegensatz zu Guan Han-tsching (s. d.) scheint sich Ma Dschi-yüan in das Schicksal des Literaten zur Zeit der Yüan-Dynastie, die den Konfuzianer in der sozialen Stufenleiter „unter die Freudenmädchen und über die Bettler" setzte, mit Resignation und allmählich sogar mit Gelassenheit ergeben zu haben. Sein jugendlicher Ehrgeiz, als Beamter „die Himmmelsleiter emporzusteigen", schlug später in Weltverachtung und eine Liebe zum Wein und zur Natur um, die bald an Tau Yüan-ming (s. d.), bald wieder an Li Tai-bo (s. d.) erinnert. Von seinen Opern ist „Herbst im Han-Palast" die bekannteste. Die besten von Ma Dschi-yüans Tschü-Dichtungen erzielen durch eine sich überstürzende Häufung von Bildern und äußerste Sparsamkeit des Ausdrucks eine eigenartig packende und zugleich befreiende Wirkung.

MENG HAU-RAN (Meng Hao-jan; 689 oder 691–740) lebte in Zurückgezogenheit auf dem Lumen-Berg bei Hsiangyang (Provinz Hube) und begab sich erst mit vierzig Jahren zur Dschinschi-Prüfung in die Hauptstadt Tschangan. Er fiel durch. Später erhielt er ein kleines Amt in der Provinz. Das Mißgeschick in der Beamtenkarriere gab seiner Dichtung einen merklich pessimistischen Charakter. Seine Landschaftslyrik ist von jener klaren einprägsamen Bildhaftigkeit, wie sie auch seinem großen Zeitgenossen Wang We (s. d.) eigen ist. Die beiden Dichter werden deshalb oft zusammen genannt – quasi synonymisch für „Landschaftslyrik der Tang-Dynastie". Doch Wang We, der sich nach einer recht erfolgreichen Beamtenkarriere aus Widerwillen zurückzog und einem buddhistischen Ideal nachstrebte, gelangte oft tatsächlich zu jener ruhevollen Betrachtung der

Natur, die auch Meng Hau-ran ersehnte, aber eher erzwingen wollte als erreichte.

ME YAU-TSCHEN (Mei Yao-ch'en; 1002–1060) wurde von Ou Yang-hsju (s. d.) sehr hoch eingeschätzt, und zwar vor allem deswegen, weil er in seinen Dichtungen alles Erkünstelte vermied und eine schlichte Diktion vorzog. Wenn auch manche seiner Gedichte ein wenig an Trockenheit leiden, so hat er doch durch die karge Anmut des Stils und die oft sozialkritisch tiefgreifende Thematik seiner Lyrik einen beachtlichen Einfluß auf viele bedeutende Dichter nach ihm ausgeübt. Er bekleidete hohe Staatsämter.

NALAN HSINGDE (mandschurisch: Nara Singde; 1654–1685) wurde zehn Jahre nach der Errichtung der Mandschu-Herrschaft über China als ältester Sohn eines mächtigen mandschurischen Adeligen am Hof der Eroberer-Dynastie geboren. Schon sein Vater war ein eifriger Verehrer der chinesischen Kultur geworden und suchte die Freundschaft namhafter chinesischer Gelehrter wie Hsü Tschjänhsüe, der auch Lehrer und Freund seines hochbegabten Sohnes Nalan Hsingde wurde. Die Herausgabe einer umfangreichen Sammlung von exegetischen Schriften über die konfuzianischen Klassiker, die einen Zeitraum von rund eintausend Jahren umfaßte (seit der Tang-Dynastie) und viele bibliographische Seltenheiten enthielt, war das gemeinsame Werk von Lehrer und Schüler; Hsingdes Vater förderte und finanzierte dieses literarische Unternehmen, das auch bei der mandschurenfeindlichen chinesischen Gelehrtenwelt Anerkennung fand. Im Jahre 1676 bestand Hsingde die „Palast-Prüfung“ und erlangte den Dschinschi-Grad. Er wurde in den unmittelbaren Dienst des Kaisers aufgenommen und bald zum Gardeoffizier ersten Ranges befördert. In dieser Eigenschaft begleitete er den reiselustigen Kaiser Kangsi auf dessen ausgedehnten Fahrten. Damals waren die Mandschuren noch ein waffengeübtes Siegervolk. Auch von Hsingde heißt es, daß „er ein ausgezeichneter Reiter und Bogenschütze war ... und mit jedem Schuß traf. Wenn der Kaiser und sein Gefolge haltmachten, hatte er immer Bogen und Bücher zur Seite. Tags nahm er an den Treibjagden teil, nachts studierte er.“ Hsingde brachte es in diesem ungewöhnlichen Milieu teils durch seine große Liebe zur chinesischen Literatur, teils vielleicht eben wegen seiner „barbarischen“ Abstammung – seiner Ursprünglichkeit, seiner relativen Freiheit von altehrwürdigen Gedanken- und Gefühlsnormen – in seinem dichterischen Schaffen zu einer ungewöhnlichen Originalität, ohne jedoch in Form und Ausdruck gegen die Gesetze der chinesischen Dichtung zu verstoßen. Die Vielfalt der Eindrücke, die ihm sein abwechslungsreiches Leben und sein zwiespältiges seelisches Verhältnis – zur chinesischen Kultur und zum Mandschu-Kaiserhaus – aufzwang, trieb sein lyrisches Schaffen oft über die traditionellen Sujets hinaus in neue Bereiche völlig ungekünstelter und unmittelbar erlebter Gefühle. Der Kaiser soll ihm während seiner Krankheit seinen eigenen Leibarzt geschickt und sich täglich über sein Befinden haben berichten lassen. Nalan Hsingde zählte viele der literarischen Größen seiner Zeit wie den Dichter Tschen We-sung zu seinen Freunden.

NIU HSI-DSCHI (Niu Hsi-chi; um 930) war der Neffe des Dichters Niu Dschjau (Niu Chiao) und bekleidete das Amt eines Zensors am Hofe der Könige von Schu. Er machte sich zu seiner Zeit einen Namen sowohl als Schi- wie auch als Tzi-Dichter. Besonders gerühmt wurden die zwei Zeilen: „Der Mond schwebt schräg am Berge übern Fluß; / den Morgenglockenschall das Ruder schlägt ..."

OU YANG-HSJU (1007–1072) erlangte den Dschinschi-Grad und wirkte lange Jahre in hohen Stellen am Hofe, wo er als unerschrockener und ehrlicher Beamter seinen Kollegen Achtung abzwang. In Essays wie „Über Bünde und Cliquen" erhob er scharfe Anklage gegen die Mißstände am Hof. Im Alter nahm er Stellung gegen Wang Anschis (s. d.) Reformen, gemeinsam mit Su Dung-po (s. d.), der Ou Yang-hsju als Lehrer verehrte. In seiner Prosa wie auch in seinen Gedichten vertritt Ou Yang-hsju jene Richtung, die zu einem natürlichen Fluß der Sprache und einer klaren einleuchtenden Darstellungsweise tendiert (vgl. Han Yü). Die Verbindung von Sachlichkeit mit lyrischer Emotionalität kommt vielleicht am besten in seinem berühmten „Poem von den Herbstlauten" zum Ausdruck, in welchem mittels – man könnte fast sagen: trotz – einer nüchternen Aufzählung zahlreicher mit dem Begriff Herbst verbundener traditioneller Vorstellungen (in Astronomie, Musik, Politik, Strafrecht und so weiter) ein lyrisch-deskriptives Präludium zu einem poetisch unübertroffenen, über alles Gesagte hinausschwingenden Schluß geführt wird. Leider konnte dieses zum Teil in Prosa gehaltene Poem wegen der allzu großen Häufung von dem Europäer fremden Begriffen in diese Anthologie nicht aufgenommen werden. Ou Yang-hsjus Tzi-Lyrik ist zum Unterschied von der relativen Härte seiner Prosa und Schi-Lyrik von einer lieblich-sanften Tönung, die an Li Yü (s. d.) und manche andere Dichter der Periode der Fünf Dynastien gemahnt. Auch auf dem Gebiet der Historiographie hat sich Ou Yang-hsju große Verdienste erworben: Gemeinsam mit Sung Tschi (s. d.) verfaßte er die offizielle „Geschichte der Tang-Dynastie".

SU DUNG-PO (Su Tung-p'o, eigentlich Su Schi; außerhalb Chinas besser bekannt unter seinem Beinamen Dung-po; 1036–1101) zählt neben Du Fu (s. d.) und Li Tai-bo (s. d.) zu den eigenwilligsten und stärksten dichterischen Persönlichkeiten Chinas. Er erlangte 1057 den Dschinschi-Grad und bekleidete zeitweilig hohe Ämter in Kaifeng, der Hauptstadt der Nördlichen Sung. Wegen seiner Opposition gegen die überhasteten Reformmaßnahmen Wang An-schis (s. d.) und wegen „poetischer Verleumdung des kaiserlichen Hofes" wurde er nach Huangdschou, später nach Hangdschou, nach Huedschou und schließlich bis in den äußersten Süden auf die Insel Hainan verbannt. Als Provinzbeamter zeigte er Verständnis und Mitgefühl für die Leiden des Volkes und tat viel, um dessen Not zu mildern. Ein Damm über den berühmten Westsee in Hangdschou trägt bis heute den Namen des Dichters. Die Thematik seiner Dichtungen ist von einer beispiellosen Spannweite. In der Tzi-Lyrik gilt er als Vater des „kraftvoll-erhabenen" Stils. Manche seiner Gedichte sind allerdings allzu überladen mit klassischen Zitaten; in der scholastischen Atmosphäre des Hochfeudalismus konnte eben selbst ein genialer Dichter wie Su Dung-po sich gelegentlich nicht der Verlockung entziehen, seine Gelehrsamkeit zu zeigen. Su Dung-po hat auch als Kalligraph und als Maler Bedeutsames geleistet.

SUNG TSCHI (Sung Ch'i; 998–1061) erlangte den Dschinschi-Grad und andere literarische und politische Würden, bis er schließlich Minister der Öffentlichen Arbeiten wurde. Mehr als zehn Jahre schrieb er gemeinsam mit Ou Yang-hsju (s. d.) an der offiziellen „Geschichte der Tang-Dynastie", eine sehr ehrenvolle Aufgabe, die immer nur hochgeachteten Gelehrten vom Kaiser anvertraut wurde. Seine Tzi-Gedichte, die von seinen Zeitgenossen hoch geschätzt wurden, sind zum größten Teil verlorengegangen. Von den wenigen erhalten gebliebenen ist „Frühlingstag" das bekannteste. Die Schlußzeile der ersten Strophe erlangte bereits zu Sung Tschis Lebzeiten eine solche Berühmtheit, daß sie ihm den Spitznamen „Der im Aprikosenbaum ein rauschendrotes Fest feiernde Minister" eintrug.

SUNG-YÜ (wahrscheinlich 3. Jahrhundert v. u. Z.) soll ein Schüler Tschü Yüans (s. d.) gewesen sein. Sicheres wissen wir nicht über ihn. Von den sechzehn Fu, die ihm in der „Geschichte der Han-Dynastie" zugeschrieben werden, sind nur wenige erhalten geblieben, und auch bei diesen ist die Frage der Autorschaft keineswegs geklärt. Die „Neun Klagelieder", von welchen hier nur der erste Gesang aufgenommen wurde, haben auf die Entwicklung des Fu-Stils und auf die chinesische Lyrik überhaupt einen sehr tiefen Einfluß ausgeübt. Denn in ihnen wurde eines der Grundthemen der Dichtung des feudalistischen China zum erstenmal umfassend behandelt und mit großem Bilderreichtum ausgeschmückt – die Enttäuschung und Verzweiflung des un- oder mißverstandenen Dichters, Gelehrten und Beamten.

SUN WEN-TSCHI (Sun Wen-ch'ih; um 1550) liebte die Natur und die mystische Welt der Dauisten. Von seinen Zeitgenossen verlacht, streifte er meist allein mit seiner Flöte in den Bergen umher. Seine Gedichte zeichnen sich durch eine bewußte Abkehr von der traditionellen Anlehnung an bereits bestehende Dichterschulen aus.

TAN SI-TUNG (T'an Szu-t'ung; 1866–1898) verbrachte seine Jugend im Militärdienst an der Reichsgrenze in Sinkiang. Zunächst schrieb er Landschaftslyrik; aber auch schon aus diesen scheinbar ganz der Natur entsprungenen Dichtungen dringt mit unverkennbarer Deutlichkeit eine Sehnsucht nach Weite und Größe, nach einer von den Ketten des Feudalismus befreiten Entfaltung der Persönlichkeit. Nach der Niederlage Chinas im Krieg gegen Japan (1895) setzte sich Tan Si-tung als einer der radikalsten Vertreter bürgerlicher Reformbestrebungen für die Beseitigung feudalistischer Beschränkungen ein. Mit Kang You-we und anderen schloß er sich zu jener Gruppe von Beratern zusammen, die den Kaiser Guanghsü (Kuang Hsü) 1898 zu der Durchsetzung einer Reihe einschneidender Reformen bewog. Die „Reform der hundert Tage", wie sie in der Geschichte genannt wird, zerbrach sehr bald am Widerstand der Kaiserin-Witwe und der konservativen Elemente am Hof und in der Armee. Tan Situng wurde zum Tode verurteilt. Er starb mit der Gelassenheit eines Philosophen und in dem unerschütterlichen Glauben an den Sieg der Vernunft, des Fortschritts und der Menschlichkeit über den zu einer dämonischen Fratze erstarrten Feudalismus Chinas.

TAU KAI (T'ao K'ai; um 1375) erhielt zu Anfang der Ming-Zeit den ehrenvollen Auftrag, an der Abfassung der offiziellen Geschichte der eben gestürzten mongolischen Yüan-Dynastie mitzuwirken. Zum Minister für Riten und dann zu einem hohen Posten in der Provinz befördert, zog er sich schließlich aus dem Beamtenleben zurück; sein Traum von einer besseren Welt unter der neuen einheimischen Dynastie war nicht in Erfüllung gegangen.

TAU YÜAN-MING (T'ao Yüan-ming; 365 oder 372–427) stammte aus einer verarmten Beamtenfamilie, diente selbst nur widerwillig als Beamter und zog sich in mittleren Jahren in seinen Heimatort zurück, wo er bis zu seinem Lebensende ein dürftiges Dasein fristete. In seinen Gedichten besingt er das freie, wenn auch karge Leben eines Dichters und Gelehrten, der nicht bereit ist, sich nach den Launen der Herren aus den hohen Sippen zu richten. Den Schmerz des Verzichts auf ein aktives politisches Leben kompensierte Tau Yüanming durch eine Rückkehr zu den natürlichen Freuden des Landlebens, ein Mitschwingen im ewigen Zyklus der Jahreszeiten und die herbe Freundschaft mit schlichten Bauersleuten, deren Freuden und Sorgen der Dichter aus eigener Erfahrung kannte. Der Gedanke der Rückkehr beschäftigte ihn immer wieder – nicht nur einer Rückkehr aufs Land, sondern vor allem zur Schlichtheit und Brüderlichkeit des Menschengeschlechts. Sein Ideal einer solchen Menschengemeinschaft schildert er in seiner utopischen Skizze „Pfirsichblütenquell". In vielen seiner Gedichte besingt er den „Trank, der Leid vergessen macht". Auch hier ersehnte er eine Rückkehr: „Es liegt ein tiefer Sinn im Wein: / Das Echte schimmert durch den Schein." Tau Yüan-ming hat durch viele Jahrhunderte die Dichter Chinas angeregt und stand so postum Pate bei der Schöpfung unzähliger Gedichte, die sich meist nicht mit ihren Vorbildern messen können.

TSAI YÄN (T'sai Yen; um 200) war die Tochter des berühmten Gelehrten und Literaten der späten Han-Zeit Tsai Yung (132–192). Früh verwitwet, kehrte sie ins Elternhaus zurück, wurde in den Kriegswirren geraubt und gezwungen, einen Hunnenfürsten zu heiraten, dem sie zwei Kinder gebar. Nach zwölf Jahren wurde sie von Tsau Tsau (s. d.) freigekauft und abermals vermählt. Man rühmt ihr nach, daß sie nicht nur Talent, sondern auch ein umfangreiches Wissen besaß. Ihre Autorschaft des hier auszugsweise wiedergegebenen Gedichts (insgesamt aus achtzehn Gesängen bestehend) ist umstritten.

TSAU DSCHI (T'sao Chih; 192–232), Sohn Tsau Tsaus (s. d.) und jüngerer Bruder Tsau Pis (s.d.), war zweifellos der größte Dichter seiner Zeit. Schon als Knabe verblüffte er durch sein ungewöhnliches dichterisches Talent seinen Vater, der ihn dem älteren Tsau Pi vorzog. Als Tsau Pi nach dem Tode Tsau Tsaus 220 den letzten Han-Kaiser absetzte und selbst den Thron bestieg, wurde Tsau Dschi von ihm aus Argwohn, vielleicht auch aus Eifersucht mit Erniedrigungen gequält. Tsau Dschis jugendlicher Tatendurst verwandelte sich unter diesem Druck in eine Haltung, die zwischen metaphorisch verkleideter Auflehnung und illusionistischen Freiheitsträumen schwankte. Das für die nächsten Jahrhunderte typische Gedicht mit fünfsilbigem Zeilenbau fand sein klassisches Vorbild in der Dichtung Tsau Dschis, der es sprachlich und inhaltlich über die Grenzen des Volkslieds hinaus entwickelte. Er schrieb auch lange Gedichte im Fu-Stil, in denen allerdings das gekünstelte Pathos der Han-Zeit völlig verschwunden ist. Die Parvenü-Familie der Tsau hatte eben noch die Kraft und den Mut bewahrt, aus dem frischen Quell des Volkslieds zu schöpfen, anstatt sich emotional und künstlerisch dem Formalismus und Ritualismus des Hoflebens zu ergeben. Das berühmteste Gedicht Tsau Dschis in diesem Stil ist das „Poem von der Fee des Lo-Flusses". Seine Liebeslyrik ist meist nur symbolisch gemeint: Die Frau darin ist er selbst – stolz und erhaben in einer Welt, die wahre Tugenden nicht zu schätzen weiß. In dieser unfreiwilligen Travestie lag letzten Endes die Tragödie seines Lebens.

TSAU PI (T'sao P'i; 187–226), Sohn Tsau Tsaus (s. d.), bestieg 220 nach der Absetzung des letzten Han-Kaisers selbst den Thron als erster Kaiser der We-Dynastie (220–266). Auch er scharte wie sein Vater die bedeutendsten Dichter seiner Zeit um sich. Er schuf auch das erste literaturkritische Werk Chinas, in dem er dem literarischen Verdienst einen noch höheren Rang als dem politischen einräumt und die „Sieben Meister" (vgl. Wang Tsan) nach ihren Eigenarten analysiert und einschätzt. Allerdings faßte Tsau Pi Literatur in einem viel weiteren Sinn auf als wir – auch Dokumente zählte er dazu; denn im feudalen China wies der gesamte Schriftverkehr eine literarische Verbrämung auf – Beamte waren meist auch Gelehrter und Dichter in einer Person. Tsau Pis Kaiserwürde nahm seinem künstlerischen

Schaffen viel von dem, was seinem Vater den Stempel des Einmaligen, des unmittelbaren Erlebnisses aufwühlender historischer Geschehnisse verliehen hatte. In Thematik und Ton tendiert er mehr und mehr zu dem an einem Kaiserhof Erlebbaren. Das Gottesgnadentum spielt deutlich in sein Schaffen hinein: „Was soll denn Übles in der Armut sein? / Reichtum und Ehren mißt der Himmel zu.“

TSAU TSAU (T'sao T'sao; 155–220) war sozusagen nur nebenberuflich Dichter. In der Geschichte Chinas nimmt er vor allem als Staatsmann und Stratege einen hervorragenden Platz ein. Während der Kämpfe gegen die nach ihrem Erkennungszeichen „Gelbe Turbane“ genannten aufständischen Bauern zu Ende der Han-Zeit schuf sich Tsau Tsau durch Aufnahme gefangener Bauern in seine eigenen Reihen alsbald eine beträchtliche Militärmacht. Den Han-Kaiser als Aushängeschild benutzend, regierte er als Kanzler selbst und einigte mit militärischer Gewalt und politischen Reformmaßnahmen Nordchina. Nach seinem Tode wurde er als Gründer der We-Dynastie postum unter dem Namen Wu (der Militärische) zu ihrem ersten Kaiser ernannt. Tsau Tsau liebte Musik und Dichtkunst und scharte die größten Talente seiner Zeit um sich. Er wie auch andere Dichter jener Periode benutzten Formen und Titel des Volkslieds, um stilistisch unbehindert in ungekünstelt freien Versen ihren Eindrücken und Gefühlen spontan Ausdruck geben zu können. Die erstarrten Formen der höfischen Dichtung der Han-Zeit lehnten sie ab. Unbarmherzig scharf zeichnete Tsau Tsau die Bilder des Elends jener Zeit. Ebenso kraftvoll und gehaltvoll sind jene Gedichte, in denen er von seinen Idealen und Zielen spricht. Er schrieb auch eine ausgezeichnete Prosa und verfaßte Werke über Kriegführung.

TSCHANG DSCHJÄN (Ch'ang Chien) erlangte 727 den Dschinschi-Grad und war Beamter in Anhue. Von Wanderlust getrieben, besuchte er gern buddhistische und dauistische Klöster. Viele seiner Gedichte atmen die Frische der Waldluft und Bergeshöhen, manche auch die tiefe Ruhe der Klöster, in denen er offenbar das Ziel seiner Wanderlust zu finden hoffte.

TSCHEN DO (Ch'en To; um 1488–1521) lebte in Nanking. Obgleich er als „erblicher Kommandeur“ dem Adel angehörte, scheint er sich gern in der Gesellschaft der Musikanten Nankings aufgehalten zu haben, die ihm den Spitznamen „König der Musik“ verliehen. Unter den zahlreichen Tschü-Dichtungen, die er hinterließ, sind seine Skizzen aus dem Alltagsleben, Vertreter der verschiedensten Berufe und Bevölkerungsschichten porträtierend, nicht nur künstlerisch wertvoll, sondern auch als hellwache Studien des damaligen städtischen Milieus historisch interessant. Tschen Do war ein vielseitig begabter Mensch: Dichter, Musiker und Maler.

TSCHEN DSI-ANG (Ch'en Tzu-ang; 656 oder 661–702?) erlangte den Dschinschi-Grad und war eine Zeitlang Zensor am Hof, wo er unerschrocken gegen Mißstände protestierte. Später wurde er entlassen und starb, durch die Willkür des Distriktpräfekten in seinem Heimatort eingekerkert, im Gefängnis. Tschen Dsi-angs Bedeutung in der Literaturgeschichte Chinas liegt vor allem in der Hartnäckigkeit, mit der er in Theorie und Praxis die inhaltsarme, stilistisch überfeinerte höfische Lyrik, die seit langem tonangebend war, angriff. Er forderte ein Zurückgreifen auf ältere literarische Formen und Tendenzen – eine Forderung, die in Wirklichkeit in die Zukunft, nicht in die Vergangenheit gerichtet war. Mit ihm wehte ein befreiender Hauch durch die Lyrik Chinas, der allmählich zu jener kräftigen Brise wurde, die die Treibhausatmosphäre der höfischen Lyrik mit ihren überempfindsamen Luxuspflänzchen hinwegfegte. In dieser Hinsicht waren viele größere Dichter, die nach ihm kamen, seine Schuldner.

TSCHEN FU (Ch'en Fu; 1240–1303) verschaffte sich mit einem Schlag Berühmtheit, als er „im Kittel des Gemeinen“ etwa 1285 an den Kaiser Kubilai Khan ein „Poem von der großen Einigung“ richtete. Er wurde in das historiographische Amt am Hof aufgenommen, diente später als hoher Beamter im Ministerium der Riten, ging mit einer Gesandtschaft nach Annam und wurde Gouverneur seines Heimatkreises Taidschou. Er soll eine unkonventionelle Persönlichkeit gewesen sein und seine Verse und Prosa im Moment der Inspiration in flüssigem Stil hingeschrieben haben, ohne weiter daran herumzufeilen.

TSCHIN GUAN (Ch'in Kuan; 1049–1100) gilt als einer der bedeutendsten Vertreter der Tzi-Lyrik des „geschmeidig-eleganten“ Stils. Er bekleidete höhere Staatsstellen, wurde aber mehrmals wegen Zugehörigkeit zu einer in Mißgunst gefallenen Clique in die Verbannung geschickt. Su Dung-po (s. d.) schätzte Tschin Guans Talent sehr hoch ein. Neben Tzi-Lyrik schrieb er auch Gedichte im Schi-Stil, die jedoch trotz sprachlicher Schönheit neben seinen Tzi-Dichtungen weniger gefühls- und inhaltsreich erscheinen.

TSCHÜ YÜAN (Ch'ü Yüan) soll von 340 bis 278 v. u. Z. gelebt haben. In den „Historischen Aufzeichnungen" Si-ma Tschjäns (vollendet 91 v. u. Z.) ist eine ausführliche, doch fragwürdige Biographie Tschü Yüans enthalten. Wahrscheinlich hatte sich schon sehr früh um diese romantische Persönlichkeit eine Legende gewoben. Sprachliche Eigenheiten der Werke Tschü Yüans bestätigen seine Herkunft aus Tschu, dem südlichsten der sieben großen Fürstentümer, die sich in der zweiten Hälfte des 1. Jahrtausends v. u. Z. innerhalb des Dschou-Reichs herausgebildet hatten. Er soll als Abkömmling der königlichen Sippe eine wichtige Rolle am Hof gespielt haben und sich nach vielen Jahren der Entfremdung und Verbannung aus Verzweiflung über das ihm angetane Unrecht und den nicht mehr aufzuhaltenden Untergang des Tschu-Staates in einen Fluß gestürzt haben. Welche der traditionell Tschü Yüan zugeschriebenen fünfundzwanzig Werke wirklich von ihm verfaßt wurden, ist unsicher. Das bedeutendste ist „Lisau", eine vielfach ins Phantastische übersteigerte Darstellung des Leidensweges des Dichters in über neunzig vierzeiligen Strophen. Die „Himmelsfragen" („Tjänwen") scheinen aus einer Art Katechismus philosophisch-religiöser Natur (Initiationsriten?) zu stammen. Die „Neun Lieder" sind mythologische Gesänge, die vielleicht beim Drachenbootfest gesungen oder, besser gesagt, aufgeführt wurden. Das „Zurückrufen der Seele" ist ein künstlerisch ausgestalteter Schamanengesang. Von all diesen Werken ist das „Lisau" am deutlichsten als Schöpfung einer bestimmten Persönlichkeit – eines empfindsamen, überaus phantasievollen, selbstquälerischen Menschen zu erkennen, der eine für die damalige Zeit umfassende Bildung besaß und mit den Vorstellungen und Gebräuchen der Schamanen eng vertraut war. Liebe zur Heimat, zum Stamm, zur Sippe und die Enttäuschung und Verbitterung über den Zerfall des geliebten Idealbilds infolge der Selbstsucht und Vergnügungssucht des Hofs und der erstarkenden Aristokratie bilden die Grundthematik des „Lisau". Tschü Yüan ist der erste in der Literaturgeschichte Chinas namentlich genannte Dichter. Durch sein Genie erhob sich die Volksdichtung des Tschu-Gebietes zu einem lyrischen Ausdrucksmittel, das die Grenzen des „Buches der Lieder" überstieg und für Jahrhunderte in der Dichtung der Han-Zeit weiter wirkte. Tschü Yüans „Lisau“ blieb zwei Jahrtausende hindurch das klassische Muster der Elegiendichtung Chinas.

TSEN SCHEN (T'sen Shen oder Ch'an; 714–770) erlangte 744 den Dschinschi-Grad. Als hoher Beamter ging er in das nordwestliche Grenzland. Seine Gedichte zeichnen sich durch schlichte und zugleich ungemein kraftvolle, scharf konturierte Bilder aus. So schreibt er als Schlußzeilen eines Gedichts, das er einem aus dem tiefverschneiten Norden südwärts in die Hauptstadt heimkehrenden Freund widmet:

Die Straße, um den Berg sich windend, schluckt dich auf.
Stumm starrt die Hufspur, in den Schnee geprägt.

Begeistert besang er die zeitweiligen Siege über einfallende Fremdvölker, die zu einer immer aggressiveren Haltung des Hofes führten. Diese Vorliebe für eine Thematik aus dem militärischen Leben des Grenzlandes hat er mit Gau Schi (s. d.) gemeinsam. Deshalb werden die beiden Dichter traditionell oft zusammen genannt, synonymisch für „Grenzlanddichtung“ der Tang-Zeit.

WANG AN-SCHI (Wang An-shi; 1021–1086) nimmt in der Geschichte Chinas einen noch viel bedeutenderen Platz ein als in der Literatur. Nachdem er 1058 dem Sung-Kaiser Rendsung in einer „Eingabe von zehntausend Schriftzeichen“ Vorschläge hinsichtlich einer politisch-wirtschaftlichen Reform unterbreitet hatte, wurde er von dessen Nachfolger Schen-dsung 1070 zum Kanzler des Reiches ernannt. Mit einer Vielzahl von Reformen suchte er der Latifundienbildung des Feudaladels und dem Wucher der Kaufleute entgegenzuwirken. Die Reformen entsprachen zwar im wesentlichen den Forderungen der Bauern, Handwerker, Kleinkaufleute und kleineren Grundbesitzer – also der überwiegenden Mehrheit der Bevölkerung –, wurden aber zu hastig durchgeführt und stießen auf den erbitterten Widerstand der Feudalherren, die das gesamte Arsenal traditioneller Vorstellungen gegen Wang An-schis Reformen mobilisierten. So brach die Reformbewegung sehr bald in sich zusammen. Die gleiche Kühnheit, die Wang An-schi große Reformen gegen einen gewaltigen Widerstand durchführen ließ, beherrscht auch sein literarisches Schaffen. Seine Sprache ist prägnant, oft von schneidender Schärfe; eine mühsam verhaltene Leidenschaftlichkeit gibt seinen

Bildern härtere Konturen, als wir sie bei ähnlicher Thematik in den Werken anderer chinesischer Dichter finden.

WANG BO (Wang Po; 650–677) wird zu den „vier großen Dichtern der frühen Tang" (mit Yang Dschjung, Lu Dschau-lin und Lo Binwang) gerechnet. Er erwarb sich in jungen Jahren einen literarischen Grad und diente als Beamter in der Provinz Honan. Auf der Suche nach seinem Vater im Gebiet des heutigen Vietnam fiel er in einen Fluß und starb an den Folgen des Unfalls. Wang Bo soll ein Wunderkind gewesen sein. Mit seinem in parallelistischer Diktion gehaltenen lyrischen „Geleitwort zum Abschiedsfest auf dem Söller des Prinzen von Teng in Hungdschou im Herbst" hat er sich in jenem Genre von Prosa, das wir eher zur Lyrik rechnen würden, unsterblichen Ruhm erworben. Jahrhunderte hindurch kannte jeder gebildete Chinese dieses „Geleitwort" auswendig. In seiner Stimmungsmalerei schwingt gelegentlich ein esoterischer Ton mit.

WANG DSCHI (Wang Chi; gest. 644) war der jüngere Bruder des berühmten Philosophen Wang Tung. Er diente noch unter der Sue-Dynastie, wurde aber wegen Trunksucht aus dem Amt entlassen. Nachdem die Tang-Dynastie zur Herrschaft gelangt war, wurde er wieder in sein Amt eingesetzt, hielt es jedoch nicht lange aus. In seinen Heimatort zurückgekehrt, fristete er als Bauer und Wahrsager ein kümmerliches Leben. Seine Freude am Wein, die auch einen großen Teil seines dichterischen Schaffens beherrscht, war mit einem persönlichen Protest gegen den erstarrten Ritualismus der Konfuzianer verbunden. Er lebte bewußt ungezügelt, um dem nüchternen und verlogenen Lebensideal der Feudalherren zumindest in der eigenen Lebenssphäre trotzen zu können.

WANG DSCHI-HUAN (Wang Chih-huan; geb. 695) war zu seiner Zeit ein sehr populärer Dichter, dessen Verse von Musikanten gern vertont und gesungen wurden. Wie Gau Schi (s. d.) begeisterte auch ihn das freiere Leben des Kriegers und die Weite des Grenzlands. Aus seinen Gedichten, von denen leider nur sechs erhalten geblieben sind, spricht ein Mensch, dem alles Enge und Beengende verhaßt war.

WANG DSCHUNG (Wang Chung; 1744–1794) stammte aus ärmlichen Verhältnissen und erwarb sich sein Wissen als Angestellter eines Buchhändlers, dessen Buchbestand ihm Material und Anreiz für ein intensives Studium der kanonischen, historischen und philosophischen Schriften bot. Bei den Prüfungen hatte er wenig Erfolg und mußte als Kanzleibeamter im Dienste großer Herren ein kümmerliches Dasein fristen, obgleich er als Schriftsteller und Gelehrter schon zu seinen Lebzeiten in Literatenkreisen berühmt war. Wang Dschung wandte sich gegen die konfuzianische Orthodoxie, indem er Wert und Wichtigkeit der „heterodoxen" Lehren der Philosophen Mozius (Mozi) und Hsünzi unterstrich. Er entwickelte einen eigenen und sehr eigenwilligen Stil – ausgewogen trotz der inneren Spannung zwischen messerscharfer Logik, gelehrter Gemessenheit und emotionalem Ungestüm.

WANG FAN-DSCHI (Wang Fan-chih; um 590–660) scheint nach der Legende ein buddhistischer Mönch gewesen zu sein. Seine Gedichte erfreuten sich in der Tang- und Sung-Zeit großer Beliebtheit, gingen dann aber verloren. Erst in unserem Jahrhundert wurde ein Teil davon unter den Funden von Dunhun wiederentdeckt. Wang Fan-dschi schrieb in der damaligen Umgangssprache, einfach bis zur Derbheit. Obgleich er buddhistische Gedanken predigt, hat sein Nirwana doch viel vom Duft und von der Wärme der Erde behalten. Das Leben scheint ihm trotz aller Vergänglichkeit in seinen schlichten naturnahen Formen durchaus nicht verschmähenswert.

WANG TSAN (Wang T'san; 177–217) diente in den wirren Zeiten zu Ende der Han-Zeit unter Tsau Tsau, der seine Gelehrsamkeit und sein dichterisches Talent wohl zu schätzen wußte. Tsau Pi (s. d.) reihte ihn in seinem berühmten literaturkritischen Essay unter den „sieben Meistern" der Dichtkunst der Dschjänan-Periode (196–220) ein. Wang Tsan zeichnet sich unter ihnen nicht nur durch Tiefe des Gefühls und Mitgefühls, sondern auch durch ein besonders feines Sprachempfinden aus – jedenfalls erscheint er dem Leser unserer Zeit als der bedeutendste unter ihnen. Er soll seine Gedichte oft überarbeitet haben. Er und Tsau Dschi (s. d.) haben bei der bewußten Verwendung von Volksliedformen offenbar dem Wert und der Wirkung des Worts im Gedicht besondere Aufmerksamkeit geschenkt.

WANG WE (Wang Wei; 699–759 oder 761) bestand, nachdem er sich bereits vorher als Dichter ausgezeichnet hatte, mit neunzehn

Jahren an der Spitze aller Kandidaten die kaiserliche Prüfung. Als höherer Beamter unter dem allmächtigen Kanzler Li Lin-fu machte er ausreichend Bekanntschaft mit den Mißständen in der Regierung und mit den „Verpflichtungen" eines Dichters gegenüber der feudalen Obrigkeit. Die Revolte An Lu-schans überraschte ihn in Tschang-an, wo er in Gefangenschaft geriet. Seinen Lebensabend verbrachte Wang We in Zurückgezogenheit, malend, dichtend und Buddha verehrend. Su Dung-po (s. d.) sagte von ihm mit Recht, daß „in Wang Wes Lyrik Malerei und in seiner Malerei Lyrik" zu finden sei. In seiner Jugend, als sein politischer Enthusiasmus noch vorhielt, schrieb er Balladen; später zog er sich immer mehr in die malerische ruhevolle Ausgewogenheit eines landschaftlichen Stillebens zurück. Sein Name wird oft gemeinsam mit dem des Landschaftslyrikers Meng Hau-ran (s. d.) genannt.

WANG YÜ-TSCHENG (Wang Yü-ch'eng; 954–1001) stammte aus einer armen Bauernfamilie, erlangte trotzdem den Dschinschi-Grad und wurde Beamter höheren Ranges. Sein kritisches Verhalten, das auch in seinen Eingaben an den Thron allzu deutlich Ausdruck fand, brachte ihm mehrmals Degradierung ein. Auch auf dem Gebiet der Literatur verhielt er sich kritisch. Die Hohlheit und Überladenheit des Stils, der zu Anfang der Sung-Zeit vorherrschte, widerte ihn an. Er selbst schrieb schlicht und schmucklos. Als Vorbilder wählte er sich Du Fu, Bai Dschü-i, Han Yü und Liu Dsung-yüan. In vielen seiner Gedichte enthüllt er schonungslos die Leiden des Volkes.

WEN TING-DSCHÜN (Wen T'ing-chün; 812-870?) scheint in seiner Beamtenlaufbahn nicht allzuviel Glück gehabt zu haben. Mit großem Einfühlungsvermögen schildert er in seinen Dichtungen die Seele der Frau. Von allen Tzi-Dichtern der Tang-Zeit hinterließ er den reichsten Bestand an Tzi-Gedichten, insgesamt mehr als sechzig. Durch die Qualität seiner Gedichte – ihre großartige Musikalität und die leuchtenden Farben der Komposition – übte er auf die Tzi-Dichter nachfolgender Generationen einen großen Einfluß aus.

WE YING-WU (Wei Ying-wu; 737–790?) diente in seiner Jugend am Hof, später als Beamter in der Provinz, zuletzt als Präfekt in Sudschou. Idyllen aus dem Landleben oder, besser gesagt, die Beschaulichkeit des ländlichen Lebens aus der Sicht des beamteten Gelehrten, bilden seine Hauptthematik. Die Sprache ist schlicht, der

Rhythmus ruhevoll. Gelegentlich sah auch er sich gezwungen, die Leiden der Bauern dichterisch zu erfassen. Auch er zerrte offenbar wie das Boot in „Abend an der Fähre“ an einer Kette, die er im Idyll zu vergessen suchte.

WU DSCHUNG-FU (Wu Chung-fu) lebte um 1200. Seine „Gedichtsammlung vom Chrysanthementeich“ ist längst verlorengegangen. Nur einzelne Gedichte sind erhalten geblieben.

YANG WAN-LI (1127–1206) zählt zu den „vier großen Dichtern der Südlichen Sung“. Sein Stil, der von seinen Zeitgenossen nach seinem Beinamen als Tscheng-dschai-Stil bezeichnet wurde, führte die künstlerische Tradition der späten Tang-Dichtung bewußt fort. Er liebte es nicht, wie die meisten Dichter seiner Zeit, klassische Anspielungen in seinen Dichtungen anzuhäufen, sondern zog eine einfache, leicht verständliche Diktion vor. Von den über zwanzigtausend Gedichten, die er verfaßte, ist nur ein Bruchteil erhalten geblieben.

YÄN SCHU (Yen Shu; 991–1055) bekleidete Regierungsämter der höchsten Ränge und führte ein behaglich-müßiges Leben, das er in Tzi-Versen von großer sprachlicher Schönheit im Stile Li Yüs (s. d.) beschrieb. Eine von Wehmut überhauchte Farbenpracht kennzeichnet seine Dichtungen.

YO LE-FA (Yo Lei-fa) lebte zu Ende der Sung-Zeit. Im Jahre 1253 erhielt er den höchsten literarischen Grad. Zu leidenschaftlich, zu aggressiv und zu ehrlich für den Geschmack der großen Herren in einer Zeit der Angst, der Dekadenz und der Euphorie vor dem drohenden Untergang, galt er lange offiziell als ein ziemlich unbedeutender Poet.

YÜAN HUNG-DAU (Yüan Hung-tao; 1568–1610) stammte aus Gungan (Provinz Hunan), weshalb die von ihm und seinen beiden Brüdern begründete literarische Schule „Gungan-Kreis“ genannt wird. Die „drei Yüan“, unter denen Yüan Hung-dau die führende Rolle spielte, wandten sich gegen die anachronistische Tendenz der „früheren sieben Meister und späteren sieben Meister“ der Ming-Zeit, die nach dem Grundsatz, „Prosa muß wie Tschin- und Han-Prosa, Lyrik wie die Blüte der Tang-Lyrik“ sein, zu schreiben empfahlen. Yüan Hung-dau kam schließlich zu der Auffassung, daß

„Prosa und Lyrik unseres Zeitalters ihre Zeit nicht überleben werden", ausgenommen vielleicht Lieder, verfaßt „von wirklichen Menschen, die keine Bildung und Gelehrsamkeit besitzen". Wie vor ihm Li Dschi (1527–1602) sah er in der volkstümlichen Novelle, im Roman und Drama – von den orthodoxen Gelehrten verachtete literarische Genres – eine wahre Alternative zu den herkömmlichen literarischen Formen. In seiner Revolte gegen alles Konventionelle fand er im schnell skizzierten Essay, im Brief, im Gesprächston der Randbemerkung ein höchst individuelles Ausdrucksmittel, einen Stil, der unverkennbare persönliche Eigenheiten zeigt – eine Seltenheit unter seinen Zeitgenossen. Yüan Hung-dau erlangte den Dschinschi-Grad und brachte es in der ihm so verhaßten Beamtenlaufbahn bis zu einem hohen Posten.

YÜAN ME (Yüan Mei; 1716–1797) war, nachdem er den Dschinschi-Grad erlangt hatte, elf Jahre lang Distrikt-Präfekt. Dann gab er die Beamtenkarriere für immer auf und lebte bis zu seinem Tod in seiner Villa in Nanking das geruhsame Leben eines viel bewunderten Autors und Nestors der Literatur inmitten einer großen Anzahl von Schülern, unter welchen sich – für die damalige Zeit etwas äußerst Ungewöhnliches – auch Literaturjünger weiblichen Geschlechts befanden. Yüan Me empfahl als Hauptgrundsatz allen lyrischen Schaffens „Hsing-Ling", was wir mit „Wesen" (die natürliche Eigenart des Dichters) und „Inspiration" übersetzen könnten. Damit vertrat er im Gegensatz zu der ins Mystisch-Ungewisse spielenden Richtung Wang Schi-dschens (1634-1711), die „Schen-Yün" (spirituelle Schönheit) als lyrisches Ideal empfahl, eine diesseitsgerichtete geistige Haltung des Dichters (vgl. „Das Dichten") als Voraussetzung für einen adäquaten künstlerischen Ausdruck des eigenen Wesens im Augenblick emotionaler Spannung, der Inspiration.

YÜE FE (Yüeh Fei; 1103–1141) ist bis heute eine der populärsten Heldengestalten Chinas. Er kämpfte als General gegen die Dschurdschen, die den Norden Chinas besetzt hatten, und wurde trotz militärischer Erfolge des Hochverrats angeklagt, da er sich mit seiner Politik des Widerstands beim Sung-Kaiser und bei dessen allmächtigem Minister Tschin Kue, die einen schmählichen und unsicheren Frieden vorzogen, unbeliebt gemacht hatte. Mit Zustimmung des Kaisers wurde er im Gefängnis heimlich erdrosselt. Nur wenige von Yüe Fes Dichtungen sind erhalten geblieben. Die gleiche Gefühlsstärke, die seine Gedichte auszeichnet, verleiht auch seiner Prosa und Kalligraphie einen einzigartigen Schwung. Über die Authentizität des hier wiedergegebenen Gedichts wurden neuerdings Zweifel laut. Trotzdem scheint es zu dem Bild Yüe Fes, das uns die Geschichte überliefert hat, sehr gut zu passen.

YÜ HSIN (513–581) diente zuerst der Ljang-Dynastie, für die er als Gesandter nach Norden an den Hof der Westlichen We-Dynastie ging, die bald danach der Ljang ein Ende bereitete. So wurde er am Hof der Westlichen We zurückgehalten und diente dieser und nach deren Fall auch der Nördlichen Dschou-Dynastie in hohen Ämtern. Während der hochgelehrte Yü Hsin am Ljang-Hof noch Liedchen im zärtlich-sanften Ton der höfischen Dichtung des Südens schrieb, erweckte der unfreiwillige Aufenthalt im Norden trotz aller Ehrungen tiefere Töne in seinem Herzen. Heimweh, Auflehnung gegen sein Schicksal und zugleich ein tieferes Verständnis für die historischen Zusammenhänge, die Aufstieg und Fall der Dynastien bedingen, wurden nun zum Hauptthema seiner Dichtung. Manchmal allerdings wirkte sich die große Gelehrsamkeit des Dichters ungünstig auf sein Werk aus; dann häufte er so viele historische Anspielungen und Zitate auf, daß Kunst und Gefühl darunter zu ersticken drohten.

YÜ SCHI-DSCHI (Yü Shi-chi; gest. 617) diente als hoher Beamter unter dem letzten Kaiser der Tschen-Dynastie, nach deren Fall (589) er samt seinem kaiserlichen Herrn in den Dienst der Sue-Dynastie übertrat. Der zweite Sue-Kaiser, Yang, der selbst ein Dichter von nicht geringer Begabung war, schätzte Yü Schi-dschi sehr hoch. Kaiser Yang zahlte für seine Extravaganz und Brutalität mit dem Leben; das Schwert des Rächers streckte auch den Dichter nieder. Aus Yü Schi-dschis Versen spricht zum Unterschied von der höfischen Dichtung jener Zeiten oft seherische Klarheit und mannhafte Härte – ein Erahnen des Schicksals, ohne Ängstlichkeit.

Anmerkungen

Seite 61

„Gesang von den illustren Ahnen des Königshauses der Dschou" – Die hier wiedergegebenen acht Strophen wurden mit Ausnahme der letzten – Tjän Dso, Abschnitt Sung: „Hymnen der Dschou" – aus den Liedern „Scheng Min" und „Mjän" des Abschnitts Daya (großes Ya) des „Buchs der Lieder" zusammengestellt. Von der mythischen Urmutter des Stammes ausgehend, führt die Ahnenreihe zu der historischen Persönlichkeit des Wenwang, dessen Sohn Wuwang (der „Kriegerische König") dem Reich der Schang-Yin ein Ende bereitete und die Herrschaft des Dschou-Volks errichtete. Die Dschou waren zum Unterschied von den Schang-Yin, die gewaltige Viehherden besaßen, ein ackerbautreibendes Volk. Daher ist der in „unbefleckter Empfängnis" durch ein überirdisches Wesen mit der Stammesmutter gezeugte Urahn eine Ackerbaugottheit, denn Hodschi heißt wörtlich „Fürst Hirse". Im Doppelsinn des lateinischen Wortes „sacer" erscheint ein so ungewöhnliches Wesen wie Hodschi als „heilig" und zugleich „verwünscht" (gefährlich): Daher auch seine an Moses erinnernde Aussetzung (vgl. Strophe 2).

Seite 62

Du, Dschü, Tschi, We – Namen von Flüssen im Gebiet der heutigen Provinz Schensi.

die Schildkröte befragen – Das „Schildkrötenorakel" bezieht sich auf eine eigentlich für das Schang-Yin-Volk typische (und vom Dschou-Volk übernommene) Wahrsagekunst: Auf Schildkrötenpanzern wurden mit erhitzten Kupferstäbchen Sprünge erzeugt, aus welchen man den Willen der Ahnen oder Geister zu erkunden vermeinte.

Seite 68

Sunzidschung – General des Staates We, der mit den Staaten Tschen und Sung in einen Krieg verwickelt wurde.

Seite 69

„Kalt peitscht der Nordwind ins Gesicht" – „Nordwind" steht hier metaphorisch für die unerträglich harte und grausame Regierung des Staates We. Metaphern dieser Art, die mit kleinen Variationen meist zu Beginn jeder folgenden Strophe wiederkehren und von einem aus der Natur genommenen Bild zu einer sozialen oder persönlichen Aussage überleiten, sind typisch für die Ausdrucksweise des „Buchs der Lieder".

Seite 70

„Du dummer, dummer Junge du!" – Ein Vergleich mit dem zeitlich späteren Gedicht „Fluch den Weibern" zeigt deutlich, wie mit der Festigung der patriarchalischen Ordnung die Stellung der Frau im Feudalismus der frühen Dschou-Zeit von anfänglicher Gleichberechtigung zu demütigender Unterordnung herabsank.

Seite 77

„Lauzi" – Der Autor des Buchs „Lauzi" sucht einen Ausweg aus den Wirren seiner Zeit (Zerfall des Dschou-Reichs und blutige Machtkämpfe zwischen den Feudalherren) in einer „Rückkehr" zu urgesellschaftlichen Zuständen, einer Abkehr von allem „Überflüssigen" und in einem Leben nach den Gesetzen des Dau – dem magisch-mystischen Urgrund und Urquell alles Seins. Im Kapitel 15 schildert er sein Ideal des selbstlosen „Weisen", der die Welt zu einem Stadium der inneren und äußeren Ruhe zurückführen soll (vgl. S. 409).

Seite 87

Pengsjän – Nach dem Han-Kommentator Wang I (um 100 u. Z.)Minister eines Schang-Yin-Königs (zweite Hälfte des 1. Jahrtausends v. u. Z.), der sich (wie Tschü Yüan – vgl. S. 439 – nach dessen von Legenden umwobener „Biographie" in den „Historischen Aufzeichnungen") nach vergeblichen Versuchen, seinen König zu einer besseren Regierungsweise zu ermahnen, in einen Fluß gestürzt haben soll. Doch scheint dieser Pengsjän eher ein Schamane oder Weiser dauistischer Prägung gewesen zu sein.

Gun – Mythische Gestalt. Gun soll als Strafe für Fehler oder Verfehlungen bei der Regulierung der Flüsse (Ableitung einer Sintflut?) auf dem Yü-Berg (Federberg) hingerichtet worden sein.

Seite 90

„Dschauhun“ – Zurückrufen der Seele; nach einem alten Brauch, der sich bis in die Gegenwart in manchen Gebieten Chinas erhalten hat, suchte man durch Klagerufe und Schwenken der Gewänder eines Sterbenskranken dessen Seele zur Rückkehr zu bewegen. In diesem Lied, dessen Autor Tschü Yüan oder Sung Yü sein soll, wird es sich bei dem „Dahinschwindenden“ wohl um eine fürstliche Person, vielleicht sogar um einen Tschu-König gehandelt haben, da die Aufzählung der irdischen Freuden, die seine Seele zurücklocken soll, eine für einen gewöhnlichen Sterblichen kaum erreichbare Fülle von Reichtum, Prunk und anderen Reizen bietet. Nach dem Kommentator Wang I soll Sung Yü dieses Lied verfaßt haben, um die Seele seines Lehrers Tschü Yüan zurückzurufen, was aus obigen Gründen für den unglücklichen und vom Hof verstoßenen Dichter kaum zutreffen kann.

Seite 92

„Tjänwen“ – Vgl. S. 439: Tschü Yüan.

Seite 109

Dan-o, Gengzi – Alte kalendarische Termini; das Jahr Dan-o entspricht nach dem Kommentar Dschu Hsis dem sechsten Regierungsjahr des Han-Kaisers Wen: 174 v. u. Z.

Seite 110

Verborgen im Unglück liegt das Glück; /im Glück aber lauert schon Mißgeschick – Zitat aus dem Buch „Lauzi“. Alle Grundgedanken des Poems beruhen auf dauistischen Lehren und den Vorstellungen „Lauzis“ vom selbstlosen dauistischen Weisen, die Dschja I dichterisch als Trost auf sein eigenes Schicksal anzuwenden sucht.

Futscha, Godschjän – Könige von Wu (heutige Provinz Kiangsu) und von Yüe (heutige Provinz Tschekiang). Sie kämpften mit wechselndem Glück in der ersten Hälfte des 5. Jahrhunderts v. u. Z. um die Vormachtstellung im Dschou-Reich.

Li Si – Oberster Minister und Ratgeber des Ersten Kaisers der Tschin-Dynastie (Tschinschihuang, 221–210 v. u. Z., der das zerfallene Dschou-Reich wieder einigte). Li Si soll das erste große Bücher-Autodafé Chinas angezettelt haben. Er wurde später durch Machenschaften des mächtigen Eunuchen Dschau Gau angeklagt und öffentlich hingerichtet – durch den sogenannten „Lendenschnitt“ in zwei Hälften getrennt, wobei der Verblutende noch meist eine Weile bei Besinnung bleibt.

Fu Yüe – Der legendäre Fu Yüe vertritt in der chinesischen Literatur die Idealgestalt des Ministers und wird begreiflicherweise besonders von den Literaten niederer Herkunft geschätzt. Er soll dem Gründer der Schang-Yin-Dynastie im Traum erschienen sein, worauf dieser ihn suchen ließ und zu seinem obersten Minister machte.

Seite 120

„Die Geschichte von Dschjau Dschung-tsching und Liu Lan-dschi ...“ – In einer einleitenden Bemerkung zu dieser im Vergleich zu anderen uns bekannten altchinesischen Volksliedern ungewöhnlich langen Ballade heißt es, daß sie zu „Ende der Han-Zeit in der Dschjänan-Periode“ (196–219) verfaßt wurde. Wer der Autor oder die Autoren waren, wissen wir nicht. Dem Stil nach trägt sie noch Merkmale einer über längere Zeit mündlich überlieferten Bardendichtung – was eine spätere „Redaktion“ von Literatenhand natürlich nicht ausschließt.

Seite 145

„Klagelied der Entführten“ – Das Original besteht aus achtzehn Strophen oder Gesängen, von welchen hier nur die für den Gesamtinhalt und die Grundstimmung wichtigsten vier übersetzt wurden.

Seite 151

Tschangan – Die „westliche Hauptstadt“ (das heutige Sian) wurde in den Kriegswirren zu Ende der Han-Dynastie 192 geplündert und verwüstet.

Kaiser Wen – Unter seiner Herrschaft (179–157 v. u. Z.) erlebte das Han-Reich infolge einer Politik des „Ausruhens mit dem Volke“ eine Periode des Friedens und des wirtschaftlichen Aufschwungs.

Seite 159

„Loblied auf die Tugenden des Weins“ – In der Übersetzung wurden die letzten neun Zeilen des Originals weggelassen, da sie nur noch eine Wiederholung in didaktischer Form bringen.

Seite 166

Teleg – Name eines nichtchinesischen (turko-mongolischen) Volksstamms, der sich im 6. Jahrhundert im Gebiet der heutigen Provinz Schansi angesiedelt hatte. Das Gedicht soll aus der mongolischen Sprache des Hsjänbi- (Hsienpi-)Volkes ins Chinesische übersetzt worden sein.

Seite 173

Dingmau – Entspricht dem Jahr 427. Nach dem sexagesimalen Jahreszyklus der alten chinesischen Kalenderrechnung wurden Jahresangaben durch Kombinationen zweier besonderer kalendarischer Schriftzeichen – einem Zeichen der „zehn himmlischen Stämme“ und einem der „zwölf irdischen Zweige“ – ausgedrückt. Der Dichter scheint also tatsächlich seinen Nekrolog kurz vor seinem Tode verfaßt zu haben; denn in diesem Jahr starb Tau Yüan-ming.

Seite 209

Tjaudschi-Meer – Tjaudschi war zur Zeit der Han-Dynastie ein kleiner Staat im Gebiet des heutigen Iran.

Seite 210

Gezwungen greift der Weise ... – In den letzten zwei Zeilen zitiert Li Tai-bo fast wörtlich „Lauzi“ (Kap. 31).

Seite 215

Meister Tsen – Der Dichter Tsen Schen (vgl. S. 440).

Dan-tschjo – Ein etwa gleichaltriger Freund Li Tai-bos mit dem Familiennamen Yüan.

Prinz von Tschen – Offizieller Titel des Dichters Tsau Dschi (vgl. S. 436), der mit dem Gebiet von Tschen (in der heutigen Provinz Honan) belehnt worden war.

Seite 219

Hsje Tjau – Vgl. S. 421.

Seite 220

Sung – Berg in der Provinz Honan – eigentlich ein Gebirgszug mit sechsunddreißig Hauptgipfeln –, der als einer der fünf heiligen Berge Chinas galt.

Seite 222

Hsjänjang-Brücke – Sie führte über den We-Fluß in Tschangan, der Hauptstadt der Tang-Kaiser.

Seite 223

Schensi – Provinz, in der die Hauptstadt Tschangan lag.

Turfan – Mächtiger Staat im Gebiet der heutigen Provinz Hsindschjang, gegen den 750 ein Feldzug unternommen wurde.

Tschinghai – Gebiet im Osten der heutigen Provinz gleichen Namens (Kokonor). Nach alten Vorstellungen fanden Tote keine Ruhe, wenn sie nicht nach dem Ritus beerdigt bzw. gespeist worden waren („hungrige" oder „umherirrende" Seelen).

Seite 232

„Das Lustschloß, genannt Palast der Jadeblüten" – Die letzten acht Zeilen des Originals wurden in der Übersetzung weggelassen, da der lyrische Reiz des Gedichtes durch eine Schwenkung ins Didaktische stark beeinträchtigt wird.

Seite 233

Dschi-dschang – Vgl. S. 418.

Seite 235

Gau Schi – Vgl. S. 416.

Kaiserstadt – Gemeint ist Tschangan.

fünf düstere Hügel – Grabhügel der Han-Kaiser Gau (Kao: Liu Pang), Hue, Dsching, Wu und Dschau.

Seite 239

Gusu – Das heutige Sudschou in der Provinz Kiangsu.

Kalter Berg – Vgl. S. 418: Han-Schan-dsi.

Seite 253

Eine Kriegsmacht will der Kaiser – 751 war eine Armee des Tang-Kaisers bei einem Eroberungsfeldzug gegen Nandschau (Tonkin) völlig aufgerieben worden. Der Kanzler Yang Guo-dschung rekrutierte zwangsweise eine Armee von über 100000 Mann, um den militärischen Mißerfolg wieder gutzumachen. Aber auch der zweite, 754 unternommene Feldzug gegen Nandschau endete mit einer völligen Niederlage. Der Bericht des Selbstverstümmelten bezieht sich unmittelbar auf diese zur Zeit Bai Dschü-is bereits etwa ein halbes Jahrhundert zurückliegenden Ereignisse.

Seite 258
„Lied von unsterblicher Liebe und Sehnsucht“ – Wie sehr oft in den Dichtungen der Tang-Zeit – und nicht nur der Tang-Zeit – spricht der Dichter hier von einem „Herrscher des Hauses der Han“ (also aus einer über ein halbes Jahrtausend zurückliegenden Epoche), ohne den Leser darüber im Zweifel zu lassen, daß er Geschehnisse aus der Geschichte der herrschenden Dynastie behandelt – hier die Geschichte des Tang-Kaisers Hsüandsung (712–756) und dessen Favoritin Yang Gue-fe. Der Aufstand in Yüyang (unter An Luschan), die Revolte der kaiserlichen Garde, der erzwungene Tod Yang Gue-fes usw. sind historisch.

Seite 287
Schangschan – Bergkette im Südosten der Provinz Schensi.

Seite 289
wenn auf dem Yänran … – In der „Biographie Dou Hsjäns“ in der „Geschichte der Späteren Han-Dynastie“ findet sich die Aufzeichnung, daß Dou Hsjän nach seinem Sieg über den Hunnen-Khan auf dem Yänran-Berg (heute auf dem Gebiet der Mongolischen Volksrepublik) als Siegesdenkmal einen Stein mit einer Inschrift errichten ließ. In der chinesischen Lyrik gehört der Begriff „Inschrift auf dem Yänran“ zu jenem festen Bestand an Zitaten, die ganz bestimmte Assoziationen hervorrufen: Sieg über Fremdvölker, heroische Tat in entlegenen Gebieten usw.

Seite 290
„Frühlingsnacht“ – Hier wurde nur die vielgepriesene zweite Strophe des Tzi-Gedichts in der Übersetzung wiedergegeben, die sich in ihrer Bildhaftigkeit von der inhaltsärmeren ersten Strophe wohltuend unterscheidet.

Seite 294
„Herbsteinsamkeit“ – In der Übersetzung wurde nur die erste Strophe des Tzi-Gedichts wiedergegeben, da die zweite stereotyp und platt wirkt.

Seite 302

„Die Leute an der nördlichen Reichsgrenze ...“ – Die bittere Ironie des Gedichts bezieht sich auf das schmähliche „Bündnis von Schandschou“ des Sung-Kaisers Dschendsung, demzufolge sich das Sung-Reich trotz offensichtlicher militärisch-wirtschaftlicher Überlegenheit nach dem Einfall der Khitan (Ljau-Dynastie) 1004 verpflichtete, diesen jährlich einen beträchtlichen Tribut zu zahlen. Das ängstliche Bemühen der Sung-Regierung, jedem Konflikt mit den Khitan aus dem Wege zu gehen, nahm vor allem in den Grenzgebieten groteske und für die Bevölkerung unerträgliche Formen an.

Seite 304

Westsee – Gemeint ist ein See in der heutigen Provinz Anhue, nicht der berühmte See gleichen Namens bei Hangdschou.

Seite 307

Hue-tschung – Buddhistischer Mönch und Maler zu Anfang der Sung-Dynastie, dessen Landschaftsbilder von berühmten Dichtern wie Huang Ting-dschjän (vgl. S. 422), Su Dung-po (vgl. S. 433) u. a. geschätzt und besungen wurden.

Seite 308

Dschü Ran – Buddhistischer Mönch und Maler, der zur Zeit der Südlichen Tang-Dynastie lebte und dem letzten Herrscher der Dynastie, Li Yü (vgl. S. 428), nach dessen Kapitulation in die Hauptstadt der Sung folgte. Mit „Dschü Ran hat Berge mit Farben gemalt,/ die doch nicht ins Innerste dringen“ stellt der Dichter kritisch fest, daß er zu sehr an der Form haftete und nicht das Wesen der Dinge zu erfassen vermochte.

Tsue Bai – Vielseitiger Maler, der außer Blumen und Landschaften auch Tiere, buddhistische Heilige und Dämonen als Sujets für seine Bilder wählte.

Seite 315

Pavillon „Seeblick“ – Dieser Pavillon befand sich vor dem in den Jahren der „Kulturrevolution“ leider zerstörten Dschautsching-Tempel am Ufer des berühmten Westsees bei Hangdschou.

Seite 316

„Heimkehr um Mitternacht“ – Über dieses Tzi-Lied Su Dung-pos ist uns eine interessante Anekdote erhalten geblieben (in Ye Meng-des „Aufzeichnungen auf der Flucht vor der Sommerhitze“): Während seiner Verbannung in Huangdschou verfaßte Su Dung-po bei einem Trinkgelage am Ufer des Yangtse dieses Lied und sang es mehrmals mit seinen Mitzechern. Am nächsten Tag verbreitete sich das Gerücht, der Dichter habe sein Amt aufgegeben und tatsächlich den „Kahn entgleiten“ lassen, worauf der Präfekt des Distrikts aus Angst, für die Flucht des Dichters zur Verantwortung gezogen zu werden, Su Dung-po sogleich persönlich aufsuchte. Er fand ihn laut schnarchend in seiner Behausung – „noch nicht aus seinem tiefen Rausch erwacht“.

Seite 326

„Jäh schwillt in mir die Wut empor“ – Über die Autorschaft Yüe Fes hinsichtlich dieses Tzi-Gedichts bestehen Zweifel, da es in der von seinem Enkel Yüe Ko herausgegebenen Sammlung ursprünglich nicht enthalten war.

Seite 348

Zen-Buddhist – Angehöriger einer buddhistischen Sekte (Zen-Buddhismus), die durch Bodhidharma (gest. um 530) von Indien nach China gekommen war. Sie suchte durch Meditation, nicht durch Gelehrsamkeit und Ritualismus, dem Jünger zum Stadium der Erleuchtung zu verhelfen.

Ein Dauist wieder ... – Die dauistische Lehre hatte sich von einer philosophisch-sozialen Schule seit der Han-Zeit (2. Jahrhundert v.u.Z. bis 2. Jahrhundert u.Z.) durch Vermengung mit volkstümlichen Vorstellungen von Geistern und Feen sowie mit buddhistischen Elementen allmählich zu einem komplexen religiösen System entwickelt, in dem die Suche nach dem „Elixier des Lebens“, Zauberformeln und Alchimie überhaupt eine wichtige Rolle spielten.

Seite 349

„Die Stadt Yangdschou ...“ – Nach der Angabe in einer kurzen Prosaeinleitung zu dem Gedicht besuchte der Dichter Yangdschou im Jahr 1176.

Seite 349

Dschurdschen – Nichtchinesischer Volksstamm; herrschte als Dschin-Dynastie 1115 bis 1234 über den Norden Chinas. Die Dschurdschen verwüsteten Yangdschou 1129 und 1161.

Seite 357

Hue Schi – Philosoph der Schule der Namendeuter (Mingdschja), der im 4. Jahrhundert v. u. Z. lebte.

Taidschitu – Karte (oder Diagramm) des Taidschi. Eine Darstellung der kosmologischen Vorstellungen des Sung-Philosophen Dschou Dun-i (1017–1073), der aus der Selbstbewegung des Urgrunds (Taidschi) eine Dichotomie in das männliche (Yang) und weibliche (Yin) Prinzip ableitete, aus welcher er die Vielfalt der Erscheinungswelt und ihre Wechselwirkungen zu erklären suchte.

„Elegien von Tschu" – Tschü Yüans Poem „Lisau" (vgl. S. 439: Tschü Yüan).

Yau und Schun – Mythische Kaiser, die im 3. Jahrtausend v. u. Z. gelebt haben sollen und als unübertroffene Musterbeispiele tugendhafter Herrscher galten.

Seite 358

Menzius – (Mengzi); neben Konfuzius (Kungzi) der berühmteste Philosoph und Lehrer der Konfuzianischen Schule. Er lebte wahrscheinlich von 372 bis 289 v. u. Z. Wegen der zahlreichen Zitate in diesem Gedicht, die für den europäischen Leser weitläufige Erläuterungen notwendig machen würden, wurde bei der Übersetzung manches weggelassen oder frei – in einer nicht unmittelbar an das Zitat gebundenen Form – wiedergegeben.

Seite 367

Dschau Kuo – General der Dschau-Armee, der in den Machtkämpfen, die der Reichseinigung unter der Tschin-Dynastie vorausgingen, 260 v. u. Z. von einer Tschin-Armee unter General Bai Tschi in der Schlacht von Tschangping besiegt wurde. Dabei sollen 400000 Soldaten des Dschau-Heeres, die sich ergeben hatten, vom Tschin-General Bai Tschi niedergemetzelt worden sein.

Seite 395

„Der Räuber" – Das einem Philosophen namens Liezi zugeschriebene Buch „Liezi", eine Kompilation von Essays und Anekdoten dau-

istischer Prägung, die kaum früher als um das 2. Jahrhundert v. u. Z. datiert werden kann, enthält im achten und letzten Kapitel die Geschichte jenes Räubers Tschju. Allerdings suchte der vom Hungertod gerettete Yüan Dsching-mu im „Liezi“ die ihm dargebotene Erquickung sogleich wieder auszuspeien, nachdem er erfahren hatte, daß der Spender ein Räuber sei. Indem sich Wang Dschung auf eine durch die Tradition sanktionierte Episode aus einem altehrwürdigen Buch stützte, vermochte er vielleicht ein paar Körnchen Sand in das Auge der kaiserlichen Zensur zu streuen. Der Hieb, den er den Mächtigen seiner Zeit mit seiner „freien“ Umgestaltung des Originals gab, traf zweifellos; und mit den letzten zwei Zeilen konnte sich nur eine überaus kühne Dichterpersönlichkeit – ein literarischer Selbstmörder sozusagen – an das Gewissen seiner Zeitgenossen wenden. Kein Wunder daher, daß Wang Dschung trotz seines ungewöhnlichen Talents keine Sprosse der offiziellen Beamtenleiter erklimmen konnte. Rebellische Gedichte von solcher Kraft finden sich nicht allzu häufig in der Literatur Chinas.

Seite 399

„London im Nebel“ – Ungeachtet des unchinesischen Inhalts – besser gesagt: Titels – ist dieses Gedicht im klassischen Stil und mit all den Mitteln und Finessen der klassischen lyrischen Tradition Chinas geschrieben, weshalb wir es auch in diese Sammlung aufnahmen, allerdings reduziert auf die Hälfte – das Kernstück des Originals –, da sich in den übrigen Zeilen klassische, zum Teil buddhistische Anspielungen häufen, die weitläufige Anmerkungen erfordern würden.

Verzeichnis der Abbildungen

Seite 128

Reiter mit Lanze. Kopie nach einer Steinabreibung aus einem Han-Grab.

Seite 136

Hofdamen mit Fächer. Wandmalerei aus der Grabanlage des Prinzen Li Tschung-run der Tang-Dynastie.

Seite 146

Wang Tschjang (Ming Fe – die „Strahlende Haremsdame“ [des Kaisers]) auf der Fahrt zu ihrem neuen Gemahl, dem Hunnen-Khan. Tschju Ying. Ming-Dynastie.

Seite 148

Die Dichterin Tsai Wen-dschi nimmt Abschied vom Hunnen-Khan und ihren zwei Söhnen. Illustration zu den „Achtzehn Klageliedern“ der Tsai Wen-dschi. Maler unbekannt.
Wahrscheinlich Ming-Dynastie, aber im Stil der Sung-Zeit.

Seite 152

Galoppierender Reiter. Steinabreibung aus einem Tang-Grab.

Seite 164

Bildnis des Marschalls Hua Yün-lung der frühen Ming-Zeit. Holzschnitt aus „Illustrierte Biographien der Halle des Abendlächelns“ (Wan-Hsjau-Tang Hua-Dschuan) von Schang-guan Dschou (1665–um 1750).

Seite 169

Krähen auf blühendem Baum. Yang Dschih-tsching. Ming-Dynastie.

Seite 172

Der Gelehrte Yü Bo-ya trifft zum ersten Mal mit dem Holzfäller Dschung Dse-tschi zusammen, der jede Regung seines Herzens aus seinem Lautenspiel entnehmen kann und sein bester Freund wird. Tschju Ying. Ming-Dynastie.

Seite 180

Dünner Schnee auf der Gebrochenen Brücke. Holzschnitt aus einer Beschreibung der Sehenswürdigkeiten der Stadt Hang-Dschou (Hu-Schan Bjän-Lan), verfaßt von Tschjän We-tscheng 1765, Ausgabe von 1875.

Seite 185

Wildgänse im Schilf. Wang Hai-yün. Ming-Zeit.

Seite 191

Bauer, mit Ochsengespann pflügend. Wandmalerei aus einem Grab der We- oder Dschin-Zeit (etwa 220–316).

Seite 194

Sechs Gelehrte mit ihren Dienern im Fichtenwald. Tschju Ying. Ming-Dynastie.

Seite 197

Blumenhafen zum Betrachten der Fische. Holzschnitt aus einer Beschreibung der Stadt Hang-Dschou. (Hu-Schan Bjän-Lan), verfaßt von Tschjän We-tscheng 1765, Ausgabe von 1875.

Seite 201

Frühlingsbeginn im Gebirge. Guo Hsi. Sung-Dynastie.

Seite 204

Bildnis des Dichters Wang We. Holzschnitt aus „Illustrierte Biographien der Halle des Abendlächelns" (Wan-Hsjau-Tang Hua-Dschuan) von Schang-guan Dschou (1665–um 1750).

Seite 207

Bambus. Tuschezeichnung von Dscheng Ban-tschjau. Tsching-Dynastie.

Seite 212

Bildnis eines Unsterblichen. Ausschnitt aus einem Fresko des dauistischen Tempels „Palast der Ewigen Freude" (Yung-Lo-Gung). Yüan-Dynastie.

Seite 218

Der trunkene Dichter Li Tai-bo. Su Ljo-peng. Tsching-Dynastie.

Seite 229

Harkende Bauern. Steinabreibung aus einem Tang-Grab.

Seite 237

Die „Wolkenklemmenden Zwillingsgipfel". Holzschnitt aus einer Beschreibung der Sehenswürdigkeiten der Stadt Hang-Dschou (Hu-Schan Bjän-Lan), verfaßt von Tschjän We-tscheng 1765, Ausgabe von 1875.

Seite 240

Gesang bei einer Bootsfahrt im Herbst. Scheng Mau. Yüan-Dynastie.

Seite 243

Der Bettelmönch mit dem Sack. (Tschi-dse; später für Maitreya-Buddha gehalten). Ljang Kai. Ming-Dynastie.

Seite 325

Dame mit Dienerin unter einer hohen Bambusstaude. Tschju Ying. Ming-Dynastie.

Seite 328/329

Die Dichterin Tsai Wen-dschi wird von den Hunnen gefangen und entführt. Illustration zu den „Achtzehn Klageliedern“ der Tsai Wen-dschi. Maler unbekannt. Wahrscheinlich Ming-Dynastie, aber im Stil der Sung-Zeit.

Seite 332

Ausschnitt aus einer Abschrift der „Späteren Eingabe an den Thron hinsichtlich des Einsatzes der Armee“ von Dschu-go Ljang (181–234) in der Handschrift des Generals Yüe Fe. Sung-Dynastie.

Seite 335

Heimkehr des Fischers am herbstlichen Strom. Wu We. Ming-Dynastie.

Seite 338

Pinsel und Tuschestein mit Orchideen. Tschi Bai-schih (1863–1957).

Seite 355

Ehrengarde. Ausschnitt aus einer Wandmalerei der Grabanlage des Prinzen Li Tschung-run der Tang-Dynastie.

Seite 359

Kunstliebhaber, in einem Bambushain Schönheit und Wert antiker Gegenstände bestimmend. Tschju Ying. Ming-Dynastie.

Seite 365

Bildnis eines Unsterblichen. Ausschnitt aus einem Fresko des dauistischen Tempels „Palast der Ewigen Freude“ (Yung-Lo-Gung). Yüan-Dynastie.

Seite 372

Abendglocken am Südlichen Windschirm (-Berg). Holzschnitt aus einer Beschreibung der Sehenswürdigkeiten der Stadt Hang-Dschou (Hu-Schan Bjän-Lan), verfaßt von Tschjän We-tscheng 1765, Ausgabe von 1875.

Seite 377

Götter und Geister. Ausschnitt aus einem Fresko des dauistischen Tempels „Palast der Ewigen Freude“ (Yung-Lo-Gung). Yüan-Dynastie.

Seite 380

Zofen der kaiserlichen Favoritin Yang Gue-fe. Ausschnitt aus dem Gemälde „Die kaiserliche Favoritin Yang Gue-fe wird auf ihr Pferd gehoben“. Dschou Wen-dschü, 10. Jh.

Seite 392

Auszug des Dämonentöters Dschung Kue. Tuschezeichnung von Gung Kai (2. Hälfte des 13. Jh.).

Seite 396

Auf dem Weg zur Pferdeschwemme. Seidenstickarbeit von Han Hsi-meng (oder Gu Hsi-meng; Gattin des Malers Gu Schou-tschjän). Ming-Dynastie.

Inhalt

ANHANG